新潮文庫

虚空遍歴

上巻

山本周五郎著

虚《こ》空《くう》遍歴

上巻

初めの独白

あたしがあの方の端唄《はうた》をはじめて聞いたのは十六の秋であった。逢《あ》いにゆくときゃ足袋《たび》はいて、――で終るあの「雪の夜道」である。文句とふしまわしが、毛筋ほどの隙《すき》もなくぴったり合ったあの唄を聞いたとき、あたしの軀《からだ》の中をなにかが吹きぬけ、全身が透明になるような、ふしぎな感動に浸された。お座敷は柳橋《やなぎばし》の万清《まんせい》、客は蔵前《くらまえ》の山五の隠居さまだった。山五の隠居は五十二三だったろうか、あたしは一年ほどまえからのごひいきで、山五さまのお座敷というと呼ばれないことはなかった。恥ずかしいことだけれど、あたしは生れつきいろごのみな性分らしく、九つか十くらいからそのことに興味をもちはじめ、十一のとしには誰《だれ》に教えられるともなく独りでたわむれることを知ったし、あのほうの本を読みたいばっかりに仮名文字も覚えたくらいである。これはまわりの影響ではない、同じ松廼家《まつのや》から出ていたおたねちゃんなどは、あたしより一つとしうえだったけれど、そのことの話になると子供も同様で、ちょっとこみいった云《い》いまわしをされるとわけがわからず、とんでもない相槌《あいづち》を打って笑われたものだ。あたしはそうではなかった。あとになってわかったのだが、花街の生活は世間で想像するほど崩れたものではない。金に縛られている、という条件だけでも、うわついた気持では一日もやってはゆけないし、ことに、――特殊な人はべつとして、いつもまわりにいろざたを見たり聞いたりしているため、そういうことには却《かえ》って冷淡になり、しばしば嫌悪感《けんおかん》をいだくのが通例であった。そういう中で、あたしだけはそのことをこのみ、お座敷で客とやりとりをするような場合にも、姐《ねえ》さんたちがびっくりするようなことを云ったり、やってみせたりした。あたしはそういうことが好きだったのだ。十三の冬にはすすんでおとこと寝たが、それはしょうばいではなかったし、相手は四つもとしうえだったけれど、さそいかけたのはあたしのほうであった。それからのことは云いたくないが、いまでも忘れられないのは、それからあと、そのことが十日もないと気持がおちつかなくなり、ことに夜半にめがさめたりするときなど、朝になるまで眠ることができず、独りで自分のからだをもてあますようなことがしばしばあった、ということだ。もう一つ、いまでもわからないのだが、緑色の中の或《あ》る色を見ると、それだけで軀がふるえるほどみだらな気分を唆《そそ》られ、どうしても自分を抑えることができなくなる。緑には濃淡がいろいろあり、この色だとはっきり云いあらわすのはむずかしいが、栗《くり》の木の若葉がその色にもっとも近いと思う。それがどうしてそんな気分にさせるか、理由はまったくわからない。けれども、やがて、からだにそういう気分が起こると、そこになにも似たようなものがないのに、その色が眩《まぶ》しいほどはっきりあらわれ、その鮮やかな眩しさのために、眼《め》をあいていることができなくなるのであった。としもゆかないのにいやらしいこだと、まわりの姐さんたちは顔をしかめたし、お客の中には面白《おもしろ》半分に、あくどいいたずらをする者もあった。あたしは少しもおそれなかった。姐さんたちには平気で、あんたたちだってしていることじゃないの、みんな知ってますよ、などと云い返したし、あくどい客には面と向ってずけずけやり返してやった。いつのことだったか、やはり山五の隠居のお座敷で、中年のお侍にくどかれたことがあった。あたしはなにかいたずらをするつもりだなと思ったけれど、承知をしてその人とべつの座敷へいった。ちゃんとしたお茶屋で、蔵前の旦那《だんな》などが遊ぶ座敷は、きれいなものだと信じられているようだ。またそういうことが原則になってはいるのも慥《たし》かではあるが、客が男であり芸妓《げいぎ》が女であることに変りはなく、裏へまわれば岡場所《おかばしよ》などよりひどいことがずいぶんあった。あたしは温和《おとな》しくそのお侍のするままになっていたが、もういいころだとみてその座敷をとびだし、裾前《すそまえ》の乱れを直して元の座敷へ帰り、すました顔で坐《すわ》っていた。そして、お侍がまのぬけたような顔つきで戻《もど》って来ると、袂《たもと》から紙に包んだあの道具を出して、みなさん見て下さい、こういう物をいただきました、と振ってみせたうえ、お侍に向って、あたしこういうお道具は独りで使うことにしています、ご苦労さまでしたと云った。たぶん十五の冬だったと思う、あとで隠居やお茶屋の人にひどく怒られたし、五十日か六十日か箱止めにされたけれど、あたしは平気だったし、その侍のほうのとりなしで座敷へ出るようになってからは、まえよりもごひいきが殖《ふ》えたものであった。――こういうときに、あの方の唄を聞いたのである。山五の隠居さまの脇《わき》に坐って、誰かの噂《うわさ》話をしていたのだが、あの方の唄と三味線の音が聞えてきたとたん、ほかの話し声や物音はいっぺんに消えてしまい、その唄と三味線の音いろだけが、あたしのぜんたいを包んでしまった。殆《ほと》んど忘我の状態のなかで、あたしは自分の躯の中をなにか風のようなものが吹きぬけるのを感じ、それにつれて少しずつ、全身が透明になってゆくように思った。——蝶《ちょう》になる、あたしは蝶になってしまう。夢とも現実とも、はっきり区別のできない気持で、あたしはそう呟《つぶや》いたものだ。むろん声に出してではなく、心の中でのことだが。そして、あたしはそのときから人間が変ったのである。毛虫が蝶になる、ということは話に聞いていたが、自分の眼で見たことはなかった。にもかかわらず、自分の軀が少しずつ透明になってゆくように感じたとき、どういう連想作用だろうか、毛虫が蝶になるのを見るように思ったのだ。

自分では気づかなかったが、まわりの人たちがまず、あたしの変ったことにおどろいたようであった。あたしは夢中であの方のことをしらべていた。人も使ったし自分でも歩きまわったが、五十日あまりかかったろうか、そのあいだずっと、断われるお座敷は断わったし、ごひいきの客を怒らせたことも二三ではなかった。それでもどうにかやっていられたのは、あたしが松廼家のじつの娘であり、母がこの土地の生えぬきで、にらみがきいていたからであろう、ついでに云っておくが、あたしの父がどういう人であるかは、きびしい秘密にされていた。母はその人のほかに男を知らなかったと云うし、逢わなくなってからもずっと、その人からの手当が届いているようであった。——あたしは十七になり、十八になった。あの方の端唄は誰にも好かれ、到《いた》るところでうたわれた。大きな料理茶屋の座敷でも、縄暖簾《なわのれん》をさげた居酒屋でも、道に酔いつぶれている馬子《まご》や、夜の辻《つじ》に立って客を待つ女さえもうたうのであった。「よしやこの身は」とか、「天の川」とか「降りこめられて」とか「八重ざくら」などはもっとも流行《はや》ったものの中に数えられるだろう。あたしにはうたいだしの三味線を聞いただけで、あの方の作った唄だな、ということがわかるようになった。そして、十八のとしの秋、どうしても避けることのできない義理があって、西村さんに落籍《ひか》され、浅草茶屋町の横丁にかこわれる身となった。西村さんは中国筋のさるお大名に仕える御老職で、としは五十二歳、まるで祖父と孫のようだったが、こういう世界ではべつに珍しいことではないし、あたし自身もそれほど苦痛とは思わなかった。西村さんは殿さま付きの御老職で、月に一度か二度みえるだけだし、殿さまが国許《くにもと》へお帰りになるときにはお供をするので、一年あまりは留守になった。お手当は余るくらいだったし、ばあやを一人使って、あたしは好き勝手な、のびのびとした日を送っていた。暇があると松廼家の母を訪ね、半日も話しくらしたり、ときには泊って来たりしたが、そのたびに母親から諄《くど》く云われた。旦那を大事にしろ、あんないい旦那はまたと二人あるものではない、浮気《うわき》などは決してするんじゃあないよ。あたしは浮気などしようとも思わなかった。お金にもまあ不自由はないし、しようと思えばそのくらいの暇や機会はいくらでもあった。二度か三度、危なくそうなりかかったこともあったが、どの場合にもいざというときになると、あの方の三味線のねいろが聞えてき、すると、まるで崖《がけ》から落ちでもするように、すうっと気持が冷えてしまうのである。これは西村さんとのときも似たようなもので、どんなにされてもなんの感じも起こらない。囲われた軀だから拒むわけにはいかないし、じつを云うと拒もうという気持にさえならないのであるが、同時に、そのあいだずっと、あたしの耳にはあの方の端唄と三味線の音が聞えているのであった。断わるまでもないだろうが、それは現実のものではないし、どこかで弾いたりうたったりしているのが聞えて来るようでもなかった。過去と現在と未来とが、わかちがたく一つに溶けあっているところ、つまり「時間」とも関係がなく、「場所」とも関係のないところから聞えて来る、というように思えるのである。あたしはそのことに少しの不自然さも感じなかったし、時が経《た》つにしたがって、聞きたいと思えばいつどこででも聞くことができた。あたしにはあの方が作る唄の、ふしまわしにある独特なくせがわかるので、ほかの人の作った唄と間違えるようなこともなかったし、なにか読んでいて、唄になりそうな文句があると、あの方のくせをまねてふしを付けてみたことなどもある。もちろんまねだけで、唄にもなにもなりはしないが、頭の中ではそのふしまわしが自由に綴《つづ》れるのであった。

二十一のとしに、あたしはまた松廼家から芸妓に出た。西村さんにはあたしが面白くなかったらしい、おまえはまだ女になっていないんだなと、幾たびか云われた。西村さんは以前のあたしの評判を聞いていて、あたしがとしに似合わず凄《すご》いと信じていたのだろう、それでも二年あまり、いつかそうなるものとたのしみにしていたが、ついに失望して手を切る気になった、というのが本心のようであった。——茶屋町の家をたたんで松廼家へ帰ったあたしは、半年ほど遊んだのち、おけいという本名でおひろめをした。松廼家には抱えが五人いて、中の三人は土地でも指折りの売れっ妓《こ》だったが、返り新参のあたしも、それに負けないくらいごひいき先ができた。そうしてまもなく、あたしは森田座の舞台で、初めてあの方のうたう姿を見た。

一の一

冲也《ちゅうや》はざっと風呂《ふろ》を浴びて出ると、ばあやのお幸の支度した鬢盥《びんだらい》や鏡架《かがみかけ》を、陽《ひ》の当っている縁側へ移して、浴衣《ゆかた》のままあぐらをかき、髭剃《ひげそ》りにかかった。

「そんな恰好《かっこう》でそんなところへ出て」とお幸が茶の間から呼びかけた、「風邪をひいてしまいますよ、若旦那」

「汗が乾かないんだ」口を歪《ゆが》めて剃刀《かみそり》を使いながら、冲也が云った、「生田が来ているとか云ったな」

お幸は丹前を持って来て、冲也の肩へ掛けてやりながら云った。

「いまお酒をめしあがっていますよ」

「いつ来たんだ」

「まだ暗いうちでしたよ」とお幸が云った、「うしろの衿《えり》を剃りましょうか」

「いいよ、小屋へいって平公にやらせよう、それより生田のやつ、こんな朝っぱらからどうしたんだ」

「ゆうべごいっしょじゃあなかったんですか」

「いっしょじゃあなかった」

「わる酔いをなすってるようにみえますけれどね」とお幸は云った、「わたくしちょっと酒屋までいって来ますから」そしてたち去りながら、振返って注意した、「口をききながら剃るとまた傷をしますよ」

「聞えたよ」と沖也は云った。

彼は軀つきも逞《たくま》しく、顔にも精気があふれていた。肥えているようにみえるが、筋肉はよくひき緊っていて、どこにも脂肪の溜《た》まっているようすはなく、動作も極《きわ》めて柔軟だし敏捷《びんしょう》であった。剃刀を使うにしたがって、色の白い頰《ほお》に髭の剃りあとが青くあらわれ、力のこもった一文字なりの唇《くちびる》は、紅《べに》でもさしたように赤かった。——髭剃りを終った沖也が、剃刀をしまって立ちあがると、客間から生田半二郎が出て来た。生田は片手に湯呑《ゆのみ》を持ってい、蒼《あお》い、虚脱したような顔で、意味もなく笑いかけた。

「住吉町《すみよしちょう》を破門になった」と生田は云った、「十三蔵《とみぞう》を殴った、それから新井泊亭《あらいはくてい》の本を持って来たよ」

沖也は彼の顔をみつめていたが、「顔を洗って来る」と云って勝手のほうへ去った。顔を洗っているとお幸が帰って来、沖也は居間へはいって、お幸に髪を結い直させ、着替えをして戻ると、生田は縁側に坐っていた。

「酒が来るようだ」と沖也は呼びかけた、「あっちへゆこう」

「沈丁花《じんちょうげ》が咲きだしたな」生田は狭い坪庭を眺《なが》めながらぼんやりと云った、「——あれは沈丁花っていうんだろう」

「咲きだしたんじゃない、もう終りなんだ」と沖也が云った、「二月の末だぜ」

「ふん」といって生田は立ちあがった。

八帖《じょう》の客間は暗く、行燈《あんどん》のぼけたような光りが、火《ひ》鉢《ばち》と酒肴《しゅこう》の並んだ膳《ぜん》を照らしていた。

冲也が窓をあけようとすると、生田はいそいで「よしてくれ」と止めた。このままのほうがいい、明るい光りは見たくないんだ、と云った。部屋の空気は重く濁って、饐《す》えたような酒の匂《にお》いがした。

「どうしたんだ」冲也は火鉢の脇に坐った。

「酒はまだかな」

「いま来るだろう、まあ坐れよ」

「悪い辻占《つじうら》だな」生田は坐り、まだ湯呑を持ったままで云った、「てっきり咲き始めたんだと思ったら花は終りか、おれの云ったりしたりすることはいつもこうだ」

「なにかあったのか」

「茶番みたような話さ」生田は片手をうしろへやり、平たい袱紗包《ふくさづつみ》を取って冲也に渡した、「――泊亭から預かって来た本だ」

冲也は包を解いて、一綴の冊子を取りあげた。藍色《あいいろ》に源氏香の型を浮かした表紙に「青柳恋苧環」という題簽《だいせん》が貼《は》ってあった。

「いとやなぎ、と訓《よ》むんだそうだ」と生田が云った、「いとやなぎ恋のおだまき、注文があれば直してもいいって、云ってたぜ」

冲也はそれを脇に置いて生田を見た。

「十三蔵を殴ったとはどういうことだ」

「まえから殴りたかったんだ、根性のきたない、腐ったような野郎だからな、——中藤《なかふじ》冲也も気をつけるほうがいいぜ」

お幸が燗《かん》徳利を二本、盆にのせてはいって来、若旦那もあがりますかと訊《き》きながら、生田の膳《ぜん》にある燗徳利の空いたのと、持って来た二本とを取替えた。おれはいいと冲也が答え、生田は水を一杯ほしいと云った。お幸は冲也に茶、生田に水差と湯吞を持って来て、すぐに去った。

「十三蔵のやつは中藤のとりなしで帰参がかなった」と生田は続けた、「あのとき中藤がそっぽを向いたら、二度と住吉町の敷居はまたげなかったろうし、常磐津《ときわず》はもちろん、浄瑠璃《じようるり》の世界ぜんたいから締め出されたに相違ない、なにしろあんなうすきたないまねをしたんだからな」

「それが殴った理由か」

「昨日おれは師匠に呼ばれて、破門を申し渡されたんだ」

「大師匠か」と冲也が訊いた。

「若師匠だ」

「——それで」

「十三蔵の中傷さ」と生田は云って、新しい湯吞に水を注《つ》ぎ、一と息に飲みほした、「あいつだけが知っていて、あいつのほかには知っている者のないことだ、それを師匠に告げ口しやあがったのさ」

沖也は茶を啜《すす》りながら生田を見、生田が眩《まぶ》しそうな眼つきになるのを認めて、「女のことだな」と反問した。

「十三蔵にはなんの関係もありゃあしない、おれたちがどうなろうと、十三蔵にはまったく縁のないことなんだ、あいつには痛くも痒《かゆ》くもないことなんだ」

「相手はなに者だ」

「おれの口から云わなくってもすぐにわかるさ」生田は酒を飲んだ、「――ちょうど十三蔵のやつが稽古場《けいこば》にいたから、外へ呼びだして問い詰めたら、おれの身のためを思ってしたことだとぬかしゃあがった」

「本当にそのつもりかもしれないだろう」

「ばかなことを云うなよ」

「彼は気の弱い人間だ」と沖也が云った、「それを隠そうとしていろいろやってみるが、却《かえ》って笑われたり爪弾《つまはじ》きをされる、友達がないから友達を作ろうとすれば、心をみすかされてばかにされてしまう、去年の都座《みやこざ》のこともそれなんだ」

去年の春は中村座が休んだので、控櫓《ひかえやぐら》の都座がその代りに興行をした。役者は仲蔵、彦三郎《ひこさぶろう》、八百蔵、仁左衛門《にざえもん》その他で、「ふりわけ曽我《そが》」を出し、道行《みちゆき》の「桂川《かつらがわ》」には常磐津が出語りを勤めた。そのとき十三蔵は、八百蔵の番頭にはたらきかけて、富本《とみもと》ぶしを出語りに使わせようとした。富本ぶしは常磐津から出て、新たに一派をなしたものだから、十三蔵の企《たくら》んだことは師匠に対する二重の裏切りであり、大師匠と呼ばれる文字太夫《もじだゆう》は怒って、彼を破門した。

「気が弱いのは中藤も同じさ」と生田が云った、「あいつは帰参させるべきではなかった、それを泣きつかれたために、百方奔走したうえついに大師匠をうんと云わせた、つまり中藤も気が弱くて、十三蔵の泣きおとしにそっぽが向けなかったということだな」

「しかし彼はみごとに立ち直ったぜ」そこで冲也は片手をあげた、「断わっておいた筈《はず》だが中藤と呼ぶのはよしてくれ、おれは常磐津小松太夫、名前はただ冲也だ」

生田は次の徳利を取って酒を注いだ。

「おまえさんには見えないんだよ、冲也」と生田は云った、「あいつの企んだ事は赦《ゆる》す余地のないものだ、いいかい、あいつは師匠を裏切っただけじゃない、常磐津そのものを裏切ったことだ、あいつはどんなことがあっても赦してはならなかったんだ」

「もう済んでしまったことだ」酔っている相手になにを云っても始まらない、といったような口ぶりで冲也が答えた、「それより生田はこれからどうするつもりだ」

「ゆだんしないほうがいいぜ」生田半二郎は酒を啜りながら云った、「十三蔵にとって帰参のかなったことは一生の屈辱だ、あいつはおまえさんを泣きおとし、おまえさんのおかげで破門がゆるされたことを、決して忘れやあしないからな」生田は独りで頷《うなず》き、ちょっと歯を見せてからまた云った、「——仰《おお》せのとおり、あいつは気の弱い人間かもしれない、しかし気が弱い以上に、わる賢くて執念ぶかいやつだ、あいつは」

「もうそのくらいでよせよ」

「あいつは冲也に助けられたことを忘れないだろう、そして折があれば、冲也を自分と同じような立場に追い込もうとするに違いない、それをよく覚えておくほうがいいよ」

お幸が襖《ふすま》をあけて、はいってはは来ずに、冲也の顔をもの問いたげに見た。

「もっと飲むか」と冲也は生田に云った、「おれは人と会う約束があるんだ」

「元柳橋か」

「うん岡本だ、大和《やまと》屋と相談したいことがあるんでね、――どうする、飲みたければ飲んでいろよ、そっちにもこれからのことで話があるんだろう」

「おれは一度おまえさんの顔をぶん殴りたいと思っているんだ」

冲也はお幸に頷いてみせながら、立ちあがった。お幸は襖をあけたまま去り、生田は湯呑の酒を飲みほした。

「おまえさんの顔には幸福と満足があぐらをかいている、昔からそうだったし、ちかごろはますますそれがひどくなった」生田は片方の膝《ひざ》で貧乏ゆすりをしながら云った、「――いつか一度、きっとこの手でぶん殴ってやるぜ」

「十三蔵のあとでか、まえにか」

「十三蔵がどうした」

「彼がいつかおれを窮地に追い込むと云ったろう」冲也はやさしげに微笑した、「生田もおれを殴るそうだが、そのまえかあとかと訊いたんだ」

「おれのやりたいときにさ」

「遠慮はいらないぜ」と冲也は片手をあげ、それを股《もも》へはたと打ちつけながら云った、「――帰ってから相談しよう」

そして彼は出ていった。

一の二

冲也は駕籠《かご》に乗ると、持って来た泊亭の本を披《ひら》いてみた。それは冲也が頼んだ浄瑠璃の台本で、芝居の中幕に使う、所作を主とした心中物語であった。

「あいつの負けず嫌《ぎら》いも久しいものだな」冲也は微笑しながら呟《つぶや》いた、「十一二のじぶんからおれを殴ってやると云っていた、そのくせいつもおれからはなれない、ひょいと振向いてみると、そこにしょんぼり生田がいるというふうだったな」

彼は泊亭の本をひろげたまま、その眼をぼんやりと前方へ向けた。

二人の屋敷は近くはなかったが、少年時代から親しくつきあってきた。中藤の屋敷は麴町《こうじまち》の土堤《どて》四番町、生田は清水御門の外にあった。はっきりした記憶はないが、小さいころ、田安御門の外にある広い草原で、よくいくさ遊びをやった。初めて知りあったのはそこだったろう、年は同じだが、おれより背丈が低く、痩《や》せていて泣き虫だった。泣き虫のくせに強がりで喧嘩《けんか》っぱやく、相手かまわずにかかっていっては泣かされ、そのたびにおれはあやまったり、止めにはいったり、ときには生田に代って相手をやっつけたりしたものだ。生田家は五百石あまりの旗本、中藤は同じ旗本でも八千石で、その身分のひらきも、彼の神経にひっかかっていたらしい。

——いつか一度は殴ってやる。

生田は十五六のころから、冗談のようによくそう云っていた。単純な表現ではない、それはもっとも親しい感情をあらわすと同時に、本気で殴りたいという気持をも含んでいた。生田はいつもおれを仕負かそうと考えてきた。おれが家族間の面倒な問題で、十九歳のときに家を出、常磐津文字太夫の弟子になったとき、生田もおれのあとを追って家を出た。——彼にはそんな必要はなかった。二男坊だが養子の縁談も始まっていたそうだし、かなりな良縁だったように聞いた。それにもかかわらず家をとびだし、芸人なかまなどはいったので、彼は一族から絶縁されてしまった。おれたち年代の者は、もともと武家生活というものに反感を持っている。むろんすべてがそうだというのではない、生れながらに侍が身に付いている、という者のほうが多いだろうが、そういう人間でさえ、武家生活に心から満足しているとは思えない者が少なくないようだ。

たしかに、生田は芸ごとが好きだ。養子になって堅苦しい一生を送るよりは、好きなみちで気楽な生活をするほうがいいだろう。けれども、生田がこのみちにはいったのは、おれを仕負かそうという気持が一つの動機になっている。おかしな話だが、そのくせ彼はおれと反対なことしかしない。いい喉《のど》を持っているうえに、ふしまわしの独特な艶《つや》っぽさは、文字太夫門下でも五選の一人にあげられるだろう。兼太夫を継ぐのは生田だと、大師匠も認めていたと思うのだが、すると彼は脇《わき》へそれてしまい、女でいりが始まった。――芸人には付きものかもしれない、だが、生田の相手はいつも堅気の女なので、三度に一度はごたごたが起こった。

「それでおれを殴るか」冲也は口の中で呟いた、「――ばかなやつだ、いったいこんどの女というのはなに者だろう」

駕籠はまもなく元柳橋へ着いた。

料理茶屋「岡本」は薬研堀《やげんぼり》に面している。もともと地着きの大きな地所持ちで、茶屋のほうは先代の新助がやり始め、ほんの道楽のつもりだったのが、思いがけなく当って、いまの新助の代になってからは、敷地も建物も倍以上にひろげ、江戸市中でも指折りの料亭《りょうてい》になった。――冲也も子供のじぶんから、祖父や父に伴《つ》れられてよく「岡本」へ来た。川びらきの花火見物とか、涼み船とか、もっとしばしば食事をしに来たもので、あるじ夫妻や息子の新次、そして娘のお京とも、そのころからの馴染《なじみ》であり、彼が四番町の家を出たあと、神田の新石町でお幸と家を持つまでは、この二階座敷に五十余日も世話になっていたくらいであった。

冲也は「岡本」の門をはいると、玄関ではなく、家族の出入りする格子戸《こうしど》のほうへまわった。中庭には植木屋が三人いて、松の木から巻藁《まきわら》を解いてい、あるじの新助が黙って側《そば》で見ていた。格子戸をあけると、お京が長唄《ながうた》の師匠を送りだしに出たところであった。杵屋《きねや》小十《こじゅう》郎《ろう》というその老師匠は、沖也を見るとすぐに、脇へ身をよけようとし、片方の足を下駄《げた》から踏み外してよろめいた。お京が「あぶない」と云って支えようとし、老人は手を振ってそれを拒んだ。

「これが芸の内でね」と云って老人は笑った、「いえ大丈夫、そそっかしいのがあたしのたった一つのお愛嬌《あいきょう》なんだから」そして沖也に向って一揖《いちゆう》した、「どうぞおとおりなすって下さい若旦那、どうぞ」

沖也は会釈《えしゃく》をしてあがった。

内所と板場の境にある階段の下で、うしろからお京が追いついて来た。年は二十歳になるし、背丈もたっぷりしているし、しもぶくれの顔も、無表情なくらいおちついていて、どうかすると三つ四つも老《ふ》けてみえることがあった。生毛《うぶげ》のような薄墨色のぼうぼう眉毛《まゆげ》や、ちか眼だそうで、いつも少し眩しそうに細めている眼つきや、ふっくらとした受け口。また、いくらか鼻にかかった声で、一と言ずつ辿《たど》るようにものを云うところなど、ぜんたいが町娘というより、相当な武家の奥ででも育ったような気品が感じられた。

「お帰りなさい」とお京が云った、「みなさんもうみえていますわ」

「みなさん、――大和屋だけじゃあないのか」

「立花屋さんと紀伊国屋《きのくに》さんがごいっしょです、立花屋は八百蔵さんのほう、ご存じなかったんですか」

沖也はちょっと浮かない顔をした。彼は階段に足を掛けたが、二階座敷のどこかで三味線の音がするのを聞き「もう客か」とお京の顔を見た。

「ええ、半刻《はんとき》くらいまえかしら」とお京は答えた、「お夏ちゃんの話によると、御大身《ごたいしん》のお武家さまのようですって、お年は六十くらいで、なか（新吉原）の年増《としま》さんが二人、男芸者が二人だといったかしら、ああそう、――伊佐太夫さんもいっしょですって」

「伊佐、――十三蔵が」

「お夏ちゃんはそう云っていましたよ」

　冲也は首をかしげながら、疲れたような動作で階段を登っていった。彼は岩井半四郎とだけ話しあいたかった。二人だけでと断わりはしなかったが、自分の気持は大和屋にはわかると思ったのだ。それをどうして、市川八百蔵や紀伊国屋などを伴れて来たのか。立花屋も宗十郎もまだ親しくつきあってはいない、かれらがいるなら今日の話はやめだ、と冲也は思った。

　二階のその座敷は十帖《じょう》で、南側は堀に面しているし、廊下へ出れば大川が見えた。いまも廊下のほうの障子をいっぱいにあけてあり、やや西に傾いた春の午後の日光が、座敷の中まで明るくさし込んでいた。――ここには床の間がなく、東側は窓になっており、北側は六曲の屏風《びょうぶ》を立て、そこに三人の客が酒肴《しゅこう》の膳に向っていた。まん中に沢村宗十郎、その右に市川八百蔵、左に岩井半四郎という順であるが、半四郎と宗十郎のあいだに、一人分の席があけてあった。

「お先に始めています」と宗十郎が会釈して云った、「勝手ですが挨拶《あいさつ》はぬきに致しましょう、どうかこちらへ」

半四郎があいている席を示し、冲也はいちど三人に向って辞儀をしてから、その席へいって坐った。お京が女中たちに手伝わせて、冲也の膳をととのえるまで、話はあまりはずまなかった。宗十郎は冲也に、どう挨拶をしていいかわからない、と云った。四番町の殿さま——というのは冲也の父をさすのだが、——にはずいぶんごひいきになっている、本来なら席を並べるわけにはいかないのだが、若旦那はいま常磐津小松太夫で、芸の世界では失礼ながら自分が下座につくわけにはいかない。もう一つ、自分はあなたの端唄《はうた》が好きであるし、あなたの作る端唄にはぞっこん惚《ほ》れている。この芸の点では、自分よりはるかに格が上位だと思っている。挨拶に困るのは要するにこういうわけである、と宗十郎はしんから当惑したように笑いながら云った。

「紀伊国屋ともある人にそう云われては、私こそ挨拶に困ります」冲也は尋常に会釈をして云った、「土堤四番町の家を出てから中藤の姓も棄《す》てましたし、こんどは都座で出語りを勤めました、これからは太夫方のお世話になる軀《からだ》ですから、どうかそんな遠慮はなさらないで下さい」

それが緒口《いとぐち》になって、四人はなごやかに飲み始めた。

宗十郎は四十五六、八百蔵は三十がらみ、半四郎と冲也が同じとしの二十六であった。給仕はお梅とおぺこの二人。お京は冲也の脇に坐ったまま、なにもせずに、おっとりと話を聞いていた。おぺこは仇名《あだな》で、本当の名はおりうという。としは十七歳、軀は固太りの小さいほうだし、まる顔で眼もくるっとまるく、顎《あご》がちょっとしゃくれていた。どうしてそんな仇名が付いたのか、誰も理由は知らなかったが、見ているといかにも「おぺこ」という感じであり、このうちのにんき者であった。

「さっきうかがったんですけど」と急におぺこが云った、「富太夫さんが昨日、破門されなすったんですって」

　冲也が止めようとしたが、まにあわず、半四郎が吃驚《びっくり》したように冲也を見た。

「生田さんが」と半四郎が云った、「――それは本当ですか」

「三河町《みかわちょう》の佐渡《さど》屋のごしんぞさんと」

「りうちゃん」お京がゆっくりとおぺこを制止した、「ばかなこと云うんじゃないの、それより手がお留守よ」

「あの女はいけない」と宗十郎がおぺこの酌《しゃく》を受けながら云った、「佐渡屋のお藤《ふじ》さんといえば知らない者のない浮気者だ、これまであの女のためにどれだけしくじった者があるかしれやしない、富太夫がそれを知らない筈はなかったろうにな」

「富太夫も富太夫だからな」と八百蔵が半四郎に云った、「浮気者と浮気者で、どっちがどっちとも云えないさ」

「しかし住吉町から破門されたとすると、次の興行には出られないだろう」と宗十郎が八百蔵に云った、「――浅間嶽《あさまがたけ》は富太夫の出語りにきまっていたんじゃあないのか」

「その筈でしたがね」

「それは」とおぺこがすばやく云った、「代りに伊佐太夫さんが出るんですってよ」

「りうちゃん」とお京が云った。

半四郎はまた冲也の顔を見た。話を変えよう、という眼つきだった。相談というのを聞かせてくれ、という意味でもあるらしかったが、冲也は気づかないふうを装って、宗十郎と八百蔵の話を聞いていた。八百蔵と半四郎はよく一座を組むが、宗十郎は三津五郎、男女蔵《おめぞう》、友《とも》右《え》衛門《もん》らの一座で、いっしょに舞台へ出る機会が少ないから、お互いの遠慮で、芝居の話は避けるのだろう。ひいき客や、遊びの噂《うわさ》などが次ぎ次ぎに出た。――そのうちに宗十郎がふと口をつぐみ、みんな黙れ、というような手まねをして、そのままじっと聞き耳を立てた。静かになったこの座敷へ、遠くから三味線の音が聞えて来た。宗十郎は冲也に振返って「枕紙ですね」と云った。

「あなたの枕紙でしょう」

「古いものです」と冲也は苦笑した。

宗十郎はなお聞きすましていたが、三味線と唄が終るのを待って、あの唄を芝居に使いたいが、いいだろうかと訊《き》いた。廓文章恋《さとなまりこいの》三ツ引で、大尽《だいじん》文蔵が土堤を歩くときに下座《げざ》で入れたいのだという。冲也は承知したが、前弾きの三味線の手がいけないから、直してみましょうと云い、お京に振返って「ちょっと持って来てくれ」と囁《ささや》いた。お京は立ってゆき、すぐに三味線を持って来た。

「あのままでいいと思いますがね」と宗十郎が云った。

「まあ聞いて下さい」冲也《ちゅうや》は三味線の調子を直しながら云った、「あれは少し手が多すぎるんです」

一の三

冲也は爪弾《つまび》きで、静かに弾いてみせた。三さがりで始まり、二あがりで半節。それだけの、単純でゆったりとまをとった、ごく短い曲であった。

「これはいい」八百蔵が云った、「このほうがぐっと引立ちますよ紀伊国屋さん」

「うん」と頷《うなず》いて宗十郎は冲也に云った、「お手数ですがもういちど聞かせて下さい」

冲也はまた弾いた。

「結構ですね、これは結構です」と宗十郎は幾たびも頷きながら云った、「ぜひそれで使わせていただきましょう、よろしゅうございますね」

「お役に立つなら、どうぞ」

冲也は三味線の絃《いと》をゆるめてお京に渡し、宗十郎はおぺこから銚子《ちょうし》を受取って、冲也に酌をしようとしたが、冲也の盃《さかずき》は初めに注《つ》いだ酒がそのままになっているので、一つ受けて下さい、と持っている銚子を見せた。

「だめなんですよ」とお京が云った、「若旦那《わかだんな》はめしあがれないんです」

「へえ、本当ですか」

「ゆうべの楽《らく》祝いにね」と八百蔵が笑いながら云った、「松島屋が先立ちになってむりにすすめたんです、初めての出語りで好評を取ったのだから、どうでもここは祝わなくてはならないと云ってね、私もだいぶ煽《あお》りましたよ、——小松太夫《こまつだゆう》もあとへひけなくなり、ほぞを固めたという態《てい》で飲みました」

「あのときの渋い顔」と半四郎が云った。

「盃に三つだったかな」と八百蔵が半四郎を見て云った、「すうすっとあけるので、これは飲めない口ではないと思いましたが」

「五つですよ」と半四郎が云った、「心配だから私はよく見ていたんですが、盃に五つでしたね、鮮やかにあけてしまったんで、私もおやっと思ったところ、たちまち顔面蒼白《そうはく》となって討死にです」

「悪い人たち」とお京が云った、「大和屋さんはよく知っていらっしゃるじゃありませんか、ずいぶんひどいことをなさるのね」

　沖也がお京を制止しようとしたとき、襖《ふすま》の外で声が聞え、それから女中のお夏が顔を見せて、お京を眼で招いた。お京が立ってゆくと、お夏は低い声でなにか囁き、お京がそれに答えてかぶりを振った。しかしお夏はなお、手まねをしながら囁き続け、お京はやむを得ないという表情で、こっちへ来て沖也の脇《わき》へ膝《ひざ》を突いた。

「どうしましょう」とお京は沖也に云った、「あちらのお客さまが、いまの三味線を聞いて、若旦那の唄がうかがいたいから、ぜひ来ていただきたいって仰《おっ》しゃるんだそうですけれど」

「困るね」と冲也は答えた、「私はこのとおり客を招いているんだから」

「それは構わないが」と宗十郎が云った、「その客というのはどういう人です」

「御身分を隠していらっしゃるんですけれど」とお京が答えた、「話のようすではお大名の御隠居さまらしいんですって、なかの年増さんが二人、幇間《ほうかん》が二人、それから伊佐太夫さんがみえてますの」

「それはいったほうがいい」と宗十郎が冲也に云った、「いまの三味線で小松太夫とわかる人なら相当なものだ、この世界ではひいき客は大切ですからね、こっちに遠慮はいらないからぜひいっておあげなさい」

八百蔵も半四郎もそうしろとすすめた。

——おれは座敷を勤める芸人ではない。

冲也はそう思ったが、三人のすすめを無視するのも悪いので、「ではほんのちょっと」とお京に答えた。待っていたお夏は、いかにも大役をはたしたというふうに胸を押え、三味線はあたしが持ちましょうと云った。しかしお京は自分で三味線を持ち、おぺことお梅にあとのことを命じて、冲也といっしょに立ちあがった。

その座敷は「雪」と呼ばれる十二帖の広間で、この二階のいちばん奥にあり、八帖の次の間が付いていた。お京は廊下をゆきながら、袴《はかま》を持って来ようかと訊いたが、冲也は黙って首を振り、次の間へはいると、そこで坐って三味線を取った。

「どうなさるの」

「ここでうたうのさ」と沖也は調子を直しながら云った、「――その襖をあけてくれ」

お京は三味線の調子がきまるのを待って、広間と境の襖を左右へあけ、沖也は三味線を置いて頭をさげた。

「よく来てくれた、さあこちらへ」と少ししゃがれてはいるが、よくとおる声で云うのが聞えた、「そこでは遠い、こっちへはいってくれ」

　沖也は顔をあげた。客は六十がらみで、木綿のこまかい紺飛絣《こんがすり》に、柿《かき》色の袖《そで》なしをはおり、短刀だけを前半に差していた。その左右に二十六七の芸妓《げいぎ》が二人、少しさがって幇間が二人、次に伊佐太夫の十三蔵が、平の膳を前に坐っていた。

「失礼ですが」と沖也が云った、「私はあちらに客を待たせておりますので」

「ああそれはいま聞いた」と老人は遮《さえぎ》って云った、「よければその客たちにも来てもらってもいいが、まず沖也ぶしが聞きたいのだ、とにかくこっちへはいってくれ」

「せっかくの仰せですが、私はここで御勘弁を願います」

「強情を張るな」と老人が云った、「ここでいま伊佐太夫自作の端唄を聞いていたが、そこへ沖也ぶしの三味線が聞えて来た、伊佐太夫自作という唄もなかなか結構なものだったが」

「それは御前ちがいます」と十三蔵がうろたえたように云った、「あれは枕紙といって、中藤さんが作ったものです」

「沖也ぶしだって」老人はからかうように十三蔵を見た、「――しかしおまえはいま、てまえの作ったものだと」

「失礼ですが」と冲也が云った、「端唄などというものは即興で、そのときによって三味線の手やふしまわしが変るものです、いまの枕紙にしましても、伊佐太夫がうたえば伊佐太夫のもの、私の作とは決して申せません」

「なるほど」と云って老人は微笑した、「どうやらおれはよほどの浅黄裏らしいな」

「それにつけこむようですが、私からもお願いがございます」

「聞きましょう」

「せっかくお耳をけがすのなら、新しい唄にしたいと存じます」と冲也は云った、「不躾《ぶしつけ》ですが唄の文句を作っていただきましょう」

「おれに、文句を作れと云うのか」

「それに曲を合わせてお聞きにいれます」

「難題だな」と老人が云った、「おれのような田舎者にはむりなはなしだ」

「あなたは平戸侯《ひらどこう》」と冲也が云った、「肥前のくに平戸、六万石の御領主であるとともに、静山の号で甲子夜話《かっしやわ》という書物の筆者でもいらっしゃる、端唄の文句の五つや六つは、ぞうさもないことと存じますが」

「こいつ、――」と云ったが、老人はよく揃《そろ》った白い歯を見せて笑った、「どうやらこんどは、そっちが浅黄裏になったようだな」

「生れつきでございます」

冲也がそっと低頭したとき、廊下のかなたが急に騒がしくなり、乱れた足音を縫って、

「十三蔵出て来い」と、喚《わめ》きたてる声が聞えて来た。

一の四

伊佐太夫がどきっとするのを、沖也は見た。盃を口のところまで持っていった伊佐太夫は、危なく盃をとり落しそうになり、こぼれた酒が彼の袴の膝を濡《ぬ》らした。出て来い十三蔵、というその叫びは、生田半二郎の声のように聞えたし、騒ぎのようすでは、ここへ押しかけて来るようにも思えたので、沖也が立とうとすると、「あたしがいってみます」と囁《ささや》き、お京が静かに廊下へ出ていった。

平戸侯と呼ばれた静山老人には、その叫び声の意味がわからなかったであろう、二人の芸妓になにか命ずると、幇間の一人に矢立《やたて》と料紙を取出させた。芸妓の一人は盃台、他の一人は銚子を持って、こっちの座敷へ来、沖也の前に坐った。

「中村座、よかったわ」と銚子を持ったほうの妓《おんな》が云った、「あたし五たびもいったのよ」

「この人は五たび、あたしは七たびよ」とまる顔のほうの妓が云った、「あの舞台、若旦那の出語りのほうがさらってましたね」

「若旦那はよせ」と沖也が云った、「――こっちはいいんだ、向うへいっていろよ」

「いまの人がお京さんね」銚子を持ったおもながの妓が云った、「あなたがいらっしゃるとお側に付いたっきりで、ほかの者は寄せつけないって聞いたけれど、いまはそうはいきませんよ」

「そうよ、浦さまというお客さまに云いつかったんですもの、お京さんがなんですか、このお政もおしんちゃんもここは動きませんからね」

「ばかなことを云うな、相手は嫁入りまえの娘だぜ、いいから向うへいってってくれ」

騒ぎはしずまったらしい。静山老人もこのあいだに書き終っていて、それにちょっと筆を加えてから、幇間の一人に、冲也のところへ持って来させた。久六というその幇間も、冲也とは馴染だったが、客の供をして来ているため、芸妓たちと同じように、挨拶を控えていたのである。彼は跛《びっこ》とかてんぼとか、よいよいのまねをして踊るのが得意であった。

「御前からこれを、——」久六は持って来た紙を冲也に渡し、辞儀をしながら囁き声で云った、「ごきげんよろしゅう、若旦那、中村座がまたたいそうな評判で、へえ、おめでとうございます」

「そんなことをここで云いだすやつがあるか」冲也は久六を睨《にら》んだ、「黙ってこの二人を向うへ伴《つ》れてってくれ」

そして紙を持ち直し、書いてある文句に眼をとおした。久六はお政とおしんに眼くばせをした。かれらも冲也が飲まないことを知っているので、盃台や銚子を持って元の席へ戻った。

「思い切ろうとあきらめて、それから恋になりしとや、浮名も立たで」

冲也はそっと声に出して読み、さらに暫《しばら》く、その文句を見まもっていた。静かに襖をあけてお京がはいって来、冲也のうしろに坐って、なにか云おうとしたが、彼のようすを見て口をつぐんだ。——静山老人はお政に酌《しゃく》をさせながら、冲也のことは忘れたように、幇間たちをからかったり、きげんよく笑ったりしていた。冲也は紙を持ったまま、右手を膝に置き、指で拍子をとりながら、頭の中でふしを綴《つづ》ってみた。

これは負けだな、これはおれの負けだ、と冲也はやがて思った。祖父の勘也にも、これと似たようなめにあわされたことがあった。十六か七のときだったろう、庭で木剣を振っていると、祖父も木剣を持って出て来て、どこからでも打込んでみろと云った。見ると地摺《じず》り青眼の構えだが、隙《すき》だらけであった。祖父は背丈が低く、瘦せて、貧相な軀つきだったし、剣術をやったなどということも聞いたことはなかった。おれは十二のとしから念流をならい始め、殆《ほと》んど休みなしに稽古《けいこ》を続けていたし、道場ではもう五位か六位に置かれていた。だから、けがをさせない程度に祖父をあしらってやろう、と思ったのだが、いざとなるとまるで手が出なかった。隙だらけのように見えていて、打を入れようとするとどこにも隙がない。祖父の木剣がやわらかにゆらりと動くと、おれは息が詰り、かっと頭に血がのぼった。あとで気がつくと全身に汗をかいていたが、いまの気持もそれと同じようだ。——思い切ろうと、という第一句に二あがりの曲を当てると、第二句が続かなくなり、第一句を三さがりで付けると、結びの句が同じ曲へ返ってしまう。どうしてもだめだ、と冲也は心の中で両手をあげた。

「降参いたしました」冲也は軽く低頭して云った、「せっかくお作をいただきましたが、私にはふしが付けられません」

「ほう」と静山がとぼけたような顔つきで冲也を見た、「文句が気にいらないか」

「もちろんそうではございません、いまの私には手が届かないというだけです」

「結びの一字を、ず、と直してはどうか」

冲也は口の中で読んでみた。浮名も立たず、浮名も立たず、いや、そう云い切ってはだめだ、立たで、と余情をのこすほうがいい、と彼は思った。

「まことに恥ずかしゅうございますが」と冲也はまた低頭して云った、「やはりいまの私には手に余るようです、これは暫くお預け下さるよう、お願い申します」

「そう堅苦しく考えることもないが」と静山老人は笑った、「それではなにか一つ聞かせてもらうとしようか」

「それはまた難題でございますな」

「どうして」

「お作にふしが付けられないため、ただいま私は降参を致しました、そのお方を前にしてうたえるものでございましょうか」

「やぼなことを云う男だ」と老人が云った、「おれはそのほうの端唄が好きで、一とふし聞きたいと思ったからこれへ呼んだ。そのほうも三味線を持って来たのはうたうつもりだったのではないか、たかが酒席のなぐさみだ、手に余るの降参するのと、肩肱《かたひじ》を張ることはないだろう」

私の作る端唄は単に酒席のなぐさみものではない、冲也はそう云おうとした。また同時に、私は客の座敷をとりもつ芸人ではない、とも云いたかった。しかしどっちも口には出さず、尋常に手を突いて詫《わ》びた。

「どうやら御機嫌を損じたようでございますな、お許しを願って私はさがります」

そして礼をして、静かに立ちあがった。老人は呼び止めなかった。三味線を持ったお京があとから来、いっしょに元の座敷へ戻ると、そこには半四郎が一人、おぺこを相手に飲んでい、八百蔵と宗十郎はみえなかった。二人は迎えがあって帰ったという、お京は冲也の脇に坐りながら、いまのお客をどうして知っていたのか、と問いかけた。

「まえに四番町の屋敷で見かけたんだ」と冲也は答えた、「勘也という私の祖父と気が合っていたらしい、むろん祖父のほうでもよく訪ねていったようだが、平戸侯が四番町へみえたのも、二度や三度じゃあなかった」

「あたしその御隠居さまのことを覚えていますわ」とお京が云った。

冲也が振向いて「平戸侯をか」と云った。

「いいえ」お京はゆっくりとかぶりを振った、「あのおつむの大きな、あなたのおじいさま」

「平戸侯というと松浦さまですね」と半四郎が云った、「向うではあなたを知らなかったんですか」

「と思うね、最後に見かけたのが八年くらいまえのことだし、べつに話しあったわけでもないんだから、しかし今日は、ぴしっと一本やられたよ」冲也は膳《ぜん》の上の盃を取ってお京に渡した、「これをあけてくれ、一と口だけ飲もう」

お京は盃を受取って中の酒を盃洗《はいせん》へあけ、冲也に返してから、おぺこの渡した燗《かん》徳利の温かみを指で触れてみたのち、彼により添って酌《しゃく》をした。ほかの者ならそういうこまかい動作は眼につかないものだが、お京がすると、そのしなやかにゆっくりとした動きの一つ一つが、まるで踊りの手のようなきまりきまりをもっていて、見る者の眼をこころよくたのしませてくれるのであった。

「生田はどうした」と冲也がふとお京を見て訊いた、「さっきのは生田だろう」

「下で寝てます」とおぺこが答えた、「廊下で酔っぱらって潰《つぶ》れちゃったんです」

「富太夫さんは破門のことで」

「その話はよそう」冲也は半四郎の言葉を遮《さえぎ》り、ふところから四つに折った紙を取出して、相手に渡した、「それよりこれを読んでみてくれ」

半四郎は紙をひろげてみた。

一の五

「おもい切ろうとあきらめて、それから恋になりしとや、浮名も立たで、——浮名も立たで」と読んで、半四郎は冲也を見た、「これがどうしたんです」

冲也は静山とのやりとりを語った。半四郎は聞きながら、いま読んだ紙を返そうとし、お京がそれを受取った。

「しゃれた唄じゃありませんか、どうしてふしが付かないんです」

「大和屋に訊《き》くけれど」と沖也が云った、「妹背山《いもせやま》でおみわと定高《さだか》の二役をするときには、どうしてもおみわの役が仕にくいと云った、どうして仕にくいかね」

「そうだな」半四郎はちょっと考えるような眼つきをしたが、すぐに答えた、「数えればいろいろあるが、やはりどうにも仕にくい、と云うよりほかにないでしょうね」

「私もそう云うよりほかにないんだ、それに、――」沖也は酒を一と口啜《すす》って云った、「私はもう端唄とは縁を切るつもりなんだよ」

廊下で賑《にぎ》やかな足音がし、障子の外で久六が声をかけた。おぺこが立っていって障子をあけると、お政と久六がはいって来、半四郎がいるのを見て静かになった。二人が神妙に挨拶を始め、沖也はうるさそうに遮った。

「いえ、それがね」と久六は膝《ひざ》ですり寄りながら云った、「あなたを取巻こうというんじゃありません、じつは御上使として参上つかまつったんで」

「あたしは目付役というところなんです」

「べっして口上《こうじょう》はございません」と云って久六は白扇をひらき、四角に折った紙包をのせて平伏した、「へい、あちらの殿さまからこれを、大儀であったとの御上意でございます」

お政がその白扇を持ってすり寄り、沖也の前へ差出した。半四郎が側から、いけませんよ、と囁いて小さく首を振った。怒ってはいけない、受取るがいいというのであろう。沖也は微笑しながら、ふところから紙入を出し、幾つかの小粒を懐紙に包むと、それを白扇の上の包と並べて置き、お政のほうへ押しやった。

「殿さまからおまえたちに心付だ」と冲也は云った、「私が礼を申上げたと伝えてくれ」

お政が久六に振返った。

「さあ、こっちは大事な相談があるんだ」と冲也は云い足した、「邪魔にするようだが、これでひきあげてくれ」

冲也の口ぶりがきびしかったので、二人は挨拶をするとすぐに出ていった。

「やっぱり侍かたぎがぬけないな」と半四郎が盃を取りながら云った、「ああいう物はおとなしく受取っておくものですよ」

「時と場合によるさ」

「では端唄と縁を切るというのは、どういう時と場合によるんですか」

「その話で来てもらったんだが」と云って、冲也は袂《たもと》をさぐり、ふところをさぐり、坐《すわ》っている左右を見まわした、「――たしかここに、おかしいな」

「なにを捜していらっしゃるの」とお京が訊いた、「――お唄の紙はここよ」

「いや、本なんだ、いと柳恋の苧環《おだまき》という」

「ああ、それなら預かってあります」

「預けたって」

「駕籠《かご》へ忘れていらしったのよ」と立ちあがりながらお京が云った、「駕籠屋の若い衆が届けて来たので、あたしが預かっておきましたの、いま持って来ますわ」

そうか、それは危なかったな、と沖也は呟《つぶや》き、お京は出ていった。

「なんですその、本というのは」

「まず読んでもらわなければならないが」と沖也は半四郎に云った、「簡単に云うと、江戸芝居で新しい出し物をやってみたいんだ」

「うかがいましたよ」

「聞いたって、——この話をか」

「だから立花屋と紀伊国《きのくに》屋をさそって来たんです」

「まいったな、いつのことだ」

「ゆうべの楽祝いのあと」と半四郎は微笑しながら云った、「あなたが酔いつぶれたので私が暫《しば》く側に付いていた、するとあなたが話しだしたんです」

「まいったな、それは、ちっとも覚えがない、おそらくつじつまの合わないことを云ったんだろうな」

「私は面白《おもしろ》いと思いました、義太夫浄瑠璃《ぎだゆうじようるり》のように、江戸浄瑠璃の出語りをとおして使う芝居、これはうまくいけば当りますよ、そのまえにあなたは、上方《かみがた》芝居の実事《じつごと》と、江戸芝居の荒事《あらごと》仕立を比べて話され、これからの芝居はどうしても実事をのばしてゆかなければならないし、浄瑠璃もまた一定のふしでなく、その芝居の主題を生かして新しく作らなければならない、——これはいいですよ、私はぜひやってみたいと思いますね」

お京が戻って来、おぺこに「お燗がついててよ」と云った。おぺこはあいた燗徳利や皿小《さらこ》鉢《ばち》を持って立ってゆき、お京は沖也に本を渡しながら坐った。

「そこまで話したのなら云うことはない」沖也は本をざっとめくってから、それを半四郎に渡した、「これは私が新井泊亭と相談のうえ、まとめてもらった新しい本だ、いろいろだめを出して、三度書き直してもらったんだが、とにかく読んでから意見を聞かせてくれ」

「筋も新しいんですね」

「泊亭がまえに出した小説を三幕の芝居に仕立てたんだ、筋はごく単純だが、芝居の仕どころは充分あると思う」

「拝見しましょう」半四郎は本をちょっと額に当てて云った、「四五日かかりますが、よろしゅうございますか」

「どうぞゆっくり、やるにしても秋か顔見世《かおみせ》だろうからね」

おぺこが燗徳利を二本持って来た。沖也はその一つを取って半四郎に酌をし、有難う、と云った。なんです有難うとは。話に乗ってくれた礼だよ。礼ならこっちから云わなければならない、新しい芝居ができ、それが当ってくれれば、誰より得をするのは役者ですからね、と半四郎が云った。

「もう一つ酌をしよう」沖也はまた酌をし、徳利をお京に渡して自分の盃を取った、「私ももらおうかな」

お京が酌をし、沖也は一と口啜《すす》った。

「おれは、——私はね、こういうことを考えているんだ」と沖也は云った、「およそ芸の世界に生きる者は、自分の感じたもの、苦しみや悲しみや悩みや、恋とか絶望、もちろんよろこびとかたのしさをも含めて、人間の本性に触れることがらを、できるだけ正《まさ》しく、できるだけ多くの人たちに訴えかけたい、ということが根本的な望みだろう、――これは院本《まるほん》作者も読本《よみほん》作者も、また歌舞伎《かぶき》役者も浄瑠璃語りも同じことだ、浄瑠璃は本に書かれた物語を、もっともよく活《い》かすためにふしを付ける、役者は舞台で、その二つを演技という具体的な芝居にまとめて観客に訴える、この場合には三者が一体になって主題の効果をたかめるのだが、その効果が観客に与える感動は、それをまとめあげた三者にとっての生きがいだ、本を書く者、ふしを付ける者、演技であらわす者、この三者はそれぞれ、自分の訴えかけたいものをできるだけ多くの観客、――または読む人、聞く人、観《み》る人たちに正しく受入れられ、感動されることが望みであり、ただ一つの生きがいだろう、そうじゃあないか」
「むずかしいことになりましたな」
「いっそおれ自身の話をしよう」冲也は残っている酒を啜り、手の中でからになった盃をもてあそびながら続けた、「――おれは常磐津《ときわず》小松太夫としてよりも、好きで作る端唄《はうた》のほうで知られている、いましがた平戸侯までが冲也ぶしと云われた、慥《たし》かに、端唄のふし付けは性に合っているし好きなことも好きだ、けれども即興にうたわれるものを作るだけでは、生きているかいもないし、この道へはいった意味もなくなる、だから端唄とはきっぱり縁を切って、後世に残るような仕事をやろうと思うんだ」
「それがつまりこの芝居ですか」

「うまくゆけばね」と沖也は盃をお京のほうへ出し、酌をしてもらうと一と口啜って云った、「——初めからうまくゆくとは思わない、いや、たぶん板には乗るだろう、その泊亭の本もかなりよくできているし、浄瑠璃のふし付けもあらまし見当がついている、舞台にも乗るだろうし、おそらく或《あ》る程度まで成功するだろうと思う、けれどもそれはこの芝居だけのことで、第二作、第三作と、あとに続くものが問題なんだ」

「あなたは常磐津でなく、新しい浄瑠璃を編みだすつもりですね」

「そう、新しい本による新しい浄瑠璃、その本の内容によって、その内容をもっともよく活かすふしの浄瑠璃だ」

これまでの浄瑠璃は、そのふしや語りくちが一定している。義太夫ぶしにしろ常磐津にしろ富本にしろ、本の内容によって部分的に変化はつけるが、ふしや語りくちはそれぞれの特徴を出ることがない、そのため新しい本にふし付けをしても、表現されるものは一定の型にはまってしまう。これは誤りではないにしても、正しいありかたとは云えない。新しい本には新しい内容があり、その内容を活かすためには、浄瑠璃もその本に添って新しいふしを作りだすのが当然だ、と沖也は語った。半四郎はそのまま賛成はしなかった。理論はよくわかるが、芝居にしろ浄瑠璃にしろ、客の眼や耳になじむ、ということも大切であろう。役者の演技にもそれぞれの特徴と癖があり、客はその演技を観《み》に来る。仮にその役者が客の期待に反した演技をすれば、客のひいきははなれてしまうだろう。いやそれは違う、演技の特徴や癖は絶えず新しく、くふうされ進歩しなければならない。たとえば客の一部は大和屋のせりふまわしや芝居の仕癖に期待をかけているが、それは或る芝居の或る役についてであって、どの芝居でも同じような仕癖を繰り返すとなれば、それこそ客ははなれてしまうにちがいない、と冲也が云った。

「そこがむずかしいところです」と半四郎は酒を飲んでから云った、「評判記の作者などはすぐに不勉強と云い、くふうが足りないと叱《しか》りますが、役者にも役者の立場があるし、なにより客があっての芝居ですからね」

「要点をもう一つ絞ろう」冲也はお京に盃を差出した、「注《つ》いでくれ」

「これで三つめですよ」とお京は云い、ほんの僅《わず》かだけ酒を注いだ。

客あっての芝居という考えは違う。いい芝居があって初めて客が来るのだ。中村座も市村座も森田座もこのところずっと休み、控櫓《ひかえやぐら》の桐《きり》座や都座、河原崎《かわらざき》座などが代りに興行をしている。それは芝居に変りばえがなく、新作のいい出し物がないためではないか、と冲也は云いたかった。しかし彼は言葉をやわらげ、つづめて云えばいまの江戸芝居のありかたが問題だ、と云った。

「大雑把《おおざっぱ》な云いかただが」冲也は酒をちょっと啜って続けた、「江戸の芝居は型物《かたもの》にたよっている、新作らしい新作は極めて少ないし、たいていは曽我とか忠臣蔵をたねに、部分的な趣向を凝らすだけだ、これでは芝居は見世物になるだけだと思う」

「それはゆうべ、実事と荒事の話で聞きましたよ」

「杉山半六のことも話したか」

「杉山半六」半四郎は訝《いぶか》しげな眼つきをした、「どういうことです」

「宝永元年の二月に、市村座で初代団十郎が殺された」

「ええ、殺したのは生島半六《いくしまはんろく》でしょう」

「江戸へ来てから生島を名のるようになったが、まえには杉山半六といった、おれのしらべたところに間違いがなければ、上方で坂田藤十郎《さかたとうじゆうろう》の芝居にいた」と冲也は熱のこもった口ぶりで続けた、「——藤十郎は近松門左衛門の本によって、まったく新しい実事《じつごと》という演技を創案した、それまでの芝居が舞踊とか、史上の英雄豪傑伝などを主にしていたのに対し、心中物といって、ごく平凡な市民の人間的な苦悩や悲しみをとりあげたのだ」

芝居はここで大きく進歩し、見世物ではなく、人間生活とむすびついた。しかし江戸芝居はそうではなかった。団十郎の創案した荒事という、誇張された演技、人間生活と関係のない、観る者の眼をおどろかすための、非現実的な芝居を守っていた。もちろん団十郎は非凡な役者だったし、客はたのしみに来るのだ、という主張もあった。客はたのしむために銭を払って芝居へ来る、だからたのしんでもらうのが芝居の本分であって、実事芝居のように、市民生活の苦しさや悲しさを演じてみせるのは本分に反する。という意味のことを強く云っている。その主張にも一面の理がある、だが、「客をたのしませる」にしても、単にその場かぎりのものと、客の心に残り、客の生活に役立つ要素をもつものとがある筈《はず》だ。——客の大多分は、その場かぎりでも華やかで、誇張されて、観る眼にわかりやすい芝居を好むだろう。そしてその好みはさらに強い誇張と華やかさと、あくどい刺戟《しげき》を求めるにちがいない、と冲也は云った。

「杉山半六が団十郎を刺した理由はそこにある、と私は思う」

酔いが出たのだろう、冲也の顔は赤くなり、呼吸も深く、そして少し早くなった。

「私が覚えているところによると」と半四郎が云った、「半六の刃傷《にんじょう》は、成田屋に伜《せがれ》を折檻《せっかん》された恨みだ、ということでしたがね」

「半六は自分で一と幕主演するほどの役者だったし、伜の善次郎も立役を勤める年になっていた」と冲也は云った、「伜を折檻されたにしても、その親が相手を殺すなどとは筋がとおらない、おれはその点をよく考えてみて、これは芝居のことが原因だなと思った」

半六は藤十郎の一座にいた。そして、実事という新しい演技を身につけた。けれども江戸へ来てみると、団十郎の荒事がひじょうなにんきを集めている。見世物に近かった芝居を、実事という演技で大きく変化し前進させた藤十郎の成果は、荒事芝居によってまた逆戻《ぎゃくもど》りをしようとしている。これが狂言作者などなら、書いた本が百年のちに改めてその価値を認められる、という望みもあるが、役者はその日の舞台がいのちであり、舞台のほかで自分の演技が評価されることはない。――半六は現実にその壁にぶっつかった。団十郎が生きている限り、自分の芸は認められないだろうし、このままでは「荒事」のために、芝居が見世物にまで逆戻りをしてしまう。この二つの理由から刃傷の決意をしたのだと思う、と冲也は云った。

「初めて聞く話だな」半四郎は疑うようにではなく、事実を知りたいという口ぶりで云った、

「それはなにか記録でもあるんですか」

「伜を折檻されたからだという話にも、記録などはないね」と沖也は答えた、「団十郎びいきの立場から、そんなことらしいと片づけているだけだし、芸のことなどにはまったく触れていない、したがっていまの説はおれの想像にすぎないとも云えるが、事が役者同志であり、芸風のちがいという点を考えると、おれの考えのほうがもっとも事実に近いんじゃないかと思うんだ」

「そうだとすると、半六のやったことは失敗でしたね」半四郎は穏やかにやり返した、「彼は成田屋を殺すことはできたけれど、荒事という演技はこんにちでも生きているし、半六の名を知る者はなくとも、初代団十郎の名はいまでも天下に知られていますからね」

沖也は「うん」と眉《まゆ》をひそめながら頷き、残った酒を飲みほしてから、またお京のほうへ差出した。

「それからもう一つ」と半四郎は続けて云った、「あなたは少し買いかぶっていらっしゃるようだけれど、芝居の世界にはそんなにつきつめた気持はないものです、芸のちがいがあってこそ、お互いの仕どころが引立つのだし、荒事が芝居を逆戻りさせるかどうかも、ながい眼で見なければわからない、そういう問題で人を殺すようなつきつめた気持では、一日も芝居の世界では生きられないと思いますね」

お京はまだ酌《しゃく》をしずにいた。

「注いでくれ、大丈夫だよ」と沖也はもっと手を伸ばし、お京が酌をするあいだ黙っていた、

「そうかもしれない」と彼は盃の酒をそっと啜ってから云った、「——私はしろうとも同様だから、大和屋の云うことのほうが正しいかもしれない、しかし私は、男がもし一生を打込むに足る仕事だと信じたなら、いのちがけでやるのが本当だと思う」

「そこがまたむずかしいところでね」半四郎は右の肩をひょいとすくめた、「そういう心構えは必要だろうけれど、うっかりすると思い詰めたあげく、半六のような刃傷沙汰《にんじょうざた》になりかねませんからね」

「むろん半六のやりかたには私も反対だ、男が自分の仕事にいのちを賭《か》けるということは、他人の仕事を否定することではなく、どんな障害にあっても屈せず、また、そのときの流行に支配されることなく、自分の信じた道を守りとおしてゆくことなんだ」

「いかにもあなたらしい、おそらくそれが人間としてもっとも大切なんでしょう、けれども、——どうも反対ばかりするようですが」と云って半四郎はやわらかに笑った、「私の気持を正直に云わしてもらいますと、芸ごとというものはもっとおおらかな、一と口に云うと風流といった感じのものではないでしょうか、私が或る芝居の役を受持つときに、その役の性根《しょうね》というものと、その性根をあらわすために、人には云えない私なりの苦心やくふうを致します、そのとき私は、自分の芸をつくりあげることよりも、客がどう受取るかということをまず考えます、いまあなたが云われたとおり、私がどんなに自分の芸を磨《みが》きあげても、客からはなれたものでは幕が続きません、こうやっては俗だと思っても、五年のち十年のちを見合せて、こんにちの客といっしょに少しずつ演技をのばしてゆく、要するにおおらかな、風流という気持でやってゆく、というふうに考えて来たんですがね」

「それに間違いはないんだ」冲也の眉間《みけん》に深い皺《しわ》がよった、「それが生きてゆく知恵というものだろうね」と云って冲也は酒を啜った、「――私はもっと根本的な考えかた、つづめて云えば、人間が仕事をするには生きてゆく知恵以上のものがなければならない、と思うんだ、――この話はもうよそう」

「お気に障りましたか」

「ちょっと横におなりなさいな」とお京が脇《わき》から云った、「お顔の色が悪うございますよ」

「生田を見て来よう」

冲也は不安定に立ちあがった。よろめきはしないが、腰が不安定で、半四郎から眼をそむけながら出ていった。それはまるで、自分自身から逃げだすようでもあり、お京もすぐに立ちあがった。

「この本はたのしみに読むと云って下さい」と半四郎がお京に云った、「私はこのへんで帰ることにします」

一の六

階下へおりてみると、生田半二郎はもうそこにいなかった。あるじが呼んでいるというので、冲也はそのまま内所へいった、新助は長火鉢の前に坐り、妻のおすみの酌で飲みながら、退屈そうに棋譜《きふ》を読んでいた。あとから追って来たお京が敷物を直し、冲也はそこへ坐った。

「水をもらおう」と冲也が云った。

「召上ったんですか」とおすみが彼の顔を見て訊《き》いた、「お好きでもないのに、毒ですよ」

「酒より毒なものもあるさ」と冲也は暢気《のんき》そうに云った、「もちろん、そんな毒に負けるほど弱い軀《からだ》じゃあないがね」

お京が立ってゆき、大きな水差と、ギヤマンの洋杯を持って来た。冲也はお京が注いで出す水を、洋杯に二つ飲んだ。

「生田さんは面倒を起こしましたね」と新助が棋譜を置いて冲也を見た、「――浜屋のおつねさんといっしょでしたよ」

「浜屋というと」

「堺町《さかいちょう》の芝居茶屋です」と新助が云った、「おつねという若いかみさんのことを御存じでしょう」

冲也はちょっと吃《ども》った、「あの女を、ここへ伴《つ》れて来たのか」

「うちのこいつがみつけたんです、それまでは誰《だれ》も気がつかなかったんですがね」と新助は一と口飲んで云った、「なにしろ評判の立ってるかみさんですから、云いにくかったが帰っていただきました」

「それは知らなかった」

冲也は頭を振った。頭の芯《しん》に酔いが固まっているようで、左右に振ると痛みを感じた。

「生田さんもあの女の評判は聞いていたでしょうにね、あの女はいけませんよ」と新助はまた云った、「住吉町を破門になったそうですが、あのかみさんと早く手を切らなければもっとひどいことになる、浜屋はあのとおりの人間ですからね」

「それで、生田はどうしたろう」冲也はぼんやりと訊いた、「私の、——新石町のうちで待っている筈だったんだが」

「女と別れるまでは近よせないほうがようございます、今夜だって、もし二人が新石町へいったとすると、あなたはお帰りにならないほうがいいでしょう」

「泊っていらっしゃればいい」と云ってお京は親たちの顔を見た、「盃に四つも召上ったので、御気分が悪いのよ」

お夏という女中の声で「お帰りでございます」と云うのが聞えた。おすみが新助を促すような眼で見、新助は首を振った。でも、平戸の殿さまだそうじゃありませんか、とおすみが云った。なに、お忍びでいらしったんだ、なまじ挨拶《あいさつ》になど出ないほうがいい、と新助は答えた。それでおすみは衿《えり》をつくろい、髪に手を当てながら立っていった。

「大和屋さんがね」とお京が冲也に云った、「あの本をたのしみに読むからって、そう仰しゃってましたわ」

「まだいるのか」

「もうお帰りになったでしょ、もう帰ると仰しゃってましたから」お京は水差へ手をやった、「おひやを注ぎましょうか」

「私も帰る、生田のことがちょっと心配になってきた」

新助は反対した。浜屋の忠吉には悪いなかまがいる、女房《にょうぼう》のおつねが半二郎と出奔したとわかれば、すぐに手を廻《まわ》して捜しにかかるだろうし、冲也の住居などにはもう見張りが付いているに相違ない。お京も云うとおり、今夜はここで泊るほうがいいと思う、と新助は強い調子で云った。

「意地を張るようだが帰る」と冲也は立ちあがった、「——だらしのないやつだが、あれでも私には友達だからな、済まないが駕籠《かご》をたのむよ」

中ばたらきの女中が、行燈《あんどん》に火を入れて、おすみのあとからはいって来、お京は立って、冲也の着物の崩れを直してやった。

駕籠屋はすぐ表の河岸にある。お京に送られて格子戸口から出ると、駕籠が門をはいって来るところであった。気をつけて、危ないことをなさらないでね、とお京が云った。うん、と頷《うなず》いて冲也は駕籠のほうへいった。こんどはいついらっしゃるの、とお京があとからついて来て訊いた。二三日うちだ、と答えて冲也は駕籠に乗った。

「お大事に」とお京が云った、「いってらっしゃい」

河岸へ出ると、先棒の駕籠屋が、「雨になりそうですぜ、若旦那」と云った。冲也はなま返辞をしたまま、半四郎との問答を思い返した。十年ちかいつきあいで、半四郎なら自分の気持がわかるだろう、と思っていた。現在、江戸の芝居は五代目団十郎が中心になって、一つの完成期を迎えようとしている。市川団十郎という名は、初代の才牛《さいぎゅう》このかた劇界に君臨し、その権力は些《いささ》かも衰えていないし、それに対立し、反抗しようとする動きもない。上演される芝居の個々について検討するまでもなく、舞台の飾りつけや道具、衣装、顔のつくりも演技も、「荒事」から出た一定の型に支配されている。それは観《み》る者の眼に華やかであること、趣向が奇抜であること、わかりやすく単純な筋のうえに、演技が極端に誇張されること。またそれらが多く観客とのなれあいや約束にたよっていること、などでいっそう類型化する傾きがあり、上方からくだって江戸芝居にはいった役者までが、すすんでその流れに乗ってしまう。

「そればかりじゃない、もっと大事なことがある」と沖也は駕籠の中で呟いた、「近松門左衛門という偉才が、芝居に初めて新しい生命を与えた本まで、客を呼ぶために書き変えられることだ」

これはただ客の眼先《めさき》を変え、趣向を変えてごらんに入れるという、興行政策だけを主にしているからで、人間のかなしみや苦しみ、よろこびや悩みを、具体的なかたちにして観せる、芝居という本来の道に反するし、やがては見世物になってしまう危険さえある。

「客あっての芝居、と大和屋は云った」沖也はまた呟いた、「あの大和屋までがそんなふうに考えている、――だが、おれはやってやるぞ、理屈より仕事だ、本当にいい仕事をして、それで興行が成り立つということを証明すればいい、おれはやってみせるぞ」

沖也はこころよい昂奮《こうふん》と、それにともなう不安、――実際にそれができるかどうかという不安とで、心の緊張するのを感じた。

「浜屋の女房か、——」冲也は緊張した気持をほぐすように、眉《まゆ》をひそめながら声に出して云った、「自分の口から云わなくとも、すぐに相手の名はわかると云っていた、佐渡屋の女房ならわかるが、まさかあのかみさんとは思わなかった、ばかなやつだ」

新石町の家へ帰ってみると、由太夫が待っていた。冲也の預かっている多町の稽古所《けいこじょ》で、冲也の下を教えており、師匠の文字太夫よりも冲也の芸に心服していた。日本橋の瀬戸物問屋の二男で、本名は幸次郎、年は二十四歳であった。

「稽古所へおみえにならなかったので、こちらへ伺いました」と云って、由太夫は一束ねの紙包を差出した、「今月の分が揃《そろ》いましたから」

「いま着替えて来る」と冲也が云った、「夕めしをいっしょに喰《た》べるから待っていてくれ」

ばあやのお幸に訊《き》くと、生田は来なかったという、二人分の夕餉《ゆうげ》を命じておいて、冲也は顔を洗い、着替えをした。酒で本当に気持が悪くなるかと思ったが、うまくおさまったのだろう、弟子たちの謝礼の包を片づけ、由太夫と暫《しばら》く話しているうちに、空腹を感じてきた。由太夫は生田半二郎のことを心配し、破門になったことはともかく、相手が悪いから間違いがなければいいが、と繰り返し云った。

「私はよく知りませんが、浜屋のかみさんというのはたいへんな女だそうですね」と由太夫は右の耳たぶを摘《つま》んで引張りながら云った、「これまでにも男出入りが絶えず、そのうえ亭《てい》主《しゅ》の忠吉がやきもちやきで、相手の男をつきとめるとやくざを使って、半殺しのめにあわせるというじゃありませんか、片輪にされた者が現に幾人とかいると聞きましたが、生田さんはそれを知らないんですかね」

「人のことは噂《うわさ》ではわからない、――その手をやめろよ」

「え、ああ」由太夫は慌《あわ》てて耳から手を放したが、その手のやり場に窮し、うしろ首を掻《か》いたり、膝《ひざ》を撫《な》でたりした、「――忠吉は博奕場《ばくちば》へ出入りしているし、やくざなかまにも顔がきくそうですから、たとえ生田さんがお侍だったにしても」

「その手をどうにかしないか」と沖也は遮《さえぎ》って云った、「おまえのその手は、――」だが、そこで彼はゆっくり首を振った、「まあいい、生田の話はよしにしろ」

「ええ、そう仰《おっ》しゃるなら」

「生田だって子供じゃあない、あの女とそうなるには彼だけの覚悟があってのことだろう、当人が承知でやったことを、はたでやきもきしたってしようがないじゃないか、それよりおまえのほうはどうなってるんだ」

「私のほう、というと」

「とぼけるな、茨木屋《いばらぎや》の娘を嫁に貰《もら》うんだろう」

由太夫は赤くなった。いかにも正直に赤くなり、また右手のおちつきを失った。そしてうしろ首を叩《たた》き、頭を掻き、顎《あご》を撫で、耳たぶを摘み、それを慌てて引込めて衿《えり》を直し、鼻を擦《こす》り、それらを沖也が見まもっているのに気づくと、始末に困ってうしろへ隠した。

「おかしなやつだ」と沖也は苦笑した、「おまえ自分の手が自分で自由にならないのか」

由太夫は返辞にゆき詰ったのだろう、うしろへ隠した手を出して、つくづくと眺《なが》めたのち、またうしろへ廻し、角帯のむすび目のところへしっかりと挟《はさ》み込んだ。

お幸の給仕で夕飯を済ますと、まもなく由太夫は帰っていった。戸口のところで、提灯《ちょうちん》を持ってゆけとお幸がすすめ、まだ昏《く》れたばかりだし、多町までは一と跨《また》ぎだから、と由太夫が断わっていた。冲也はそのまま居間へはいり、ふし付けを符号にした巻紙を、机の上にひろげた。横に三本の線を引き、その線にふしの勘どころを符号で入れる。調子の変るところは、本調子とか、二あがり、三さがりと印《しる》し、ま拍子の取りかたは鉤《かぎ》形の大小であらわしてあった。それは彼が新しい浄瑠璃のふし付けをするに当って、便法《べんぽう》として考えだしたものであるが、——その巻紙をひろげたとき、勝手のほうでお幸の声が聞えた。誰かにおどかされでもしたように、ふるえあがる声が聞え、そして急にしんとなった。なにか異常なようすが感じられたので、立ちあがろうとすると、襖《ふすま》をあけてお幸が覗《のぞ》いた。

「どうぞちょっと」とお幸が囁《ささや》いた、「生田さまです」

冲也が立ちあがり、お幸は勝手のほうへ眼をやった。彼はすぐに茶の間をぬけて、勝手へいった。半二郎はあげ蓋《ぶた》のところへ腰を掛け、折れるほど首を垂れていた。うしろ姿の肩が、激しい呼吸のために揺れてい、着物の左の袖が大きく裂けて、二の腕があらわに見えた。冲也が声をかけると、振向いた顔は灰色になって硬《こわ》ばり、顎から頸《くび》のところまで、赤黒く血がこびりついていた。

「けがをしたのか」

「返り血だ」と生田は首を振りながら云った、乱れた髪の毛が顔へふりかかり、彼は苦しそうに喘《あえ》ぎながら、笑おうとした、「いきなり三人にとびかかられて、どうしようもなかった、伴《つ》れもあるし、酔ってもいたんでね」
「刀を持っていたのか」
「脇差《わきざし》だけ、用心のために」生田はそこで息をついた、「そんなこともあるまいとは思ったんだが、いきなりやられたんで、つい抜いてしまったんだ」
「殺しはしないだろうな」
「わからない」生田はまた首を振り、血のこびりついたところを指さした、「ここへ返り血が飛んだのを覚えているから、一人はことによるといけないかもしれない、あとの二人は擦《かす》り傷だろうと思う、そんなことで、今夜にも江戸をぬけだしたいんだ」
「伴れはどうした」
「済まないが少し貸してもらえないか」と生田が弱よわしく云《い》った、「おちつきさえすればなんとかなる、二人っきりだから食うぐらいのことはどうにでもなるが、いまは路用《ろよう》も持っていないんだ」
「伴れは外にいるのか」
「舟を頼みにやった」
「あがれよ」と沖也は云った、「そんな恰好《かっこう》では一町と歩けやしない、おれの着物を出すからまず顔を洗うがいい」
生田は腰をあげながら、「おれは本気なんだよ」と云った、「中藤は軽蔑《けいべつ》するかもしれないがね、おれは生れて初めて、本気であいつに惚《ほ》れたんだ、これだけは覚えておいてくれ」
「おれは軽蔑なんかしないよ」と冲也は云った、「なんであろうと、人間が本気でやることはそのままで立派だ、人のおもわくなんぞ気にするな」
「路用は貸してもらえるか」
「出しておこう」と云って冲也は顎をしゃくった、「顔を洗えよ」

独白

あの方が芝居の本に浄瑠璃《じょうるり》のふし付けをなさるということだ。——はなしは三月ごろから始まり、五月になってから、都座の座元とはっきり契約ができたのだそうである。そこまで纏《まと》めるには大和屋がずいぶんはたらき、成田屋へは立花屋が頼みこんだと聞いた。あの方は常磐津《ときわず》ではなく、あの方の好みどおりに新しいふし付けをなさるらしい。世間で冲也《ちゅうや》ぶしという、まねてのないあのふしが、どんなふうに生かされるかと想像すると、たのしみなような、またこわいようなおもいで、想像するたびにあたしは胸がふるえ、息が詰りそうになるのである。

あたしの身の上も、この僅《わず》かな期間にまた変った。松廼家《まつのや》から出て、裾《すそ》を引いたのは五十日そこそこ。森田座であの方の出語りの姿を見てまもなく、ぜひ世話をしたいという客があらわれた。ふしぎなことに、こんども相手はお侍だったし、やはり断われない義理が絡《から》んでいた。改めて云《い》うまでもないだろうが、こういう世界での人の出入りには、大なり小なり義理の絡むものであり、ぬきさしならぬように仕組まれるのが常のことだ。あたしは実の母の家から出ていたのだが、それでも例外にされることはなく、三月はじめに引き祝いをして、再び囲われ者のくらしにはいった。買って貰《もら》った家は駒形《こまがた》河岸で、部屋が五つ、なんとかいう木の生垣《いけがき》がめぐらしてあり、東に面した五十坪ほどの庭から、大川をすぐ眼の前に眺《なが》めることができた。旦那《だんな》の好みで風呂場《ふろば》を建て増し、若木の松を五本入れたりしたため、もともと寮ふうの造りだったのがいっそうおちついて、駒形などという土地にあるとは思えないほど、閑静な住居になった。旦那の名は竹島与兵衛《たけしまよへえ》としておこう、本名はあたしも知らないし、知りたいとも思わなかった。どこの御家中《かちゅう》でどのくらいの御身分かもわからない。あたしはただ、お付きの人の云うことを「そうか」と受取っただけであった。――おとしは五十から五十五六のあいだ。痩《や》せた小柄《こがら》な軀《からだ》つきだが、筋肉はこりこりと引緊っているし、浅黒い膚《はだ》もつやつやしてみえた。ふだんは静かな人で、動作も言葉もごく穏やかだし、むりなことも決してなさらなかった。隠居をなすっているそうで、月に二度か三度は泊っていらっしゃるのだが、そんなときでも、あたしがちょっと気のすすまないようすをみせると、手も触れずに帰る、というふうであったが、怒るとこわい人だということは、あたしには察しがついていた。

　初めにくどかれたのが中年のお侍、次には西村さまに囲われ、こんどもまたお武家で、年配も似たりよったりである。――駒形へ移ってからまもなく、どうして自分はこう侍に好かれるのかと思って、われながら可笑《おか》しくなったとき、そういえばあの方もお侍の出だと気づいて、なんというわけもないのだが、ちょっと因縁のようなものを感じてどきっとした。あの方の実家は八千石あまりの旗本。まえにしらべてもらったところによると、お家の事情が少し複雑らしい。あの方は五人きょうだいの二男であり、祐二郎《ゆうじろう》という御長男とはお母さまが違っている。御長男のお母さまが亡《な》くなったあと、のち添いとして来られたのが、あの方と下の三人を生まれたお母さまであった。御長男がどういうお人柄《ひとがら》かはわからないが、お父さまは二男であるあの方をたいそう可愛《かわい》がられ、それに反して、お母さまは非常にきびしく扱われた。その関係がよくわからない、そこになにか事情があるらしいのだが、あの方は十五六のころからひそかに、芝居や芸事に熱中しはじめた。初めは笛で、次に常磐津の稽古《けいこ》、芝居の楽屋などへもしげしげ出入りをされたようである。これはあの方の祖父で、勘也という人の影響もあったようだ。その人は遊びも派手だったし、芝居には買切の桟敷《さじき》があって、役者たちもずいぶんひいきにした。薬研堀《やげんぼり》の「岡本《おかもと》」は、ひところその人の隠宅のようだったそうである。あの方が十九のとしに家を出て、新石町に家を持たれるまで、「岡本」に寄宿されたのも、そういう縁からであろう。家を出られたのはお父さまも承知のうえ――お母さまはしまいまで反対されたというが、――新石町の家を買い、あの方のばあやだった人を付けられたのも、みなお父さまのなすったことであり、いまでもかなり多額な仕送りがあるということである。「岡本」でも、あの方は身内のように思われているらしい。お京さんという、きれいな一人娘がいて、あの方がみえると掛りきりでお世話をする。いまに御夫婦になるのだろうと、まわりではみな信じていると聞いた。

あたしのほうは身の上が変っても、気持には少しも変化がない。ときどき、栗《くり》の木の若葉に似たあの鮮やかな緑色が眼にうかび、すると、自分では身動きもしないのに、せつないほど強い恍惚《こうこつ》感にとらわれる。以前と違うことは、それがしばしば起ることと、恍惚がもっと強く、そして時間が長くなったことであろう。ときにはその陶酔があまり深いので、われ知らず声をあげることもあるとみえ、隣りに寝ている人に呼び起されるようなこともあった。もちろん自分では気づかないし、なにをねぼけたのか、と笑われるだけであるが、そのあとは軀も気持もさっぱりとして、つい鼻唄《はなうた》をうたったりするほど、明るくうきうきした気分になるのであった。こんどの旦那はあたしのまえの話を知らないのか、あたしがそのことに無関心であり、どのようにしてもまったく反応のないことを、軀が未成熟なためだと云い、却《かえ》って興味を持ったようなふうであった。――隠居されているとはいっても、御政治向きのことには関係があるのか、半月以上も姿をみせないことがあり、そういうときには、疲れ休めだと云って、江ノ島へ海を見にゆくとか、利根川《とねがわ》へ魚を釣《つ》りにゆくとかし、あたしもいっしょに伴《つ》れてゆかれた。江戸の柳橋《やなぎばし》という土地で生れ、明るい灯《ひ》や、賑《にぎ》やかな絃歌《げんか》の中で育ったから、そんな遠出をするのは淋《さび》しくて、夜になると涙のこぼれるほど帰りたくなったものだ。この次には箱根へ伴れてゆくと約束され、それだけはいやだと拒んだ。なぜだと訊《き》かれたので、箱根から向うはばけものが出るそうだからと答えたら、一生にいちどはばけものも見ておくがいい、と云って笑われた。ばけものはともかく、そんな山の中へゆくのも心ぼそいし、なによりもあの方のいる江戸から、遠くはなれるということがいやなのである。——いまでもあの方の三味線や、端唄《はうた》の声が聞えることに変りはない。寝間でのあのときには特にそうで、どんなにやさしく、ゆきとどいたあやしかたをされても、そのことが始まるとすぐに、あの方の三味線のねじめと、囁《ささや》くような唄ごえが聞えてくるのである。いつかなどうっかりして、聞えてくる唄に口三味線を合わせたことがあった。自分で自分の声にびっくりし、これは叱《しか》られるなと思って身をちぢめたが、旦那はちょっと微笑しただけであった。気がつかなかったのだと思ったら、あとになって、ああいうときに唄をうたいだす女もあるそうだ、とさりげなく云われ、こんどは恥ずかしさのために身のちぢむおもいをした。人に囲われている以上、これは一種の不貞かもしれない。現実にはなにもないのだし、あの方の姿も、出語りのときいちど見ただけで、言葉を交わしたこともないのだが、それでも気が咎《とが》めるのはどういうわけであろうか。ゆくさきのことはわからないから、いつかあの方とちかづきになり、親しく語り合うときが来るかもしれない。そうなったらどんなふうだろうと、幾たびも空想したことがある。けれども、そんな機会があろうとはとても思えないし、仮にあるものとして考えると、ふしぎなことだが、——自分自身に会うようだろう、という感じがするのである。自分自身かまたは、前世で血のつながっていた人、という感じなのだ。幾たび空想してもこの感じには変りがない。あの方が男であり、あたしが女であって、契《ちぎ》りを交わすようになるかもしれない。こう想像しても、それを望ましいと思う気持は少しも起こらないのである。ということは、あの方とそうなる機会は来ない、という証拠であるか、ことによると、本当に前世で血がつながっているか、そのどちらかに相違ないと思うよりほかはない。――あの方はいま、新しい浄瑠璃のふし付けをなすっている、秋には芝居になるように聞いたし、いまからそのときがたのしみであるが、あたしにはその浄瑠璃のふしまわしが、こうしていても頭の中ではっきりと聞えるように思う。どうか御満足のいくようなふし付けができるようにと、朝夕あたしは心から祈っている。

二の一

五月中旬を過ぎたその日、土堤《どて》四番町の父から使いで、「祖父の法要をするから来い」という知らせがあった。かぞえてみると、祖父の勘也が亡《な》くなってからもう七年になる。寺は駒込《こまごめ》の円光寺とわかっているが、午後二時という刻限にちょっと困った。その日は三時から堺町《さかいちょう》で人と会うことになっていた。場所は芝居茶屋の扇屋、人は都座の座元関係者と岩井半四郎、ことによると市川八百蔵も来るそうで、五日もまえから約束がきまっていた。

「お寺のほうはいいでしょう」とばあやのお幸は云った、「若旦那はもう四番町の人ではないようなものですもの、お寺のほうは勘弁していただいて、どうせ岡本で御接待があるんでしょうから、そっちのほうだけ伺えばいいじゃございませんか」

「暢気《のんき》なことを云うな、祖父の七年だぞ」沖也は考えながら云った、「家を出たとはいえまだ父の世話になっているからだだ、せっかく知らせがあったのに不参ができるか」

「それでもいまの若旦那には堺町のほうが大事でしょう、中上げれば大旦那さまもわかって下さいますよ」

「大和屋に頼もう」冲也は立ちながら云った、「扇屋のほうを半刻《はんとき》延ばしてもらって、とにかく円光寺へいって来るよ」

お幸はなにやら危ぶむような眼をしていた。

町飛脚に手紙を託して、半四郎のところへ届けさせてから、時刻を計って駒込へいった。そこには四番町の家扶《かふ》が来て、寺の者と法要の打合せをしていたが、冲也を見ると不審そうな顔をした。そのとき気がつくべきだったろうが、屋代忠兵衛というその家扶は、すぐあいそのいい態度になり、客間のほうへ案内に立ったので、冲也もそのまま見すごしてしまった。そして兄が来、弟が来た。兄の祐二郎は冲也より三つ上の二十九歳、弟の角三郎は二十歳になる。兄はもう結婚して、三歳と当歳の二子があり、近く隠居する父に代って、家督を継ぐことになっていた。

冲也が兄と挨拶《あいさつ》しているあいだ、弟の角三郎は広縁に立って、こっちへ背中を向けたまま庭を眺めていたが、やがて客間へはいって来ながら、冲也を見て「おや」とでも云いたげに眼をほそめ、そして立停《たちどま》った。

「暫《しばら》くだな」と冲也が呼びかけた、「また大きくなったようじゃないか」

「どうした」と祐二郎が云った、「立ってないで挨拶をしないか」

角三郎は黙って坐《すわ》った。ようすがへんだなとは思ったが、冲也は兄と話し続けた。

そのうちに親族や近しい人たちが来、父が来て、客間は殆《ほと》んどいっぱいになった。婦人たちは別間に集まっているらしく、母親だけ挨拶に来たが、これも冲也を見ると、ちょっと顔色を変えた。それを認めて初めて、冲也はなにかありそうだなと気づき、母に挨拶をしにゆこうとした。そして、なにがあるのかそれとなくようすを訊《き》こうと思ったのだが、兄に呼びとめられたので、立つことができなかった。

「村瀬の勇さんだよ」と兄は一人の青年をひきあわせた、「覚えているかい」

その青年は力士のような軀《からだ》つきをしていた。頭がめり込んでいるかと思うほど肩の肉が盛りあがり、二の腕などは常人の太腿《ふともも》くらいありそうにみえた。顔も毬《まり》のようにまるく張りきって、口許《くちもと》には子供っぽい愛嬌《あいきょう》が感じられたが、細くて小さな眼は、底のほうに冷たい敵意を光らせていた。——村瀬は三千石の旗本で、兄の亡《な》くなった母さよ女《じょ》の実家であり、勇之助はたしか村瀬の三男であった。冲也は彼の顔をよく覚えていない、父の勘右衛門にのちぞい、つまり冲也たちの母が来てから、あまり近しいつきあいがなく、家族同志が顔を合わせるのは、年に一度か二度くらいだったからである。ただ一つ、三男の勇之助だけは、小さいときから軀が大きく、乱暴者だということで、かすかながら記憶に残っていた。

「今日は兄の代理で来たんですが」勇之助は冲也をみつめたまま、祐二郎に向って云った、「母も伺えないので、よろしく申上げるようにとのことです」

冲也は彼のするどい凝視から眼をそらした。勇之助は冲也の挨拶をまったく無視したうえ、その眼にある敵意を少しもゆるめようとしなかった。

「しかし、これで私は失礼します」勇之助は続けて云った、「私は兄の代理ですから、兄の名聞《みょうもん》をけがしたくありませんのでね」

「それはどういうことです」と祐二郎が訊いた、「なにか不都合でもあるんですか」

「芸人ふぜいと同席したくないんです」勇之助は突っかかるように云った、「村瀬は仮にも旗本ですから、町芸人などと同席はできません、失礼します」

二十四五人いた客たちが、話をやめてこっちを見、勇之助が立ちあがった。そのとき父の勘右衛門が立って来て、勇之助を抑えながら沖也を見た。

「おまえはここを外せ」父は沖也にそう云い、勇之助をなだめた、「これはなにかの手違いです、まあ坐って下さい」

沖也はちょっとためらった。大勢の前で「芸人ふぜい」と罵《ののし》られたことに、ようやく怒りがこみあげてきたのだ。初めは誰をさすのかわからなかったが、自分のことだと気づいたとき、相手のぶざまに肥えた軀つきと、敵意でぎらぎらするその細い眼とが、なんと云いようもなく卑《いや》しく、そして、そういう卑しい人間から理由もなく辱《はずか》しめを受けたことに、胸がむかつくほどの怒りを覚えた。父の勘右衛門はそれを察したのだろう、沖也に眼まぜをし、こっちへ来いと云って、客間から出、廊下で沖也の出て来るのを待った。

「庭へおりよう」と父は云った、「いいからちょっと来い」

兄が勇之助と話しているのを認めてから、沖也は父のあとについて庭へおりた。

「今日はどうして来た」と歩きながら父が訊いた。

「お知らせがあったからです」

「知らせ、——」父は振向いて彼を見た、「法要の知らせがいったのか」

「父上からだと思いました」

冲也がわけを話し、勘右衛門は暫《しば》く黙って歩いた。庭の西側に、立ちぐされになった古い鐘楼があり、そのまわりにある松林で蟬《せみ》が鳴いていた。鐘楼は十余年まえ落雷で半ば焼け、骨組だけになったのだが、由緒《ゆいしょ》のあるものだそうで、手を付けず、朽ちるままに残して置くのだと聞いたことがあった。

「おまえは法要に来てはならなかった、それは自分でもわかっていた筈《はず》ではないか」

「私はおじいさまに可愛《かわい》がってもらいましたし、私もおじいさまが好きでした」と冲也は答えた、「それはみんなが知っていることでしょう、たとえ中藤《なかふじ》の家を出た人間だとしても、おじいさまの七年忌に私が出席することは当然ではありませんか」それからすぐにまた云った、「それに、もし私の出席することが不都合なら、どうして法要を知らせてよこしたんですか」

勘右衛門は答えなかった。

「誰なんです」冲也はたたみかけた、「あの使いが父上からでないとすると、いったい誰がよこしたんですか」

父は暫く黙っていたが、答えたのはべつの問題であった。

「おまえはこの三月、中村座の芝居へ出たそうだ」

「私は使いを誰がよこしたかと」

「おれの云うことを聞け」と勘右衛門が遮《さえぎ》った、「どこから弘《ひろ》まったかは知らない、この月の初めころ、祐二郎からその話を聞いた、おまえが中村座の芝居で浄瑠璃を語っていた、それが親族のあいだでうるさい沙汰《さた》になっている、というのだ、——おれはおまえに断わっておいた、好きなように生きるのはいいが、中藤の家名が世間の噂《うわさ》になるようなことだけはするな、それだけは念を押してあったぞ」

「覚えています、ですから中藤の姓は決して名のりませんし」

「おまえの口から名のらなくとも」と父はまた遮った、「芝居の舞台などへ出れば顔も見られる、知っている者が見れば、噂になるのはわかりきったことではないか」

父の口ぶりは怒っているようでもなく、叱《しか》っているようでもなかった。冲也はそのことに気づいて口をつぐんだ。父は怒っているのではない、むしろ困っているようだ。鬢《びん》に白いもののみえる顔には、力のない、当惑したような表情がうかがわれた。——寺へ着いたとき、家扶の屋代忠兵衛は不審そうな眼をした。兄といっしょに客間へ来た弟の、角三郎のようすもおかしかった。兄だけはごく尋常な応対ぶりだったし、勇之助がどなりだしたときは、なだめにかかった。そうだ、そのへんになにかある、と冲也は思った。

「無断で芝居へ出たことはあやまります」と冲也はちょっと低頭して云った、「しかし、今日の出来事はそれが原因ではない、これは企《たくら》まれたことだと思いますが、違いますか」

「そんなふうに考えるのは自分を卑しくするだけだ」勘右衛門はそっと首を振った、「——

おまえは勇之助に芸人と云われたとき怒った、自分が辱《はずか》しめられたと思ったのだろう、おれはおまえの顔が怒りのために赤くなるのを見た」

「彼にはあんな暴言を口にする権利はありません」

「おまえにも怒る権利はない、おまえは中藤家の人間でもなし、侍でもない、常磐津小松太夫という浄瑠璃語り、一と口に申せばまちがいなく芸人なのだ」勘右衛門はそこでさらに声をやわらげた、「おまえが本当にその道で生きとおすつもりなら、芸人ということに誇りをもつ筈だ、いや、場所や相手は問題ではない、おまえ自身がその仕事に誇りをもっているかどうかだ、芸人と呼ばれて辱しめられたと思うなら、それはおまえ自身、自分の仕事を恥じていることになる、そう思わないか」

冲也は頭を垂れた。

二の二

「まいった、おやじにはまいったな」

「それですぐに帰っておいでなすったの」お幸は茶を淹《い》れながら云った、「よくがまんをなさいました、お立派でございますわ」

「理屈にはかなわないからな」冲也は湯呑《ゆのみ》を受取りながら云った、「しかしまだ胸はおさまらない、あいつの芸人ふぜいと云った言葉は、決しておやじの云うような意味じゃあない、あれは人を乞食《こじき》とか非人とか云って面罵《めんば》するのと同じものだ、あいつは満座の中で、そうするつもりでおれの顔へ唾《つば》を吐きかけたのだ」
「お忘れなさいまし、あの子には小さいときから性の知れないところがありましたよ」
「おまえあいつを知っているのか」
「ええ知っています、四番町の御縁で里子に預かったことがあるんです」
「へえ、それは初耳だな」
「お乳をあげたのはあたしの妹でしたけれどね」お幸は気のすすまない口ぶりで云った、「こんなことは話す値打もなし、話したくもありません、ただ、あんな子のことはすぐ忘れて下さればいいんです、怒る値打なんかありゃあしないんですから」
「おまえが乳母で妹も乳母か」冲也は珍しそうに反問した、「家系のようなものかね」
「近在の農家には多いんです、お乳がいいからお子たちが丈夫に育つといって、乳母にあがったり里子にお預かりするのが、代々のならわしになっているようなうちもございますよ」
「そうすると」冲也は眉をしかめた、「おれとあいつは乳のつながりがあるんだな」
「お茶を注《つ》ぎましょうか」
「もういい」冲也は立ちあがった、「時間が余ったから多町へまわってゆこう」
「お召物はどれになさいます」
「これでいいさ」冲也は帯をしめ直しながら、ちょっと首を捻《ひね》った、「しかしどうも腑《ふ》におちない、あいつがいきなりあんなにどなりだしたのは不自然だ、なにか初めから段取りがついていたような感じがする」

「そんなこともうお忘れなさいましって、申上げているじゃございませんか」

「そう云われたって、腑におちないことを腑におちないままに忘れられるものか」

「若旦那にも似あわない、少し諄《くど》うございますよ」

お幸はすり寄って、冲也の着物の裾《すそ》を直してやり、もういらっしゃいまし、と押しやるようにした。

冲也は多町の稽古所へまわった。由太夫が三人ほど稽古をみていたが、すぐに立って来て手紙を渡した。生田半二郎からのもので、その朝早く届いたのだという。新石町の家はまだ浜屋忠吉の見張りが付いていると思い、この稽古所に宛《あ》てたのであろう。封も中の紙も安価な品だし、文字もひどい駄墨《だぼく》で書いてあった。

「どこからですか」と由太夫が訊いた、「まだあの女といっしょですか」

「稽古を続けろよ」冲也は手紙をひらきながら云った、「私は挨拶なしに帰るからな」

「その」と云って由太夫はうしろ首を掻き、その手で顎を摘みながら、みれんらしく手紙を覗《のぞ》きそうにした、「上方ですか」

「うるさいぞ」と冲也が云った、「生田のことより自分のことを考えろ、茨木屋《いばらぎ》のほうがうまくいってないそうじゃないか」

「稽古をみて来ます」

由太夫は慌てて去った。

生田はまだおつねという女といっしょで、いま尾張《おわり》の名古屋城下にいた。なんで生活しているかはわからない、女が病気になって金が入用だから、できるだけ早く届く方法で送ってもらいたい、金額はしかじか、詳しいことはまた知らせる。というのが手紙の全文であった。勝手なやつだ、と呟《つぶや》きながら、冲也はかなり強く感動し、生田を哀れに思った。半二郎は幾たびも女との関係でごたごたを起こしたが、半年と続いた例はなかったし、こんども長続きはしないだろうと思われた。——おつねは芝居茶屋の女房だが、年も二十八になるし、男ぐせが悪いので評判だった。亭主《ていしゅ》の忠吉は博奕《ばくち》が好きで、店のほうはおつねに任せたきり、金が必要にでもならない限り、堺町へは近よらないというふうであったが、しかも異常なほど嫉妬《しっと》ぶかく、おつねに男ができたと知ると狂人のようになり、すぐに刃物を振りまわすのであった。また、なかまにやくざが多いから、かれらを使って相手の男を追い詰め、片輪にするとか、死ぬようなめにあわせる、と云われていた。

冲也は話に聞いただけで、詳しいことも、どこまで事実かということも知らないが、そういう夫婦があることも、さして珍しくはないだろう。同じようないざこざを繰り返しながら、どうしても別れることができない。愛情ではなく、憎悪《ぞうお》でむすびついている夫婦、といったものさえもある。生田は浮気《うわき》な性分だし、おつねにはそういう亭主があった。おそらく、あっというまに熱がさめるだろう。と考えていたのだが、名古屋などという遠いところまで逃げ、病気になった女を抱えて困っているという。そんなことは想像もできなかった。

「本気なんだな」冲也は手紙を巻いて袂《たもと》に入れながら呟いた、「おかしなやつだ、これからどうするつもりだろう」

沖也はそれから半刻《はんとき》ほど、稽古所へいって由太夫の教えぶりを見たり、自分でも二人ばかり三味線の手を直してやったのち、駕籠《かご》を呼んでもらって堺町へ向った。

扇屋にはもう岩井半四郎が来て、待っていた。堺町では中村座が控櫓《ひかえやぐら》の都座、隣りの葺屋《ふきや》町の市村座では、これまた控櫓の桐《きり》座が興行してい、半四郎は中村座の「ひらがな盛衰記」にお筆の役で出ていた。彼はすっかり化粧をおとし、浴衣《ゆかた》のままで酒を飲んでいた。

「知らせはもらいましたよ」半四郎は盃《さかずき》を持ったまま、そう云って笑いかけた、「けれども躯《からだ》があいたし、客に呼ばれるとうるさいので先に来ていました、早かったじゃありませんか」

「こっちも躯があいたんでね」

「お京さんがみえてますよ」半四郎は唇《くちびる》で笑った、「呼びにやりますか」

「冗談じゃない」沖也は窓際《まどぎわ》のほうへ坐った、「今日は大事な日じゃあないか、立花屋も来てくれるんだろう」

「松島屋も来ます」

片岡仁左衛門《かたおかにざえもん》は上方へ帰ると聞いていたので、沖也は不審に思って問い返した。

「あの本を読んで気が変ったんです」と半四郎は答えた、「座元のほうとも相談のうえ、あの源太の役をやりたいと云うことです」

「松島屋が、源太を、――」

「あなたは立花屋と云ってたけれど、松島屋がその気ならうってつけだ、自分はよろこんでさがろうって立花屋は云ってますよ」

「おどろいたな」沖也はそう云うよりほかはなかった、「話はもうそんなに進んでしまったのか」

「今日は顔寄せの日取りまできまるかもしれません」

沖也は一と息ついて云った、「台本も出来ないうちにか」

「台本にはもうかかってるでしょう」半四郎は団扇《うちわ》を取り、浴衣の衿《えり》をひらいて風を入れた、すると湯あがりの肌《はだ》が匂《にお》った、「作者が杉沢治作だということは知っていますね、彼は新井さんと岡本の寮にこもってますよ」

「矢つぎ早だな、――一つもらおう」

「酒ですか、いいんですか」

「うちへ帰ってみたら自分のところへ嫁が来ていて、その嫁がもう二人も自分の子を生んでいた、と云われたような気持だな」と云いながら沖也は盃を受取った、「とにかく気つけが必要なようだ」

扇屋の女房があがって来た。沖也のために膳拵《ぜんごしら》えをし、あいそを云いながら、二人に酌《しゃく》をした。北隣りの中戸川では、賑《にぎ》やかに客の騒ぐ声がしていたが、この扇屋はほかに客がないのか、階下で女中や出方の声が聞えるほか、広い二階座敷はひっそりとしていた。

「知らなかったな」二人だけになるとすぐに沖也が云った、「杉沢治作が台本を引受けたということは聞いたが、泊亭とそんなことになっているとは考えてもみなかったよ」

「台本を書くのに原作者と打合せをするのは当然じゃありませんか」

「浄瑠璃《じょうるり》の部分が大事なんだ、あの芝居ぜんたいの気分は浄瑠璃できまるし、それを考えずに本を書かれてはぶち毀《こわ》しになるんだ」

「二人ともそれは心得てるでしょう、よしそうでないにしても、興行は九月ですからね、いけなければ直す時間はたっぷりありますよ」

冲也は一と口啜《すす》っただけの盃を持ったまま、思いだしたように半四郎の顔を見た。

「それより、――」と云いかけて、半四郎は冲也の眼に気づいた、「なんです」

「二人が岡本の寮にいるって云ったな」

「ええ、二三日まえからね」

「するを、小梅の寮か」

「念にや及ぶ、ほかにありますか」

冲也は酒を啜った、「どうして岡本では、二人に寮を貸したんだ」

「どうしてまたそんなことが気になるんです」

冲也は答えなかった。さっき半四郎は、お京さんが来ている、と云った。そのことが、寮の話と絡《から》みあって、なんとなく仔細《しさい》ありそうに感じられたのだ。

「そんなことより」と半四郎は云った、「――浄瑠璃が大事だというその、浄瑠璃のほうは大丈夫ですか、あたしにはそっちのほうが心配なんですがね」

「わからないな」と沖也は盃をみつめて云った、「これは私の一生がきまる大切な仕事だから、精いっぱいくふうするつもりだし、失敗するようなことは決してないと思うけれど、なにしろこいつは子を生むようなものだからな、いや本当なんだ、実際にふし付けにかかってからそう感じたんだが、自分で作っていながら、半音も自由にならないことにぶっつかるんだ、それもしばしばね」

「どきっとするようなことを聞かせないで下さい、あたしは」と云いかけて、半四郎は耳をすました、「――誰か来たようですね」

沖也は盃を置いた。この家の女房の案内で、五十二三になる小《こ》柄《がら》な老人が、番頭ふうの男といっしょに、はいって来た。

「座元の宮古平内さんです」と半四郎がすばやく囁《ささや》いた、「先代の弟でたいへんなやりてですよ」

沖也は坐り直した。

二の三

なにも当てにしないで下さい。芝居は水ものですからね。当てにしてもらっては困りますよ。あなたには見込がある、私はずっと以前からあなたがいまになにかやるぞと思っていましたよ。しかし当てにしないで下さい。なんにも慥《たし》かなことはないんですよ。

「うるさいな」沖也は夢うつつの中で顔をしかめた、「わかりましたよ、私は誰《だれ》も当てにはしない、なにも当てになんかしてやしない、もうそれでよして下さい」

そりゃあそうだが、芝居は芝居だからね。浄瑠璃も大事なことはわかるが。まあさ、松島屋さんの仕どころだな。誰に訊《き》いたってわかりきった話だ。そう浄瑠璃、浄瑠璃と云《い》ったって、そのために芝居の場割りにまでだめを出されちゃあ困る。おまえさんはいったいどれほどの人だ。芝居がどんなものか知っていて云うのかい。一杯もらいましょう。岡本の旦那《だんな》はお帰りになったか。芝居は芝居です。これだからおしろうと衆は困るって云うんだ。

「そんならいっそやめにしよう」沖也はやはり夢うつつの中で呟《つぶや》いた、「私は自分の浄瑠璃だけにこだわっているんじゃあない、この本ぜんたいで新しい芝居を作りあげてみたいんだ、それがしろうと考えで話にならないと云うんなら、私はひきさがるほうがましだ」

酔ってるんだな、と沖也は思った。酔って夢をみているんだ。しかしあの、杉沢治作という男はいやなやつだ。杉沢もいやなやつだし、宮古平内という男も卑《いや》しいやつだ。初めのうちはおだてて、おれに云うだけ云わせておいて、それからあげ足取りを始めた。おれにはわからない芝居用語を使って、——そうだ、あいつらはおれがいい気持になったとみて、いきなり足払いをかけてきたんだ。おれはいい気持になんかなりはしない、とんでもない、おれはただあれをものにしたかった。あの本で新しい芝居、本当に芝居らしい芝居というものを作りあげてみたかっただけだ。

「がまんするほうがよかったか」と沖也は自分に云った、「そうすれば芝居は上演されたろう、変りばえのない演技と舞台まわし、いや、そうなればおれの浄瑠璃なんか必要はない、江戸浄瑠璃ならどのふしでもいいんだ、——つまらない、おれはそんなものはまっぴら御免だ」

「眠っていらっしゃるの」と囁く声がした、「——若旦那」

沖也は眼をあいたが、声のしたほうへ向き直ろうとしたとたん、天床《てんじょう》が大きく傾き、この家ぜんたいがぐるっと、逆になるように感じた。彼は強く眼をつむり、横に寝返って、胸を摑《つか》みながら呻《うめ》いた。誰かがすり寄って来て、なにか云いながら背中を撫《な》でた。すると、そのために苦しさはいっそう激しくなり、彼は唸《うな》り声をあげて、誰ともしれぬその手を払いのけた。頭のほうを下に、地の底へでも落ちてゆくように感じ、次には軀ぜんたいが横滑りをし、また足のほうから断崖《だんがい》へ引きずり込まれるように感じた。そのたびに、非常にはげしい眩暈《めまい》と嘔吐《おうと》がおそいかかって、のたうちまわったのを覚えている。

——これは酒を飲みすぎた罰だ、と沖也は苦しみ喘《あえ》ぎながら思った。酒の毒で肉躰《にくたい》が苦しんでいるだけだ、こんなものは僅《わず》かな時間がまんすれば片がつく、しかし、あの芝居をだめにしてしまったことは取返しがつかない、それに比べればこんな苦しさくらい。

眼をさましたときは朝で、窓があけてあるのだろう、立てまわした屛風《びょうぶ》の端まで、畳の上へ陽《ひ》がさしていた。喉《のど》が渇《かわ》くので、枕許《まくらもと》を見ると水の支度がしてあった。彼は夜具の上に腹《はら》這《ば》いになり、湯呑《ゆのみ》に水を注いで飲んだ。その水は強烈な酸か、または火でもあるように、口の中の粘膜や舌や、喉までもちりちりと灼《や》くように思え、沖也は顔を歪《ゆが》めて咳《せ》きこんだ。渇きは止らないが、二杯めを飲む勇気がなく、彼は枕へ俯伏《うつぶ》せになって力なく呻いた。「罰《ばち》だな」と彼は呟いたが、声はすっかりしゃがれていて自分の耳にも聞えないくらいだった、「罰が当ったんだ」

沖也は重く垂れさがってくる眼をあけた。すぐ眼の前に、自分の持っている湯呑があり、柿の葉の染付けがぼんやりと見えた。

「岡本のと似ているな」と彼は呟いた、「岡本にあるおれ用の湯呑とそっくりだ」

そのとき櫓《ろ》の音が聞えた。堺町で櫓の音が聞えるのはおかしい。もちろん向う側に並んでいる茶屋のうしろに堀《ほり》はあるが、その櫓の音は小舟ではなく、大川でしか聞いた覚えのない、もっと大きな船のものであった。まだ酔いがさめないんだな、と思っていると、女中がはいって来て声をかけた。

「おめざめですか」

沖也は眼をあげた。料亭「岡本」の女中、お夏であった。

「どうしたんだこんなところへ」と云ったが、自分でもぞっとするほどのしゃがれ声であった、「知らせでもいったのか」

「まあひどいお声」お夏は襷《たすき》を外しながら膝《ひざ》を突いた、「いかがですか御気分は」

「死んじまいたいくらいだ」

「聞えませんよ」とお夏は少しすり寄った、「おひやでも差上げましょうか」

「なんにも」彼はまた枕へ俯伏せになった、「欲しい物なんかないよ、このままここにいてよければ、そっとしておいてくれ」

「もう少し経《た》ったらお京さんが来ますよ」とお夏が云った、「明けがたまで付きっきりで介抱なすってたんですから、あたしがむりに寝かしてあげたけれど、もう疲れきって、ふらふらしてらっしゃいましたわ」

お京まで呼んだのか、と冲也は思ったが、そのまま眠りこんでしまった。

これまでの諄《くど》くどしい経過を、どうして彼が細部まで覚えていたかということは、のちになって思いだしたとき、その中に自分の将来を暗示するものが揃《そろ》っていた、と気づくだけの要素があったからであろう。——次に眼がさめると、座敷の中は鋼《はがね》色にかげってい、どこか遠くでたどたどしく、三味線の稽古《けいこ》をしているのが聞えた。眼ははっきりとさめたが、全身は力がぬけてもの憂《う》く、がらん洞《どう》になったような胸の内側に、かなしみとも絶望とも判別しがたい、一種の深い孤独感がひろがってきた。彼はまた眼をつむり、聞えて来る遠い三味線の、幼い途切れ途切れの音色に、ぼんやり耳をかたむけていると、胸いっぱいにひろがってゆく孤独感の深さと、その救いのなさとに息が詰り、急に起きあがって喘《あえ》いだ。

するとうしろで「どうなさいましたの」と云う声がし、お京のはいって来るのが見えた。

「まだ苦しいんですか」

冲也は返辞をする代り両手をさし伸ばした。それは、溺《おぼ》れる者が救いを求めるというより、幼児が母のふところを求めるような、単純でいちずな身振りだった。お京は襖《ふすま》を閉め、ゆっくりと近よって来ると、冲也の手を握りながら坐った。

「まだ苦しいんですね」とお京は静かに云った、「ふるえていらっしゃるわ」
「死んでしまいたいよ」
「なにかお薬を持って来ましょう」
「こうしていてくれ」彼はお京の手を握り返した、「おれは、――」と云いかけて、冲也は次にこみあげてくる言葉を、危うく脇《わき》へそらした、「ばかなはなしだが、ひどく心ぼそいんだ、こんな気持になったのは初めてだよ」
「話があんまりうまくいきすぎたからでしょ」お京はふんわりと頰笑《ほほえ》んだ、「そうでなければ、わる酔いで疲れていらっしゃるのよ」
「話がうまくいったって」冲也は聞き違えたと思った、「おれはあの芝居をやめにしてしまったんだぜ」
「まだ酔っていらっしゃるのね」お京はまた頰笑んだ、「座元さんはじめ、杉沢さんも松島屋さんも、大和屋さんはもちろん立花屋さんまで、これはいい芝居になるって、みなさん口を揃えて褒《ほ》めていらしったじゃありませんか、お忘れになったんですか」
「ちょっと待ってくれ」彼は眉《まゆ》をしかめたが、またお京を見た、「大和屋はまだいるか」
「いいえ、みなさんはこちらまでいらしったけれど、大和屋さんはお客さまに捉《つか》まって、扇屋からお帰りになりましたわ」
「こちらへ、というと、――ここは」
「まだ酔ってらっしゃるのね」

「ここは薬研堀《やげんぼり》か」

お京はくすっと笑った。冲也はお京の手を放し、自分が座元や杉沢治作と口論をしなかったか、口論のあげくこの芝居はやめるなどと云いはしなかったか、と訊いてみた。あなたは夢でもみたのでしょう、とお京はかぶりを振った。舞台の場割りのことで、杉沢さんとちょっと意見のくいちがいがあったけれど、あなたがよく説明なすったら、杉沢さんはすぐに自分の主張をひっこめてしまいました、そのほかには誰も故障を云う者はなく、これはきっと大当りをとる、前祝いをしようというので、みなさんお揃いでこちらへみえたんです、覚えていらっしゃらないんですか。そう云いながら、お京は彼の顔を見まもった。

冲也はにわかに血が熱くなって、全身の血管を駆けめぐるように感じた。彼は胸いっぱいに息を吸いこみ、いま夢からさめたような眼でお京を見た。

「おいで」と云って彼は両手をひろげた、「まずお京から褒美《ほうび》を貰《もら》おう、抱かせてくれ」

お京は冲也のひろげた手の中へ、やわらかに凭《もた》れかかった。彼はお京を抱き緊めながら、そっと頰《ほお》ずりをした。お京の軀はしなやかであたたかく、肩も胴も腰も、彼の抱き緊める手のままにかたちを変え、からだぜんたいが、彼の中へ溶け入ってくるように思えた。

「お京」と冲也が囁《ささや》いた。

「はい」とお京が答えた。

冲也はお京の軀を抱いたまま横になり、二人の上へ掛け夜具を引きよせた。

「屛風を」とお京が囁いた。

「構うものか」と冲也が云った、「誰に見られたって恥ずかしくはないぞ」

まだしゃがれてはいるが、それは獲物をうち倒したばかりの、若い雄の野獣の咆《ほ》えるような、力と誇りの充実した声であった。

二の四

お京が起きて、そっと座敷から出ていった。襖《ふすま》を閉める音は聞えなかったが、彼女が夜具からぬけだし、足音を忍ばせながら出ていったことを、冲也はおぼろげに感じていた。声をかけようと思ったけれども、五躰《ごたい》がばらばらになったような、こころよい疲れと倦怠感《けんたいかん》とで、口をきくのも億劫《おっくう》なまま、あまやかにむれるような夜具の中でうとうととまどろんだ。

眠ったのではない、まどろみながら、半ばは眼ざめていた。――芝居は上演ときまった、と彼は思った。宮古平内も杉沢治作も反対したのではない、みんながおれの意図を受けいれ、おれの考えに沿ってあの芝居を上演しようと云ったのだ。――出船の用意はととのった、あとはおれのふし付けだ、と冲也は思った。

「あれは夢だったんだな」半睡半醒《はんせい》のなかで彼は独り言を呟《つぶや》いた、「あんまり事が順調にはこびすぎたので、心の奥に却《かえ》って大きな不安が起こり、そのほうが事実のように思えたんだろう、いやな夢だった」

彼は呼びさまされるまで、自分が眠ったことを知らなかった。お夏がまる行燈《あんどん》に火を入れながら、暢気《のんき》な声で話しかけていた。

「大きな鼾《いびき》、廊下の向うまで聞えましたよ」とお夏は云った、「ご気分はいかが」

「腹がへったな」

「さっきは死にたいって仰《おっ》しゃったわ」

「そんな気持だったね」

「召上れば苦しいってことがわかっているのに召上るんですもの」お夏は行燈の位置を直して云った、「これで二度めですよ、こんどこそお懲りになったでしょ」

「それから恋になりしとや、さ」

「なんですって」

「腹がへってるんだ」冲也は寝返りながら云った、「お京にそう云ってくれ」

「お京さんは寝てらっしゃいますよ」

「寝ているって」彼は軀を固くした。

「ゆうべの疲れがまだ治らないんでしょ、こちらへみまいにいらしったあとで、もう少し休みたいから起こさないでおくれって、――いまそっと覗《のぞ》いてみたら、ようく眠っていらっしゃいましたわ」とお夏が云った、「召上りたい物があったら仰しゃって下さい、なにをあがりますか」

「じゃあおれももうひと眠りしよう」と冲也は云った、「お京が起きてからでいいよ」

お夏は出ていった。そうして、自分でも思いがけなかったが、次に呼び起こされるまで彼は熟睡した。起こしに来たのはおぺこであった。

「お風呂《ふろ》ができました」とおぺこは云った、「それから、由太夫さんと繁太夫《しげだゆう》さんと、ほかに二人お伴《つ》れがみえてますよ」

「そいつは賑《にぎ》やかだな」冲也は元気に起きあがった、「湯を浴びるから、みんなに酒を出しといてくれ」

「もう召上ってますわ」

「いつごろ来たんだ」

「一刻《とき》半くらいまえかしら」とおぺこは気取った手つきで鬢《びん》に触りながら云った、「繁太夫さんはなかの帰りなんですって」

お京はどうした、と訊《き》こうとしたが、冲也はそのまま風呂場へ出ていった。ざっと流して、風呂を出、揃《そろ》えてあった半纏《はんてん》と浴衣の、浴衣だけ着て、歯をみがき、髭《ひげ》を剃《そ》っていると、引戸をあけてお京がはいって来た。鏡の脇《わき》の柱に蠟燭《ろうそく》の火が揺れてい、お京は細いしなやかな指で、その芯《しん》を摘《つま》み取った。

「乱暴だな、火傷《やけど》をするぜ」

「あたし」とお京が囁いた、「今夜はお座敷へ出たくないんですけれど」

「むろん、そんなことは構わないが」

「いいえ、なんにも仰しゃらないで」お京は冲也が次に云おうとする言葉を遮った、「済みませんが、今夜も泊っていただけないかしら」

冲也は「あ」と云った。剃刀《かみそり》が滑って顎《あご》のところを切ったのである。指でさぐると、ごく小さな傷なのに、血が玉になってしたたり落ちた。

「危ないわね、みせて」

「大丈夫だよ、毛筋くらいのもんだ」冲也は剃刀を使いながら云った、「よければ泊ってゆくよ」

「薬を持って来ますわ」

お京は膏薬《こうやく》を持って戻《もど》ったが、血はまだ止らなかった。冲也は荒塩を呉《く》れと頼み、お京が引返して、それを小皿《こざら》に入れて来ると、剃り終った顔を洗い、傷口へごしごしと荒塩を擦りつけた。二三回繰り返すのを、お京は気づかわしげに見ていたが、血が止るのを慥《たし》かめてから、小さく切った膏薬を貼《は》りつけた。

「お酒が残ってるから血が出るのよ」とお京が云った、「それとも上げ汐《しお》かしら」

冲也は振向いて、衝動的にお京を抱こうとした。お京は顔をそむけ、軀を固くしてそれを拒んだ。

「お京」と冲也が囁いた。

「あとで」とお京は囁き返した、「お酒をあがらないでね」

そして、顔をそむけたまま、引戸をあけて去った。お京の、耳たぶまで赤くなっていたのが眼に残り、冲也は心に痛みを感じた。

由太夫たち四人は、階下の十帖《じょう》で飲んでいた。他の二人は知らない顔だったが、繁太夫が

「あたしのごひいきの客だ」と云い、二人に冲也をひきあわせた。どちらも二十二三の、温和《おとな》しそうな若者で、相当なお店《たな》の若旦那というふうにみえた。繁太夫は伊佐太夫とともに、冲也にとってはあに弟子で、住吉町の稽古場の常詰めであり、としは伊佐太夫より三つ上の三十二歳になるが、八丁堀の裏長屋で独りぐらしをしていた。

「富太夫はばかなことをやりましたね」と繁太夫が云った、「あたしはまた相手が、てっきり三河町の佐渡屋のかみさんだと思ってましたがね、浜屋のおつねとはまた」

「その話はよしにしよう」と冲也が静かに遮《さえぎ》った、「――なかの帰りだそうですが、どういうことなんです」

「ちょいとむしゃくしゃしたんでね」

「ゆうべからですよ」と由太夫が云った、「中藤さんがみえたあと、昼の稽古が終ったところへおいでになって」

「おめえは黙ってろ」と繁太夫が云い、大きな盃《さかずき》で飲んで、冲也を見た、「今日はあなたに話したいことがある、ちょっときざな話なんだが、聞いてくれますか中藤さん」

「小松太夫と呼んで下さい」

「いやそうじゃあない、小松太夫じゃあない中藤冲也さんにです」

「そういう人間はいないんだ、芸名は常磐津《ときわず》小松太夫、呼び名はただの冲也、――大師匠はじめみなさんにそう断わってある筈《はず》だ」

繁太夫はかすかに首を振り、由太夫の顔を見てから、その眼を冲也に戻した。

「きざなと云ったのはそこのところなんですがね」と繁太夫は盃を持った手をひょいと動かした、「あなたはこんど都座の芝居に、新しい浄瑠璃のふし付けをなさるそうですね」

「ものになるかどうかわかりませんがね」

「それは常磐津ぶしじゃないということですが」

「さあ、いまはどうとも云えないな」

「結構です、常磐津ぶりでやるんならそう仰しゃれるでしょうからね」彼は伴れの若者に酌《しゃく》をさせて飲み、それから、自分を唆《け》しかけるような口ぶりで云った、「私はあなたよりも少し古参だ、年や芸のことではない、この世界の内情、単純でない人と人との関係、――つめて云うと、いやらしい面については私のほうがよく知っている、どこにでもあることだろう、おそらくお武家方でも中へはいればきれいごとだけではないでしょうが、芸という純粋な世界であるだけよけいに、そのいやらしさも一倍です」

沖也は黙って聞いていた。

「あなたは常磐津ぶしの人じゃあない」と繁太夫は続けた、「あなたの端唄《はうた》がその証拠だし、それはあなた自身がよく知っている筈だ、そうでしょう」

沖也はちょっとまをおいて云った、「おしまいまで聞こう」

「住吉町と縁を切るんですね」

沖也は静かに相手を見た。

「中藤さんは初めから自分のものを持っていた」と繁太夫は云った、「常磐津の名なんぞ借りなくともちゃんと一派を立てられる人だ、住吉町と縁を切って、さっぱりとして、新しいふし付けをするがいいでしょう、私はそのほうがいいと思います」
「それは」と冲也は低い声で反問した、「あなた独りの意見ですか、それとも」
「おまえさんはどうなんだ」繁太夫は怒ってでもいるように、乱暴に冲也の言葉を遮った、「いま云ったのは私の意見さ、私の意見だけじゃあ不足なのかい、私の意見だけじゃあ自分の進退がきめられないというのかい」
「私は大師匠のお世話になっている、糸道をあけてもらった恩だけでも、こっちから縁を切るなどということを云えた義理ではないと思う」
「そんならなぜ常磐津でふし付けをしないんだ」と繁太夫はきびしく切り返した、「本当に大師匠に義理を感じているのなら、糸道をあけてもらった師匠のために、常磐津を生かすのが恩にむくいる仕方じゃあないか」
「それは少し違う、恩は恩、芸は芸だ」
「あたりめえよ」繁太夫は盃を置いた、荒っぽく置いたので、盃は転げ、彼は右の腕捲《まく》りをした、「芸の世界は芸が第一だ、常磐津は豊後《ぶんご》ぶしから出たものだし、常磐津からだってもう富本ぶしが出ている、才能のある人間が新しい芸を創《つく》りだすのは、古い芸にかじりついているよりよっぽど本筋だ、世間なみの義理や人情のために、創りだせるものを殺しちまうとすればそれは本当の芸人じゃあねえ、本当の芸っていうものはな、――ときには師匠の芸を殺しさえするもんだぜ」

二の五

冲也には返す言葉がなかった。繁太夫は休まずに飲み、荒っぽい調子で云い続けた、伴れの若者たち二人は途方にくれていたし、由太夫が心配して、ときどき話題を変えようとしたが、繁太夫は頑強《がんきょう》に同じ問題を話し続けた。彼はまるで八つ当りをたのしむようで、冲也が常磐津にしがみついているのは、「生活のためだ」と云い、そんな気持で本筋の新しいふし付けが創りだせるものではない、と云った。また、生田半二郎の例を持ちだして、侍気質《さむらいかたぎ》をこきおろした。侍というものは重代の独特な気質《きしつ》があって、それは境遇が変っても直らない。生田の芸はいい素質をもっているのに、芸人の世界の気風に慣れることができなかった。芸人になったことが、なにか堕落でもしたように考え、もっと堕落したいとでもいうようにつまらない女と次つぎに間違いを起こして、とうとう江戸にもいられなくなってしまった。冲也の場合はその反対で、芸人の師弟関係を、侍の主従のように考えている。芸のうえで師匠にそむきながら、義理知らずとは云われたくない。そんなことでは新しいふしも、中途半端なものしかできないだろう。生田が侍気質に反抗するあまり、却って身をおとしたように、冲也は侍気質からくる「面目」にこだわって、芸の本筋に徹することができない、と云うのであった。

かつて岩井半四郎にも「侍気質がぬけない」と云われたことがあったし、自分でもそんなふうに考えた記憶がある。けれども、いま繁太夫の口をとおして聞いてみると、それは「侍であった」というだけではなく、人それぞれの性分ということになるようだ。生田は武家へ婿《むこ》にいっても、やはりなにかあればぐ〻れそうだし、自分の「我《が》」の強さも環境には左右されないだろう、という気がした。――だが、繁太夫の本当に云いたいことはべつにあった。彼はそれを云うまいとして、いろいろ話題を並べてみたのだが、ついにはがまんができなくなったらしく、十三蔵《とみぞう》のことをどなるような口ぶりで云いだした。

「あんたが縁を切らなければ、住吉町のほうから破門されますぜ」と繁太夫は云った、「多町の稽古所《けいこじょ》での教えぶりについて、ずっとまえからあいつは師匠に耳こすりをしていた、都座の秋の芝居のことも、あいつが告げ口をしたのでやかましくなったんです、あいつは話がやかましくなるように持っていったんですよ、――もちろん、あいつというのが誰だかおわかりでしょうね」

冲也は黙って頷《うなず》いた。

――あいつはいつかきっと、中藤を追い込もうとするだろう。

生田のそう云った言葉が、記憶の底のほうから聞えてきた。すると、まるでそれをみぬきでもしたように、伊佐太夫が間違いを起こしたとき、破門になったままにしておけばよかった。詫《わ》びを入れて帰参させたのは誤りであった、と云った。繁太夫はさらに平常こころに溜《た》まっていたとみえる不平や不満、――なかには冲也とは関係のないことまで、殆《ほと》んど唾《つば》をとばさぬばかりにまくしたて、同時に盃を置かずに飲み続けたので、半刻とちょっと経《た》つころには、舌ももつれだすし、云うこともはっきりしなくなり、しまいには自分で自分をもてましたように、ごろっと横になってしまった。

「失礼だが、中藤さん」と寝ころんだまま繁太夫が云った、「きざなことを云いますがね、おまえさんも元はお侍だ、お侍ならお侍らしく、けじめをはっきりさせようじゃありませんか、おまえさんがそのつもりになったら、私が口をきいてもようござんすぜ」

「そのときは相談しよう」

「おまえさんは冲也ぶしを始めるがいいんだ、冲也ぶし、——いいじゃねえか、ねえ、冲也ぶし」繁太夫は腕枕《うでまくら》をした頭を傾けて冲也を見た、「——多町の稽古ぶりを私も幾たびかみたが、おまえさんのは常磐津の正統じゃあない、一段のうち肝心なところを変えてうたう、三味線の手も勝手に変えている、たとえば、——いや、例をあげるまでもねえ、きりがねえから例はあげねえが」

「しかし長沢町さんは」と由太夫が口をはさんだ、「それを褒《ほ》めておいでになったでしょう」

「おめえは黙ってろと云ったろう」繁太夫はそっちを見もせずに云った、「おれは善悪を云ってるんじゃない、中藤さんは初めから自分のものを持ってた、常磐津をやろうが長唄をやろうが、出てくるものは冲也ぶしだって云うんだ、中藤さんはそこに気がついていねえらしい、だから伊佐太夫づれの中傷で、破門されるまで暢気《のんき》に構えてる、——そりゃあ、新しく一派を立ててゆくなあ楽じゃあねえ、世間もあまくはねえし、人と人との関係もしちむずかしい事が多いもんだ、けれども、自分に備わった芸があり、その芸がほんもので、まね手のねえところまで仕上げてゆけば、世間も人も向うから頭《ず》をさげて来る、もしも頭をさげさせたければだがね、——芸とはそういうものなんだ、わかるかい中藤さん」

「私でよければ」と繁太夫の伴れである若者の一人が云った、「おこがましいけれど、うしろ楯《だて》になりますよ」

「私もお役に立ちましょう」ともう一人の若者が云った、「私はまえから師匠の端唄に惚《ほ》れていたんです」

「そいつはいけねえ」繁太夫はふらふらと手を振った、「おまえさんたちはこの繁太夫のかもだ、えっ、そうあっさり乗り替えられてたまるものか、中藤さんに人の助けはいらねえ、そんなものがあっては却って邪魔になる、ひいきにするならこれまでどおり、この繁太夫を大事にしてくれ」

　そして彼は声をあげて笑った。それは可笑《おか》しいからではなく、自分のおせっかいを自嘲《じちょう》するような笑いかたであった。それから話が変り、繁太夫は眼をつむった。

　給仕の女中は三人いたが、その中でおすえというのが立ってゆき、枕と半纏《はんてん》を持って来て、繁太夫に枕をさせ、足のほうだけ半纏を掛けてやった。このあいだに、二人の若者は冲也に改めて挨拶《あいさつ》をし、その名を告げた。片方が次郎、もう一人は正吉、どちらも商家の息子だったが、なんのしょうばいだか冲也はすぐに忘れてしまった。——話は芝居から役者の評判、いろいろな浄瑠璃、また寄席の芸人たちや、小説、絵の話、また廓《くるわ》の妓《おんな》や各所の芸妓《げいぎ》のしなさだめなど、金に不自由しないそのとしごろの若者たちらしい話題を、昂奮《こうふん》した口ぶりで語りあっていた。

「長沢町が怒ったのは十三蔵のことか」と沖也は囁《ささや》き声で由太夫に訊《き》いた。

「たいへんなけんまくでしたよ」と由太夫も低い声で答えた、「多町の稽古所へこの二人といっしょに来たんですが、もう酔っていましてね、生田さんのことでも怒っていたんでしょう、あいつのやきもちのおかげで、またと得がたい人間を二人もなくしたって」

　沖也は眉《まゆ》をひそめて由太夫の言葉を遮った、「そう云われては挨拶に困る、そんなふうに思われていようとは知らなかったよ」と沖也は云った、「――だが、住吉町のほうは弱ったな、縁を切れと云うのは本気なんだろうか」

「私はあなたに付いてゆきます」

「冗談を云うな」

「冗談なもんですか、ゆうべもなかで一と晩じゅう、長沢町さんとその話をしていたんです」由太夫はしんけんな顔で坐り直した、「住吉町は大師匠が隠居されてっから、すっかり気風が変っちまいました、若師匠があのとおりお天気やだから、ごまをするやつだけが引立てられる、芸そのものより常磐津の名を弘《ひろ》め、世間から派手にもてはやされるような才覚のある者が、のさばるばかりです、兼太夫の名跡《みょうせき》だって、やっぱり伊佐太夫が継ぐっていう噂《うわさ》ですよ」

「どこにだってあることさ、どこにだって」と沖也はなだめるように云った、「武家町人の差別なく、ちょっと人間の集まるところなら、多かれ少なかれそういう問題が付いてまわる、それはそれでいいんだ、眼の前だけ見ると、狡猾《こうかつ》な人間やわる賢い人間、きたないことを平気でする人間などがのさばってみえる、世の中はそういうものなんだ、けれども、五年、十年、二十年と経《た》ってみれば、ふしぎに本物と偽物《にせもの》の区別がつくものだ。眼の前のことであまり神経を使わないほうがいいよ」

「それは、あなたにそれだけの力があるからですよ」

「常磐津は立派な浄瑠璃だ」と冲也は云った、「おれのはまだこれからで、ものになるかどうかさえわかりゃしない、おれのことなんぞ考えるより、おまえは常磐津だけをやりぬくがいい、多町の稽古所はもうすぐおまえのものになるんだぜ」

由太夫は不服らしい顔で、口をつぐんだ。

まもなく冲也は席を立った。自分もゆうべ深酒をして疲れているからと断わり、繁太夫も明日の稽古があるだろうから、ころをみはからって送ってゆくようにと云った。次郎と正吉の二人はなごり惜しそうに、「いちどゆっくりおめにかかりたい」と繰り返し云い、冲也はあいそよく返辞をしてやった。

二階の元の座敷へ帰ると、お夏が茶菓を持って来、すぐ御膳《ごぜん》にしますと云って去った。茶を一杯、ゆっくり啜《すす》っているあいだに、お夏とおぺことで、膳を二つ運んで来た。いつもの膳ではなく、祝儀《しゅうぎ》に使う朱塗りに蒔絵《まきえ》のあるほうで、汁椀《しるわん》も同じ塗りであり、べつに台にのせた銚子《ちょうし》と盃が添えてあった。

「客膳のようだな」と冲也が云った、「ほかの座敷のじゃあないか」

お夏もおぺこも返辞をしなかった。おぺこなどはまるい頬をまっ赤にし、二人とも逃げるように去っていった。

「まさか」と沖也はその膳を見まもりながら呟《つぶや》いた、「まさかお京が、こんなことを」

待つほどでもなく、襖《ふすま》をあけてお京があらわれた。いつもの姿で、化粧が少し入念らしくみえるほかに、変ったところはなかった。沖也が思ったとおり、彼女もその膳拵《ぜんごしら》えは知らなかったとみえ、坐りながら不審そうに眼をほそめた。

「このお膳、――あなたが仰《おつ》しゃったの」

「知らないよ」と沖也は答えた、「お夏とおぺこが持って来たんだ」

お京は小さな歯で下唇《したくちびる》を嚙《か》み、なにか考えるようすであったが、静かに微笑すると「お父っさんだわ」と呟いた。そう呟いただけで、なにごともなかったように沖也を見た。

「おなかがすいたでしょ」

「腹はへってるが」と云って沖也は膳を指さした、「これはどういうことだ」

「お父っさんだと思うの、いやだわ、お酒なんか付けて」

「お父っさんがまたどうして」と云いかけて沖也はどきっとし、眼をみはってお京へ振返った、「――ゆうべのことか」

お京は眩《まぶ》しそうに眼を伏せた。

「おまえそう云ったのか」

お京はかすかに首を振った、「いいえ」

「では誰か告げ口をしたのか」

「告げ口なんてする者はいやあしません」お京は微笑しながら沖也の眼をみつめた、「そんなことどっちでもいいわよ、すぐごはんになさる、それともお酒を少しあがりますか」

「待ってくれ、どっちでもいいなんて云っている場合じゃあない、おまえが話さず誰も告げ口をしたのでないとすると、——新助、いや、ゆうべのことをどうしておやじが知ってるんだ」

「あたしの思い違いかもしれませんわ」

「思い違いとは、なにが」

「あたしがそう思っただけで、お父っさんはなにも知らないのかもしれないっていうこと」

お京はいたずらっぽく肩をすくめた、「どうしてそんなこと気になさるの」

「おまえはまたどうしてそう平気なんだ」沖也はつい荒い口調になった、「昨日あったことは洒落《しゃれ》や冗談じゃあない、おれにもおまえにも一生の大事なんだぞ」

お京はまた眩しそうに眼を伏せた。

「それともお京は」と沖也は続けた、「おれがわるく酔っていて、前後の分別もなしにやったとでも思っているのか」

お京はゆっくりとかぶりを振った。その顔には、奥のほうから浮きあがってくるように、うれしそうな、または可笑《おか》しそうな表情がうかんだ。

「あたしどんなふうにも思やあしません」とお京はやわらかに云った、「——あたし六つか七つくらいのときからあなたが好きだったし、このうちでいっしょに寝起きしたこともあるし、おみえになればいつでもお側《そば》からはなれたことがないんですもの、――あなたがいまになって、そんなにむきになるほうが可笑しいくらいよ」

　冲也は赤くなった。赤くなるのが自分でもわかり、深く激しい、かなしみのようなよろこびの衝動から、膝《ひざ》ですり寄ってお京を抱いた。

「あら」お京は喉《のど》で云った、「お膳が倒れますよ」

「じゃあ、怒ってはいないんだな」抱く手に力をこめて冲也は囁いた、「昨日のことを、お京は怒っていないんだな」

　お京は「うっ」といった。力いっぱい抱かれたので、息がもれたのだ。冲也はその口を自分の唇で塞《ふさ》ぎ、また抱く手に力を入れた。こんどもお京は「うっ」といい、押し出された息が冲也の口の中へはいった。お京はむりやり唇をはなし、「いやよ」と云いかけたが、そこを冲也の唇に塞がれると、急に両腕を彼の頸《くび》に巻きつけ、まるで彼の唇を噛《か》み切ろうとでもするように、顔を振りながら吸いついていった。

二の六

「どうした」と冲也が囁《ささや》いた、「ふるえているじゃないか」

「わからないわ」お京がきれぎれに答えた、「自分ではふるえてるつもりなんかないんだけれど」それから冲也の胸へ顔を押しつけて云った、「なんだか、少しこわいの」

「なにがこわい」

「わからないわ」

「昨日はこわくなかったのか」

お京は冲也の胸でかぶりを振った、「おぼえていないわ」

「わからないって」

「なんにもおぼえていないの」お京は肩をちぢめた、「あなたは」

「いいよ」彼はお京を抱きよせた、「おちつくまで少しこうしていよう」

彼の胸の中でお京はもっと軀《からだ》をちぢめた。

夜具を囲んで一双の屛風《びょうぶ》が立てまわしてあり、屛風の外の暗くした行燈《あんどん》の光りは、天床にぼんやり滲《にじ》んでいるだけで、二人の顔はごくおぼろにしか見えなかった。寝るまえに、お京の炷《た》いた香が、座敷いっぱいにかなりつよく薫《かお》っていた。蒸れるような夜具の中で、隙《すき》もなく肌《はだ》を合わせているのに、冲也に感じられるのはその香の薫りだけで、お京の軀は少しも匂《にお》わなかった。解いた髪が僅《わず》かに香油の匂いを放つだけで、肌の匂いと思われるものは感じられないのである。

――六つか七つくらいのときから好きであった。

その言葉は初めて聞くようではなかった。ずっと昔からわかっていたことが、お京の口をとおしてはっきりかたちをとった、というふうに彼には思えた。一つの夜具の中に抱きあっていて、お京くらいのとしごろの軀が匂わない筈《はず》はない、それが匂わないのは、お京の躰臭《たいしゅう》が自分にはもう馴《な》れきっているためかもしれない。自分たちはすでにずっと以前から、気持だけではなく軀まで一つになっていたのだ。あなたがいまさらむきになるほうが可笑しい、――まさにそうかもしれない、二人はとっくにむすばれていたのだ。男はこういうことに疎《うと》いが、お京は女だから、本能的にそれを感じていたのだろう。あのときなんの反抗もせず、こっちのするままになったのは、そうなることが極めて自然だったからに相違ない、と冲也は思った。

――集まるものはすべて集まってくる。

彼は眼をつむり、お京の背を撫《な》でながら、心の中でそう呟いた。細い枝川が一つずつ、次つぎと集まって、しだいに大きな流れになろうとしている。おれが新しい浄瑠璃を創《つく》ろうと思い立ったとき、まるでそれを待っていたかのように、おれの仕事を守り立てるような条件が次つぎと起こった。繁太夫はあに弟子というだけで、あまり親しいつきあいはなかった。にもかかわらず、長いあいだ彼のことを案じてい、「この辺でけじめをつけろ」と激しい言葉でぶっつかってきた。世間態にこだわった義理などに引かされていると、中途半端なことしかできない。自分のものを誰もまね手のないところまで仕上げてみろ、そうすれば世間も人も頭《ず》をさげてくる、――繁太夫の云いかたにはしんじつがこもっていた。これまであまり口をきいたこともない相手だけに、まして、多町の稽古所での教えぶりまで見ていた、ということをうちあけられたのだから、誰に云われるよりも強く、しんじつだということが感じられた。

——芸の徳だな。

幸運だとは思いたくない、これは「芸」というものの徳だ。岩井半四郎と早くからつきあっていたこと、新井泊亭《はくてい》、住吉町、この「岡本」はもとより、伊佐太夫の十三蔵までが、逆の意味ではこっちの役に立っている。そしてこのお京だ。冲也は軀じゅうに強い自信と、じっとしていられないような力感のわきあがるのを感じた。

「おれはやるぞ」彼はお京を緊めつけた、「おれはやるぞお京」

お京は頷《うなず》いた。彼女の軀は云いようもないほどやわらかで温かく、抱き緊めると淡雪のように溶けてしまうかと思えた。いまはふるえもおさまり、両脛《すね》のあいだに挟《はさ》んでいる彼女の細い足先が、いつかしら熱くほてってき、そのなめらかなふくらはぎの筋肉が、こまかく波打つように、ときを切ってひきつるのが感じられた。

「おちついたようだな」と彼は囁いた、「もうこわくはないだろう」

お京はまたかすかに頷いた。

「汗をかいてるじゃないか」彼はお京の胸へ手を差入れた、「そんなにもぐっているからだ、顔を出したほうがいいよ」

お京はかぶりを振り、「やっぱりこわいわ」と云《い》った。

「朝になったらおやじに云うよ」冲也はお京の扱帯《しごき》を解こうとした、「いいね」

お京ははっきりと頷き、自分で扱帯を解いた。冲也が次に手をやると、その下のものをも解き、両手で彼の寝衣《ねまき》の衿《えり》を掴《つか》んで、ふるえだした。衿を掴んだ両の拳《こぶし》は、あまり力を入れているため、放そうとしてもすぐには指がひらかないくらいであった。溶けそうにやわらかだった軀が、いまは筋肉だけのように固くひき緊り、音を立てるほどのふるえが、全身にひろまった。

「どうしたらいいの」舌の硬《こわ》ばった、不自然な声でお京は訴えた、「こわいわ、あたし、どうすればいいいの」

「黙って、——おちつくんだ」冲也はやさしさをこめて囁いた、「歯をくいしばっちゃあいけない、口をあいて、軀をらくにするんだ」

彼は動作を進めながら、自分の欲望が少しもみだらなものでなく、むしろなにかの儀式のような、すがすがしさと、誇張していえば厳粛ささえも感じられた。冲也はその瞬間、自分たちが七彩の栄光に包まれるのを見るように思った。

独白

今日は起きたときから頭痛がする、からだのぐあいもよくないから、あれになるのかもしれない。六月におっ母さんが亡《な》くなって以来、どうやら気の張りもなくなったとみえ、軀《からだ》の調子がすっかり狂ってしまい、旦那《だんな》とのあいだも鬱陶《うっとう》しくなるばかりである。

母が死んだあと、松廼家《まつのや》は久吉姐《ねえ》さんに譲った。姐さんの本名はおはつといい、五年も続いた蔵前《くらまえ》の旦那があった。あたしはお金なんぞちっとも欲しくはなかったが、母の三十五日が過ぎると、きまりはきまりだからと云って、姐さんからかなり多額な金を渡された。——いろいろな証文を見せられ、その幾枚かに拇印《ぼいん》を捺《お》したりしたけれど、どういう証文なのか見る気にもなれなかったし、すぐにみんな忘れてしまった。お金だって欲しくないから、そのまま姐さんに預け「必要なことができたら貰《もら》います」と云った。蔵前の旦那という人は、欲のないこだと笑い、「それでは自分が預かっておいて利稼《かせ》ぎをしてやろう」と云ったが、あたしには利稼ぎという意味もわからず、またそれについての関心もなかった。

欲がないというのではない。あたしだって芸妓《げいぎ》にも出たし、人の囲い者にもなったりするのだから、お金が粗末にならないくらいのことは知っている。けれども小さいときから母の日常を見てきて、大切なのは「物」でも「お金」でもない、ということを教えられたのである。生れついた性分か、それともなにか悟ることでもあったのか、母は決して「物」や「お金」に執着したことがなかった。それだけのことをして呉《く》れる人がいたから、と云われればそれまでだが、たとえその日に困るほど貧しくとも、母はやっぱり同じようだったろう、とあたしは思うのである。

——形のある物は頼みにはならない。

母はよくそう云っていた。金でも物でも、使えば減るか無くなってしまう、形のある物はいつか必ず無くなってしまうのだ。大切なのは減りもせず無くなすこともできないものだ。人によってそれぞれ違うけれど、みつけようとすれば誰《だれ》にでも、一つだけはそういうものがある筈《はず》だ。——このとおりではないけれど、およそこう云う意味のことを、あたしは幾たびか母から聞いていたし、そう云う母の気持もおぼろげではあるが理解することができた。あたしにとってそれがなんであるかは、まだはっきりわかってはいないけれど。

こんどの旦那にはちょっと困った。まえの人はあのほうの興味だけで、ほかのことはさっぱりしていたが、竹島さんは軀ばかりでなく、あたしの心まで縛りつけようとする。囲い者ではなく本当の妻にでも求めるように、家計のことから行儀作法、着物の着かたや口のききかた、そのほかつまらないこまごましたことにまで、いちいち小言を云ったり注意したりする。「末ながく面倒をみたいからだ」というのが口ぐせで、あたしの気持などは察してみようともしない。御自分のことは極端なくらい隠したまま、竹島与兵衛というだけで本名もわからないし、どこの藩の御家臣かも決して教えようとはしない。こっちも興味はないので、そんなことは少しも気にかかりはしないけれど、自分の安全だけは守りぬこう、としているらしいのが、可笑《おか》しくもあるしあさましいように思える。——そこへ昨日のことが起ったのだ。旦那の供は初めから吉原藤次郎《よしはらとうじろう》という若侍だったが、旦那のみえないときでも、お手当を届けに来たりするので、かなり親しくしていた。美男というのではないが、どこかにまだ少年らしさの残った、ごく温和《おとな》しそうな若者で、なにか話しかけると、顔を赤くしてすぐには返辞もできない、というふうであった。昨日も一人で、お手当を届けに来てくれたから、ちょうどじぶんどきでもあったし、あがってもらって夕餉《ゆうげ》を出した。すすめたとき案外すなおだったので、酒を付けてあたしが給仕に坐《すわ》った。これまでいちども飲むのを見たことはなかったので、一本ではもの足りなさそうなようすを見たときには、ちょっと驚いたが、初めてのことだからと、二本めをつけ、さらに三本めをつけた。吉原さんは箸《はし》を持たず、酒だけをぐいぐい飲んだ。呷《あお》りつけるという飲みかたで、ちょっとへんだなと思ったら、いきなりとびかかった。そんなときにはさからったり逃げたりするものではない、あたしはされるままになっていた。吉原さんはあたしを押し伏せ、着物の裾《すそ》を捲《まく》ろうとした。まっ赤になった顔や、苦しそうな喘《あえ》ぎや、ぶきような、ぎくしゃくした動作は、いろごとをする人間というよりも、罠《わな》にかかったけものが逃げ口を捜しているような、滑稽《こっけい》な、きちがいじみたものにみえ、あたしは笑いたくなるのをがまんするのに骨を折った。裾を捲りかけた吉原さんは、あたしが軀を投げだしたまま身動きもせず、眼をあいてじっと見まもっているのに気づくと、吃驚《びっくり》したようにとびのき、ふるえながら固く坐り直した。あたしも起きあがり、なにごともなかったように、「お酒のあとをつけましょうか」と訊《き》いた。吉原さんはひどく思い詰めたような顔つきで、——ああいやだ、考えるだけでもばからしく、うんざりするほどいやらしい話だ。

吉原さんは、旦那の云いつけであたしをためしたのだ、とうちあけた。あたしが中村座のこんどの芝居へ、初日から八日までかよい続け、楽屋へもゆくし、芝居茶屋へもはいるので、みだらな女だと疑った結果、吉原さんに「やってみろ」と命じたのだそうである。しんそこあたしが好きなところから嫉妬《しっと》をしているらしい、と吉原さんは弁解するように云ったけれど、御身分のあるお武家で、おとしも若くはないのに、ひとのあとを跟《つ》けてようすをさぐらせたり、家来を使ってためさせたりするとは、町人にだってざらにあることではない。恥も外聞も知らないのだろうかと、あたしはいやらしさにぞっと総毛立った。「お侍でも人の家来になるとこんないやらしい役目まで引受けなければならないんですか」とあたしは訊いてやった。吉原さんは石にでもなったみたように、四角にかしこまって「人にもよるだろうが、自分は殿さまのためならどんなことでもする、主人の申し付けに好悪《こうお》の差はない」と答えた。本気でそう信じ込んでいるらしい、あたしはつい笑ってしまい、「そんなに疑われるならいっそ暇をもらうから」と、いま受取ったお手当の包を返してやった。――それからまたやりきれない騒ぎだ。自分がうちあけて話したのはあなたを信頼したからである、もしこれがわかって、あなたが殿さまと縁を切るようなことになったら、自分は生きてはいられない、と吉原さんは血相を変えて云った。その場で腹も切りかねない騒ぎなので、あたしはばかばかしくなり、そんなことなら知らないつもりでいよう、けれども芝居が見たければ十日でも二十日でも見にゆきますよ、と断わっておいた。

中村座へかようのは、あの方の浄瑠璃《じょうるり》を聞くためなのだ。「青柳恋苧環《いとやなぎこいのおだまき》」という芝居は、筋そのものより浄瑠璃が際立《きわだ》っていい。舞台は三場だけの、短い心中ものだが、義太夫ぶしのように、三場の舞台をとおして浄瑠璃が付き、それが芝居を引立てているし、仁左衛門、半四郎、八百蔵、それぞれの役を浮き彫りにしてみせるようだ。あたしは五日めに、大和屋さんを訪ねて楽屋へいった。楽屋へ客の出入りすることは、もちろん厳しく禁じられているが、芝居茶屋へ役者衆の出入りが禁じられているのと同様、いくらでもぬけみちはあるものだ。——楽屋でちょっと話してから、大和屋さんといっしょに舞台裏へいってみた。「源氏十帖《じょう》」が終り、あの方の芝居の始まるまえで、そこは大道具や小道具でいっぱいだったし、道具方や裏方の人たち、若い役者衆や作者部屋の人たちなどで、混雑していた、そして、あの方をみつけたのだ。あの方は渋い紺の紬縞《つむぎじま》の着ながしで、片手に本を持ち、中年の少し肥えた人と、——たぶん杉沢治作という人だろう、なにか手まねをしながら熱心に話していた。あの方だな、と気がついたとたんに、あたしはぼうとなり、いつものあのふしぎな緑色が眼のまえいっぱいにひろがって、そのまま軀が崩れおちそうに感じた。いっそ逢《あ》ったらどうだ、と大和屋さんが云ったけれど、あたしは黙ってそこから逃げだした。返辞をしようにも、舌がまるで動かなかったし、逢うなどとはとんでもないことだ。おどろいている半四郎さんに構わず、あたしは半ば夢中で自分の桟敷《さじき》へ戻《もど》った。

　あの方は六月に祝言《しゅうげん》をなすった。相手は「岡本」の娘でお京さん、まわりの者はとっくに察していたことだし、「岡本」の御両親も待ちかねていたらしい。新石町の家を建て増して、新しく稽古所《けいこじょ》を作った。どういうわけなのかよくは知らないが、常磐津《ときわず》をやめて御自分の「冲也《ちゅうや》ぶし」をおやりになるということだ。大和屋さんの話によると、それがあの方の長いあいだの望みだそうで、慥《たし》かに一派を立てるねうちのある浄瑠璃だということだが、——そしてこんどの芝居に、その証拠の一端があらわれていると思うけれど、あの端唄《はうた》のもっているふしまわしと違うところ、また、少しじみすぎる調子が、世間の人たちにどう受取られるか、あたしにはちょっと心配である。四番町の御実家や、「岡本」が付いているので、生活に追われるようなことはないだろう。したがって「冲也ぶし」がすぐ流行しなくとも、困るようなことは決してないだろうけれど、それでもなお、あたしにはそこが気にかかってならないのである。

昨日は中村座へゆかなかった。そのためいやなおもいをしたわけだし、今日は頭痛がひどいけれども、あの方の芝居が始まる時刻になれば、でかけてゆくつもりである。ことによると千秋楽までかようかもしれないが、あの方と口をきくような気持は少しもない。半四郎さんはそのうち、むりにでも逢わせるつもりのようだ。あたしがあの方をどう思っているかということは、半四郎さんにもわからないとみえる。あの方とあたしとの縁は現世のものではない、——などと云ったところで、大和屋さんに限らず誰だって、どういう意味か見当もつかないに違いない。

今日はふだん着でいって、つんぼ桟敷で見ることにしよう、あそこなら客も熱心に見る人たちが多いし、あの方の浄瑠璃がゆっくり聞けるだろうから。

三の一

冲也が楽屋へはいってゆくと、待っていたように半四郎が問いかけた。

「いまのあれ、どうでした」半四郎は向っている鏡の中から、期待の眼で冲也を見た、「気にいりませんか」

「あれとは、なんのことだ」

「いまの幕ですよ、心中するところで新しい手を使ってみたんですがね」

冲也は頭を振り、「私はいま来たところだ」と云った。彼が精気のぬけたような乾いた顔つきで、眉《まゆ》をしかめているのを半四郎は認め、化粧をおとしながら、どうかしたんですか、と訊《き》いた。顔色が悪いですよと云われて、冲也はあいまいに微笑した。

「この舞台裏の騒がしさだ」と冲也は沈んだ声で云った、「これにはどうにも馴染《なじ》めない、だんだん鬱陶《うつとう》しくなるばかりだ」

「あたしなんかいまだにそうですよ」

その楽屋は中二階の奥にある。上に立役のいる三階があり、下に二階の大部屋があった。いちばん下は作者とか鳴り物、奥役その他の部屋で、人の往《ゆ》き来が絶えず、階段を登りおりする足音や人の声が、舞台で聞える鳴り物や、次の場の道具を据《す》える金槌《かなづち》の音、また作者部屋の者や裏方などの呼びあう、せかせかした声などが、渚《なぎさ》で波のさざめくように、休みなく、建物いっぱいに騒音を反響させていた。

「人によりましてね」と半四郎は続けた、「中にはこの音を聞くと、どんなに疲れているときでも軀がしゃんとなり、元気が出てくるって云う者もあります、あたしはどうにも馴れることができませんけれどね」

冲也はほかのことを考えていた。ゆうべ読んだ新しい評判記のことを考えていたのだ。舞台裏の騒音もやりきれない、まえには慥《たし》かに魅力があった。その独特なざわめきを聞くと、一種の昂奮《こうふん》さえ感じたものである。だが自分で芝居の中へはいってからは、そのざわめきが情緒的なものではなく、舞台はこびを狂わせないために、寸刻の暇もなく動きまわっている人たちの騒音だということがわかり、するとそれは、舞台で演じられている人間の悲劇や喜劇が、まったく作り物であることをあざ笑っているように感じられて、耳を塞《ふさ》ぎたいような気分になるのであった。――かれらはみな芝居が好きであった。好きであると同じくらい憎んでいたが、それでも好きであることをどうしようもないのだ。かれらの作りあげる舞台は、その幕が終ると同時に壊《こわ》されてしまい、すぐに次の舞台が作られるが、それもその幕が終るとばらばらに壊されてしまう。舞台で実際に演ずる役者や浄瑠璃語りには、たとえ僅《わず》かにもせよその日その日で芸の新しいくふうや創作をすることができる。けれども舞台裏の人たちの仕事にはそれがない、少し誇張していえば徒労の繰り返しであって、かれらのなした事が残ることはないのだ。――賃銀の安さに比べて、その労力はかなり過重であり、賃銀だけで家族を養っている者の数は少ない。にもかかわらず、いちどここの空気を吸った者は、一生ぬけだすことができないようである。かれらが芝居を愛し、同時に憎むのはこういう条件のためであるようだし、舞台裏の騒音には、この相反する二つの感情が含まれているのだと思えた。――だが、いま冲也の胸につかえているのはそのことではない、彼は昨日、新版の「評判記」を読んだ。芝居の評判記が出されるのはまちまちで、年に一回、大阪の「八文字屋」から板行されるのを初め、他《ほか》にもその月によって幾種類か出たり、まったく黙殺されることも珍しくはなかった。またその内容もいちようではなく、興行主や役者の提灯《ちょうちん》持ちだけにすぎないものや、利害に根ざしたいやがらせ、故意に中傷するものなどもあって、まじめに批評する例はそう多くはなかった。

新作の「青柳恋苧環《いとやなぎこいのおだまき》」は、三種の評判記で好評されたし、観客にも相当うけた。浄瑠璃の評判も予期したよりもよく、芝居の表方と裏方のどちらからも、初めてのこころみとしてはまず大当り、といわれていた。――冲也の読んだ昨日の新しい評判記でも、だいたいとしては褒《ほ》めてあったが、浄瑠璃について「あまい独りよがり」とするどく指摘していた。ふしまわしの巧みさや美しさはいいが、「作曲者が苦労知らずの若旦那である」ということが隠しようもなくあらわれている。二人の男女が心中しようというのは遊びごとではない、「人間が死のう」と決意することくらい絶望的なものはないのに、この浄瑠璃には二人ののっぴきならぬ気持や絶望感よりも、その死を「美化する」ことにかかっているようだ。これはもはや過去のものであり、これから仕事をしようとする者の考えかたではない。要するに作曲者はもっと実際に苦労をし、生きた人間生活を知らなければなるまい。――表現はこのとおりではないが、およそ以上のようなことが述べてあった。評者の名は「菘翁《すうおう》」というだけで、数ある評判記作者の誰ともわからないが、その文章が例になくまじめであることと、指摘された点が、冲也にとって弁解する余地のないものであることとで、彼は自分がまっ二つにされたように思ったのであった。

――苦労知らずの若旦那。

――人間の死を美化しようとする古さ。

冲也は胸にするどい痛みを感じ、顔を歪《ゆが》めながらかすかに呻《うめ》き声をあげた。このあいだに、半四郎は心中の場の新しいくふうを語っていた。八百蔵と自分が心中するまえに名残《なご》りの盃《さかずき》をとり交わす、そのとき悲しさのあまり、自分が盃を手からとり落し、とり落したことを知らずに八百蔵に渡す。八百蔵もうっかりして、盃を受取ったつもりになる。それから自分が酌《しゃく》をしようとして、初めて盃を持っていないことに気づき、二人で顔を見合せて泣き笑いをする、というのであった。

「あたしと立花屋でくふうしたんです」と半四郎は云った、「——たいそううけましてね。初めからこれでやればよかったって、みんなにそう云われました」

冲也は心の中で首を振った。そういうことじゃない、そういう演技のくふうじゃない、心中する男と女の気持があらわせれば、こまかい技巧などはどっちでもいいんだ。こう云いたかったが、冲也は口には出せなかった。

——実際に苦労をしてみろ。

——生きた生活を体験しろ。

評判記に書かれているこれらの言葉が、彼に一と言ものを云わせないように思えるのだ。

「明日はぜひ見て下さい」と半四郎は化粧をおとし終って、こちらへ向き直りながら云った、「きっと気にいっていただけると思います」

「今日はこれから岸田屋へいかなければならない」冲也はつとめて明るい口ぶりで云った、「住吉町の大師匠が、今日の芝居を見に来てくれるそうで、たぶんもう見て下すったろうと思うが」
「大師匠、――文字太夫さんですか」
「見たあと岸田屋で会いたい、というお使いがあったんだ」
「そいつは知らなかったな、知っていたら御挨拶《あいさつ》にあがったのに」
「いや、芝居じゃあない」冲也はそっと首を振った、「大師匠は私の浄瑠璃を聞きに来たんだ、住吉町から身をひいて以来、ずっと音信をしなかったし、こんどの芝居も御案内は出さなかった、こっちから縁を切った以上、案内を出す筋はないと思ったからだが、――大師匠は病気の軀で見に来て下すったうえ、あとで会って話したいと仰《おっ》しゃるんだ」
半四郎は眼を細めて、「こいつ、ちょっと」と声をひそめて云った、「ちっとばかりこわいですね」
「こわいね」と冲也は頷《うなず》いた、「ちっとばかりでなくたいへんこわい、おまけに、――大和屋はもちろん知っているだろう、私は噂《うわさ》で聞いただけだが、恋の苧環がつき替えになるそうじゃないか」
「お知らせはいきませんでしたか」
「噂に聞いただけだ」と云って冲也は片手をあげた、「いや、私は不平を云うんじゃあない、私はこんどの芝居にはもうみれんはない、世評がどうあろうと、いや、世評からいろいろ教えられたというほうが本当だろうが」
「松島屋が上方《かみがた》へ帰るんですよ、いいえまあ聞いて下さい」半四郎は押し返して云った、

「松島屋が上方へ帰るについて、お名残り狂言を出すんです、こういう場合には新しい芝居をつき替えるのがしきたりでしてね」

「わかった」沖也は頷いた、「もしかして大師匠に、どうしてつき替えになるかと、訊《き》かれたとき返辞に困ると思ったんだ、私はなんとも思やあしない、いまも云ったとおり、こんどの芝居にはもうみれんはないんだ、その代り、と云うのもおかしいがね、大和屋、――私はすぐ次の芝居にかかろうと思うんだ」

「結構ですね、それは結構です」と云って半四郎はひょいと沖也を見た、「その話もうかがいたいが、岸田屋のほうはいいんですか」

「ここへ知らせがある筈なんだ、ながの患《わずら》いで疲れやすいから、ひと休みしたあとで知らせる、という口上だった、まだ半刻《とき》くらいはまがあるだろうと思う」

「それなら話を聞かせて下さい、次の芝居の筋はできてるんでしょう」半四郎はそう云ってから隅《すみ》にいる部屋子に振返った、「――児太郎《こたろう》、お茶を淹《い》れておくれ」

「ここではおちつかない、はねてからにしよう」と沖也が云った、「大師匠の話もそう長くはないだろうし、そっちに差支《さしつか》えがないなら岡本へでもいって」

「だめなんです、うるさい客に呼ばれてましてね、はねるとすぐにゆかなければなりません、おそらく今夜はずっと軀があかないと思うんです」

「あとの舞台は」

「大切《おおぎり》に出るだけです」

「ではあらましのところを話そうか」

部屋子の淹れて来た茶を啜《すす》りながら、冲也は静かに話しだした。

三の二

話はうまくいかなかった。まわりがうるさすぎるのだ。階段を登りおりする人たちの、せわしい話し声や足音に加えて、半四郎のところへも次つぎに人が来た。作者部屋の者、芝居茶屋の出方、ひいき客からの贈物、表方からの知らせ、そのほか、なんとなく芝居小屋につながりはあるが、なにをしているともはっきりしない人間などが、絶えずその部屋へ出入りしたり覗《のぞ》いたりした。

「今日はこのくらいにしよう」と冲也はまもなく話を打切った、「おちつかないから私は岸田屋へいってみる」

「知らせがあるんでしょう」

「向うへいって待つことにしよう」冲也は立ちあがった、「軀のあく日があったら知らせてくれないか」

「承知しました」

半四郎も立ちあがって、冲也を送り出そうとしたとき、楽屋口で一人の若い女と出会った。としは二十《はたち》か二十一くらいだろう、細おもてのきりっとした顔だちで、そのやわらかな眼の内に怯《おび》えたような色を湛《たた》えていた。ほんの一瞬間こちらを見ただけであるが、眸子《ひとみ》の底に閃《ひらめ》いたその、怯えたような色が冲也の眼にとまった。

「ちょうどよかった、おひき合せしましょう」と半四郎が云った、「こちらは冲也師匠、――こちらはおけいさん」そして半四郎は冲也を見た、「あなたの浄瑠璃のたいへんなごひいきです」

おけいと呼ばれる女は顔を伏せ、「どうぞよろしく」と口の中で囁《ささや》くように云い、おじぎをすると同時に、二人の脇《わき》をすりぬけて楽屋の中へはいってしまった。まるで紹介されたことが不快であるか、または冲也と言葉を交わしたくない、とでもいうように、――半四郎は途方にくれたように肩をすくめ、冲也は苦笑しながら階段をおりた。

芝居茶屋の岸田屋は、中村座の並びで西へ三軒めに当る。芝居もはねに近いため、店先は混雑していたが、はいってゆく冲也を認めると、中年増《ちゅうどしま》の女中があいそよく迎えた。こっちは初めてだが、女中のほうでは知っていたらしい。文字太夫のことを云うと、こちらに繁太夫さんがいらっしゃいます、と云って階下の奥にある小座敷へ案内した。この家の者の使う部屋だろう、新しいのと古いのと簞笥《たんす》が二た竿《さお》並び、隅《すみ》には鏡架《かがみかけ》だの、袋に入れた三味線や衣桁《いこう》などが片よせてあり、繁太夫は古い簞笥によりかかって、酒を飲んでいた。

「よう」と繁太夫は冲也を見て云った、「小言はもう済んだのか」

「大師匠にね」と冲也は女中に云った、「私がここで待っていると申上げといてくれ」

女中は承知して去った。

「お小言はこれからだ」沖也は坐《すわ》りながら答えた、「大師匠のぐあいはどうですか」

「会えばわかるさ、一つどうだ、——と云うのはやぼか」繁太夫はいちど差出した盃《さかずき》へ、手酌《てじゃく》で酒を注《つ》いだ、「おまえさんの瑾《きず》は酒が飲めないことだ、酒さえ飲めればな、もっと世間もひろくなるし、人情の裏おもてもわかるんだが、——天二物を与えずか」

「大師匠といっしょに来たんですか」

「ですかはよしにしよう、おまえさんは一本立ちの師匠、おれなんぞに分《ぶ》を譲ることあねえや、と云うのもまたやぼか」繁太夫は盃の酒を啜《すす》って、ぐらっと頭を垂れ、「まあいいや」と垂れた頭を横に振った、「——そんなことより大師匠に会うまえに、心得ておいてもらいたいことがある、おやじはもう長いこたあねえ、医者にみはなされてっからでも五十日以上になるんだ、住吉町からここまで、一と跨《また》ぎのところも歩くことができず、おれが背中で背負って来た、あの負けず嫌《ぎら》いなおやじが、人におぶさって外へ出るなんて、——考えただけでもやりきれねえこった、そう思わないか中藤さん、しかもそれが、おまえさんの浄瑠璃を聞くためにだぜ」

沖也はそっとうなだれた。

「おやじの気性はわかってるだろう、褒《ほ》めたいところも小言で叱《しか》る人だ」と繁太夫は続けた、「おまえさんのために、これが小言の云いじまいだとすれば、きっと思いきったことを云われるかもしれねえ、だが、どんなひどいことを云われてもがまんしてくれ、いいか、どんなに肚《はら》に据《す》えかねることを云われてもだ、いいな」

冲也は顔をあげた。繁太夫の口ぶりがあまり入念で、裏になにやら意味がありそうに思えたからだ。

「おせきさんがいっしょに来た」と云って繁太夫は頭の上へ顎《あご》を振った、「いま二階でおやじの世話をしている、あのひともおやじ一人が頼りなのに、――どうなることか」

「おせきさんていうと」

「亡《な》くなったおかみさんの姪《めい》よ、忘れたのかい、京橋のほうで小間物屋の店をやっていた」云いかけて繁太夫は酒を飲み、あなどるように首を振った、「おまえさんにはこういう話は通じないな、武家そだちのためか、それとも生れつきか、おまえさんくらいいろけのない人間も珍しい、――おせきさんと大師匠との仲なんてものは、へたな作者の小説よりずっといろこまやかで面白いんだがな」

　そういう人のことは聞いた覚えもない、冲也がそう云おうとしたとき、さっきの女中が来て、大師匠が呼んでいると告げた。冲也はすぐに立ちあがり、繁太夫は酒を命じた。

「済みません、たて混んでいるもんですから、いまおでばなの支度をしたんですけれど」と二階へ案内しながら女中が云った、「――すぐ二階のほうへ持ってまいりますから」

「大事な話があるんだ、茶はあとでいいよ」

「こちらでございます」と云って、女中はその座敷の襖《ふすま》をあけ、「おいでになりました」と声をかけてから、冲也に会釈《えしゃく》して去った。

襖口《ふすまぐち》を塞《ふさ》ぐように、六曲の屏風《びょうぶ》が立ててあり、それをまわって、四十ちかいとしごろの女が出て来た。中肉中背の、美しくも醜くもない、ごく平凡な人柄《ひとがら》で、顔色が冴《さ》えず、疲れきったような眼つきをしていた。――せきという人だな、そう思いながら冲也は名をなのり、女は「どうぞ」と囁《ささや》くように云って、腰を跼《かが》めた。「こっちだ」と屛風の向うで文字太夫の声がした。「おせきは出ていてくれ」

冲也は屛風をまわってゆき、女は座敷から出ていった。

文字太夫は夜具の上に坐り、脇息《きょうそく》を前に置いて、それに両手で凭《もた》れかかっていた。骨へじかに渋紙を貼《は》りつけたかとみえるほど痩《や》せた長身の軀《からだ》が、二つに折れでもしたように前へ跼み、薄い白髪の小さな髷《まげ》が、鉢《はち》のひらいた後頭部にひっかかっていた。――百余日まえ、冲也が住吉町の門を去ったときには、これほど衰えてはいなかった。もともと太っているほうではなかったし、十年もまえから胃と腸に持病があったから、健康な状態でいることは稀《まれ》だった。芸にうちこむ情熱だけで軀が保《も》っている、というふうであったが、いまのようすは殆《ほと》んど生きている人とは思えないくらいであった。

「挨拶《あいさつ》はぬきだ」と文字太夫は云った。韻の深い声であるが、いたましいほど力がなく、また風の中に垂れた一本の糸のようにふるえていた、「――恋の苧環《おだまき》の浄瑠璃は聞いた、結構だ、と云いたいところだが、だめだ」

冲也は黙って低頭した。

「おまえ」文字太夫は短い呼吸にさまたげられながら云った、「女に惚《ほ》れたことがあったか、この女とならば、死んでもいいと、思うほど惚れたことがあるか」

沖也には答える言葉がなかった。

「おまえは大きな才能を持っている」と文字太夫は続けた、「その才能を使えば、どんなものでもこなせるだろう、おまえはみごとに、恋の苧環という、心中物をこなした、だが一つ、おまえは大事なことを知っていない、もっとも大事なこと、――芸の中では、持っている才能を、使ってはならない、という場合がある、――通俗な例だが、剣法も名人となれば、めったなことでは、刀は抜かないそうだ」

文字太夫は首を深く垂れ、脇息へのしかかるようにして、呼吸をととのえた。

「自分の知らないことを語るな」とやがて文字太夫は云った、「死ぬほど惚れたことがないなら、惚れあったために、心中しなければならなくなった人間のことを、語ってはいけない、――そういうものをこなせる才能がある場合には、なおさらのことだ」

一理はある、と沖也は心の中で思った。だがその全部がしんじつではない、自分で経験しないことを語れないとすれば、浄瑠璃、芝居、小説などの、殆んど九割までが存在しなくなるだろう。それはかたより過ぎた考えだ、と沖也は思った。

「中藤さんは武家そだちだし、頭もいいから」と文字太夫はまた云った、「諄《くど》いことは云いませんが、芸は一生のものです。一つの芸を仕上げるのはなまやさしいことではない、あなたの持っている才能も、このままではだめだ、もっと迷い、つまずき、幾十たびとなく転び、傷ついて血をながし、泥《どろ》まみれになってからでなくては、本物にはならない」

言葉だな、と沖也は思った。すると、それが声になって聞えでもしたように、文字太夫が弱よわしく頭を振って「言葉だな」と呟《つぶや》いた。

「口に出して云うと、そらぞらしい言葉になってしまう」文字太夫は呟きとしか聞えない口ぶりで云った、「だが中藤さんならわかってくれる筈だ、あなたが私から去らず、私にもう少し生きていることができたら、自分でその道の案内がしたかった、私は、――その案内をするつもりだった」

文字太夫の言葉は切迫した呼吸のために途切れ、俯向《うつむ》いている耳のうしろから頸筋《くびすじ》へ、汗が糸をひくように流れた。

「お躯に障ってはいけません」と沖也が云った、「少し横になってはいかがですか」

「おまえは私から去った」文字太夫は沖也の言葉など耳にも入らぬようすで云った、「――それでも、おまえが自分の意志で去ったのならまだいい、そうではなかった、自分から思い立ったのではなかった、繁《しげ》に耳打ちをされて、繁にすすめられてそうしたのだ」

「口を返すようですが、おそかれ早かれ、事はそうなったと思います」

「繁もそう云っていた、伜《せがれ》や十三蔵《とみぞう》のことも聞いた」と文字太夫は続けた、「――半二郎を破門したのは、十三蔵の告げ口だけではない、十三蔵に云われなくとも、浜屋の女房《にょうぼう》のことは隠せなくなるし、相手が相手だからどんな騒ぎになるかもしれない、そのうえ半二郎には、まじめに芸をやろうという気持がなくなっていた、破門しなくとも、いずれは江戸にいられなくなっただろう、そうではない、そんなことはなかった、と云えるか」

沖也はまた低く頭を垂れた。そのとおりだった、生田の場合は大師匠の云うとおりになった、と彼は心の中で頷《うなず》いた。

「私はおまえに文字太夫を継いでもらいたかった」と文字太夫は云っていた、「おまえの手筋をみて、おまえを預かるときにそう思い、それ以来ずっと、そのつもりで手引きをして来た、こういう気持は隠すものだ、私には伜もある、ほかに弟子も多い、私がおまえを跡継ぎにするときめていることがわかれば、うるさいごたごたが起こるだろう、時期を待たなければいけない、おまえに文字太夫を継がせることが、周囲の者にとってごく自然に受入れられる、そういう時期が来るまで、私は自分の気持をできるだけ隠していた」

「しかし御承知かと思いますが、私は常磐津《ときわず》のふしまわしを勝手に変えていたそうです」と冲也が云った、「自分では気がつきませんでした、八丁堀《はっちょうぼり》に云われて初めてそうかと思ったのです、また、これも八丁堀に云われたのですが、私には生れつきの癖があって」

「常磐津の正統ではない、と云うのだろう」文字太夫は力なく頭を左右にゆらした、「まちがいだ、繁は間違っている、常磐津は豊後《ぶんご》ぶしからわかれたものだが、これまでのふしまわしだけが正統だなどということはない、芸というものはそこへ到達したことで終るのではなく、むしろ到達したところから成長してゆくものだ、私はおまえこそ、常磐津を伸ばしてくれると信じていたんだ、たとえばこんどのように、芝居に付ける浄瑠璃を主にしてゆくにしても、常磐津ぶしでやってなんの差支えもなかった筈だ」

それはそのとおりだろう、しかし伊佐太夫がいるし、若師匠がいる。たとえ文字太夫が、裏で策動する二人を無視したとしても、この世界の単純でない人事関係があり、現に文字太夫の息子という者がいる以上、そういうことが障害なしに実現するとは考えられない。決してそう簡単なことではない、と冲也は思った。

「繁はおまえのために、私から去って一人立ちになれとすすめた、おまえもそのほうが無事であり、自分の道をひらくのにいいと考えた、慥《たし》かに、そのほうが無事だったと云ってもいいだろう、けれども」文字太夫はまたそこで絶句した、息切れがひどいため、暫《しばら》くは言葉が出なかったのである。やがて、「けれども」とようやくのことで続けた、「——芸というものは、八方円満、平穏無事、なみかぜ立たずという環境で、育つものではない、あらゆる障害、圧迫、非難、嘲笑《ちょうしょう》をあびせられて、それらを突き抜け、押しやぶり、たたかいながら育つものだ、——十三蔵はもとより、伜のことなどで、かれらが邪魔をするだろうという予測などで、身をひくまえに、一度でもいい、このことを考えてもらいたかった、少なくとも、私の気持の一端でも、思いやってくれたらと思う、これはぐちだぞ」

「これは年寄のぐちだ」そう繰り返して文字太夫は顔をあげ、唇《くちびる》に微笑らしいものをうかべてみせた、「冲也ぶしはものになる、あなたはきっと、みごとに一派をひらくことでしょう、もしもあなたに、どんな障害にあっても屈しない力があるなら、——」

そこで突然、文字太夫の軀が大きく揺れ、凭れかかっていた脇息ごと、右のほうへ崩れるように倒れた。冲也は吃驚《びっくり》して立ち、抱き起こそうとすると、文字太夫は倒れたままで片手を振った。

「おせきを呼んで下さい、いや」と文字太夫は喘《あえ》ぎながら云った、「そのまえに、もういちど云わせてもらいましょう、中藤さん、もしも私が、もう少し生きていられたら、あなたを好敵手として張合ってみたかった、――これを覚えていて下さい、あなたには大きな才能があるが、その才能をころす、という勘どころを悟るまでは、自分の知らないことについては語らない、ということを」云いかけて、ぐたっと俯伏《うつぶ》せになり、敷き夜具に口を押えられたまま、囁くように云った、「――おせきを呼んで下さい」

三の三

おせきは廊下に坐っていた。冲也は文字太夫のようすを告げ、いっしょに座敷へ戻ろうとしたが、自分ひとりのほうがいい、と云われたので、それでは階下《した》で繁太夫と待っているから、と断わって階段をおりた。繁太夫はさっきの女中の給仕で飲んでいた。彼のまわりには燗《かん》徳利が十四五本も並んでい、盃ではなく、湯呑《ゆのみ》で飲んでいた。冲也が大師匠のようすを話すと、繁太夫は立ちあがりかけて首を振り、そのまま坐りこんで、おれの出る幕ではないと云った。

「このところ、日に一度くらいはそんなふうになるんだ」と云って、繁太夫は女中に燗徳利を指さしてみせた、「――あとを持って来てくれ」

女中は口小言を云いながら立っていった。

「執念だな、執念で生きてるようなものだ」繁太夫は自分に聞かせるような口ぶりで云った、

「もうだめか、こんどこそだめかと思うが、そのたびにもち直す、浄瑠璃のことが胸につかえて死ねない、というようにみえる、それも愛着にひかされるというのではなく、業火《ごうか》に焼かれているという感じだ、特にこのごろのようすを見ていると、おれはいっそ人足にでもなってしまおうかと思う、本当に、幾たびそう思ったかしれやしないぜ」

冲也は聞きながした。立場が変れば繁太夫だって同じようになるだろう、執念ではなく、文字太夫は仕残した仕事のために死にきれないのだ。しんそこ一つの仕事にうちこむ者には、誰にしろ、これで死んでもいい、という時は来ないに違いない。いのちの火が消える瞬間まで仕事への情熱に生きる、いかにも芸人らしく、そして人間らしい姿ではないか、と冲也は思った。女中が酒を持って来たあと、入れちがいにおせきが現われて、大師匠は暫く休んでゆくから先へ帰るように、と繁太夫に告げ、すぐにまた二階へ戻っていった。

「小言はどんなふうだった」新しく来た徳利の酒を飲みながら、繁太夫が訊《き》いた、「まいったか」

「小言にはまいりはしないが、――どうして縁を切ったかと云われて、困った」

「そのことではおれもぎゅっというめにあった、お先ばしりなやつだと云われてね、いちごんもなかったよ」繁太夫は濡《ぬ》れている唇《くちびる》を右手の甲でぬぐった、「要するにおれは、おまえさんのためを思い、住吉町の一門に騒ぎの起こらないようにと思ってのことなんだが、常磐津の将来のためにはよけいなおせっかいであり、長いあいだ大師匠の計画して来たものをぶち毀《こわ》したことになるんだそうだ、大師匠がそれほどおまえさんに惚《ほ》れこんでいようとは知らなかった」

「その話はそれまでにしよう」と冲也は遮《さえぎ》った、「昨日からいろいろなことが重なって、いまはなにも考えたくないんだ」

「おまえさんはそれでいい、自分のことさえ考えていれば済むんだからな、おれはそうはいかない」繁太夫は酒を飲もうとしたが、顔をしかめて湯呑を置いた、「これまでもおれは貧乏くじばかりひいて来たが、こんどはもっと重荷を背負わされることになりそうなんだ、どうせわかることだから云ってしまうが、——大師匠は近いうちに、いや」と彼はそこで急に首を振った、「いやよそう、おまえさんには縁のない話だ」

　冲也はちょっと眼をほそめた。急に話をやめたようすが、ひどくしんけんに思えたからである。だが、冲也は問い返そうとはしなかった。住吉町における繁太夫の立場は、大師匠を支え、一門をまとめてゆくという、かなり辛抱を要するもののようであった。冲也は詳しいことは知らなかった。漠然《ばくぜん》とそんなふうに感じていただけであるが、いつか「住吉町と縁を切る」ようにと云われて以来、繁太夫がどんなに辛抱しなければならない立場にあるか、ということがほぼわかってきていた。

「そんな顔をしなくともいい」と繁太夫は湯呑を取りながら云った、「気が重いんでつい口に出しちまったが、なに、たいしたことじゃない、どうにか切りぬけていくさ」

　冲也は頷いてから、「帰ってもいいだろうか」と訊いてみた。いっしょに出ようと答えて、繁太夫は酒を呷《あお》り、湯呑を置いて立ちあがった。そこにある徳利の数だけでも、相当なふか酒をしているとみえるのに、繁太夫はよろめきもせず、しっかりした足どりで歩いた。

繁太夫はせきという女のことを話した。せきは少女のころから住吉町に引取られ、文字太夫の手許《てもと》で育った。彼女の父が文字太夫の妻の弟で、身持ちが悪く、彼女が十二歳のとき芸《げい》妓《ぎ》屋へ売ろうとしたという。そこで文字太夫が金を遣《や》って、自分の娘分にしたのであるが、いっしょにくらしているうち、せきは文字太夫が好きになった。自分ではけんめいに隠していたが、としごろになって縁談があっても、どうしても嫁にゆかず、白歯のまま二十五になってしまった。彼女の気持に感づいたのは、女の伯母ではなく文字太夫で、このままにしておいてはまちがいが起こると思い、どうしても嫁にゆかないのなら、自分で小あきないでも始めるがよいと云《い》い、京橋のほうに小さな家を買って小間物屋をやらせた。それから十五年、文字太夫の妻は三年まえに病死したが、死ぬまで姪《めい》の気持を知らなかった。文字太夫もせきに近づくようなことはなく、二人のあいだは潔白なままであった。

「私は子飼いからの内弟子で、おせきさんのことは初めから知っていた」と繁太夫は岸田屋の店を出て歩きだしながら云った、「――それでもなに一つ不審なことは感じなかったが、一人だけ、若師匠だけはうすうす察していたらしい、おかみさんが亡《な》くなったあと、京橋へでかけていって、その小間物店はうちで買ってやったものだから、はっきり証文にして、これから毎月幾らずつでも返済しろ、と云ったそうだ」

それはまもなく文字太夫の耳に入り、若師匠はひどく叱《しか》られた。芸も満足にできないのにしみったれたやつだと、危なく勘当されそうになった。あたりまえなら勘当になったところだろうが、十三蔵を破門したばかりだったし、文字太夫の軀も弱りだしたときなので、どうやらそのままに済んだ。去年、病床につくようになってから、文字太夫は伜《せがれ》の嫁の世話になるのを嫌《きら》い、せきを住吉町へ呼んで、身のまわりの世話をさせるようになった。

「おせきさんを呼べばどうなるか、大師匠にもわかっていた筈だ」と繁太夫は続けた、「私は八丁堀からかよっている軀で、詳しいことは知りようもないが、若師匠夫婦とおせきさんがうまくいっていないことは、もう誰の眼にもはっきりしている」

二人は葺屋町《ふきやちょう》の市村座の前を通り、堀端《ほりばた》へ出て親父橋のほうへ向っていた。いまにも夕立が来そうな、黒くて厚い雲が空いちめんにひろがって、街は黄昏《たそがれ》のように暗くなり、ゆきちがう人たちもみないそぎ足になっていた。

「これは私の推察なんだが、大師匠のほうでもおせきさんを好いていたんじゃないかと思う」と繁太夫は云った、「亡くなったおかみさんと大師匠とは、羨《うらや》ましいほど仲のいい夫婦だった、住吉町の家では、私の覚えている限り口喧嘩《くちげんか》いちどあったことはない、だからおせきさんを家から出して、べつに店を持たせたんだろう、――そして、おかみさんが亡くなり、自分も再起のおぼつかない病いに倒れたので、十五年のあいだ抑えていたものを、初めてかたちにする決心をしたのではないか、私にはどうもそれが本当のところだと思えるんだ」

物語を拵《こしら》えている、繁太夫はまだ独身だからな、と沖也は思った。だが、そう思うと同時に、これは浄瑠璃の筋になるぞ、ということが頭の中で閃《ひらめ》いた。

京橋のほうの小間物屋は人に任せてあるが、どうやらせきの手をはなれたらしい。文字太夫の治療のために、彼女がひそかに店を売ったようである。派手な生活はしていても、役者や芸人の家計は楽ではない。中村座も市村座もずっと興行ができず、久しいこと桐座と都座が代って芝居を打っているし、木挽町《こびきちょう》の河原崎座も多額な借財で苦しんでいる。俗に千両役者などといわれる者でも、ひいき客がなければやってゆけないくらいだから、浄瑠璃語りなどが経済的に恵まれるわけはない。住吉町の内所は若師匠夫妻が引継いでおり、せきはかれらに憎まれているため、高価な薬代とか滋養物などは、どうしてもせきがまかなうことになる、と繁太夫は語った。

「それでも、大師匠が治る病人ならいいけれど、おまえさんも見るとおり、もう先の知れている軀だ」と云って繁太夫は太息《といき》をついた、「――京橋の店を売ってしまい、大師匠に逝《ゆ》かれたらどうするか、住吉町にいられないことはわかりきったことだし、四十を越した女の身で、どう生きていったらいいか」

三の四

繁太夫の勝手な想像だろう、と思って聞いていた冲也は、いつかその話にひきこまれ、文字太夫とせきとの、十五年にわたる秘められた感情や、せきの身の上の哀れさ、ゆくさきの頼りなさに、かなり強い感動をおぼえた。そうして、――おれは近いうちに大師匠からまたせきと重荷を負わされそうだ、と云った繁太夫の言葉を思いだし、途中で話をそらしたが、せきという人の将来を頼まれそうだ、という意味ではないかと考えた。

「その、おせきさんの身寄はいまどうしているんだ」と冲也は訊《き》いてみた、「身持ちのよくない父がいたというように聞いたが」

「わからない、ずっと以前に世帯《しょたい》じまいをして、親子もばらばら、あの人は五人きょうだいだったが、一人も行衛《ゆくえ》がわからないんだ」と繁太夫は答えた、「おかみさんが亡くなったとき、大師匠が親類の者を捜したんだが、とうとう誰もみつからなかった、実家というのは石《こく》町でかなりな袋物商をやっていたが、これも十年ほどまえに潰《つぶ》れ、三人いた遺族はどこかの田舎へ引越してしまったんだ」

「するとおせきさんには身を寄せるところもなしか」

「これも私だけの想像だが」と繁太夫は呟くように云った、「大師匠に万一のことがあると、あの人はすぐに——」

そう云いかけたとき、二人のうしろから来た男が、追いぬきながら冲也にどんと突き当った。そこは親父橋の袂《たもと》で、ちょっと広くなった堀端に柳の木が五六本あり、その下に辻駕籠《つじかご》が一梃《ちょう》、客待ちをしていた。

「危ねえ」と突き当った男は、前へ追いぬいて振返りざまどなった、「なにょうしやあがるんだ」

冲也と繁太夫は立停《たちどま》った。するとさらに、うしろから男が三人走って来て、なんだ、どうした、などと呼びかけながら、こっちをぐるっと取囲むようにした。九月だというのに垢《あか》じみた単衣《ひとえ》を着たり、長半纏《ながばんてん》の裾《すそ》を端折《はしょ》ったりした恰好《かっこう》や、その顔つき、身構えなどで、やくざだということは紛れもなかった。

「悪かった」と冲也は云った、「話に気をとられていたのでつい邪魔をしたらしい、勘弁してくれ」

「つい邪魔をした」と初めの男は左の腕捲《うでまく》りをし、とげとげしい眼を光らせて叫んだ、「そんなことで済むと思ってるのか、やい、ここは天下の往来だぞ」

「おいあにいどうしたんだ」とあとから来た男の一人が云った、「この野郎があにいになにかやらかしたのか」

「おいらに突き当りあがったんだ」

「ちょっと待て」と繁太夫が云った、「私たちは住吉町の常磐津文字太夫の弟子だ、いまも云うとおり話しながら歩いていたことだし、突き当ったと云っても、うしろから来たのはそっちで」

「野郎いんねんを付けるのか」と男が繁太夫のほうへ一と足出た、「うしろから来ようが前から来ようが、天下の往来を歩くのに指図は受けねえ、それとも、うしろから来たら突き当ってもいいっていう御触《おふれ》でも出たのか」

「私があやまる」と冲也が云った、「こっちが悪かったんだ、勘弁してくれ」

「てめえも文字太夫の弟子か」

「弟子はおれだ」と繁太夫が答えた、「名は繁太夫というが、そっちの名も聞かしてくれ」

「名を聞いてどうする」

「この辺は源治店《げんやだな》の和泉屋《いずみ》の縄張《なわば》りだ」と繁太夫が云った、「その身内なら名を聞いておきたいし、よそから来た者ならあんまり派手なまねはしないほうがいいぜ」

「あにい面倒だ」とべつの男がどなった、「人立ちのしねえうちにやっちまおうぜ」

そして四人がとびかかった。

こっちは予想もしなかった。せいぜい小銭でもたかるつもりだろう、くらいに考えていたのであるが、初めの男の手に匕首《あいくち》が光るのを見て、冲也は反射的に繁太夫を庇《かば》おうとした。同時に繁太夫は「中藤さん逃げてくれ」と叫び、冲也の肩を突きとばしながら、自分も脇《わき》のほうへとんだ。四人の男は慣れたすばやい動作で、二人が冲也にかかり、他の二人が繁太夫を襲った。冲也は一人を投げ、一人の脇腹に当て身をくれて、繁太夫に助勢しようとした。そのとき、匕首を持った男が、繁太夫からはなれ、伴《つ》れの男に匕首を振ってみせながら「ひきあげろ」と叫んだ。繁太夫はよろめいて、折れるように地面へ膝《ひざ》を突き、二人の男は親父橋を渡って走り去った。

向うで客待ちをしていた駕籠《かご》屋と、ほかに通りがかりの者が十人ほどあって、はなれたところからこのようすを眺《なが》めていたが、繁太夫が刺されたのを見たのだろう、幾人かがこっちへ走り寄って来た。

「どうした」冲也は繁太夫の側《そば》へしゃがみこんだ、「どこかけがでもしたか」

繁太夫は血のけを失った顔で、荒い息をしながら、脇腹を押えていた手を見せた。その手は血に染まっていたし、脇腹の着物も血に浸っていた。

「どなたか頼まれて下さい」冲也は集まって来た人たちに呼びかけた、「けがをしたんです、済みませんが医者へ知らせてくれませんか」

「この近くに外科の先生がいる」と一人の男が答えた、「背負ってゆくほうが早かあありませんか」

「動かしていいかどうか」と云って冲也は傷を見ようとした、「自分でわからないか、傷は深そうか」

「わからない」繁太夫は傷口を押えたまま、喘ぐように云った、「傷のまわりは痺《しび》れちまったようだが、軀が起こせない」

医者を呼んで来よう、と立っている人たちが話していた。長谷川町の随庵《ずいあん》さんが外科だ、よしおれがいって来る。などという声がし、誰かが走っていった。道のまん中ではどうしようもない、橋の袂《たもと》に茶店があるので、そこまで運んでゆきたいと思ったが、出血がひどいので、動かしていいかどうか見当がつかなかった。

「医者が来るまでこうしていられるか」と冲也が訊《き》いた、「向うに茶店がある。そこまで動けそうか」

「痛んできた」と繁太夫は云った、「中のほうだ、腸がねじれるようだ」

「おれのためにとんだことをした」

「ちがう」舌が厚くなったような口ぶりで云いながら、繁太夫はかすかに首を振った、「そうじゃあない、あいつらは初めから、このおれをやるつもりでいたんだ」

「初めからだって、――なんのために」

　繁太夫は口をあいたが、すぐには言葉が出てこなかった。額からこめかみへかけて汗が流れ、口のまわりにも汗の粒が吹き出していた。まわりの群衆は多くなり、互いに勝手なことを饒舌《しゃべ》りあっていた。

「――若師匠か」と繁太夫は喉声《のどごえ》で、囁《ささや》くように云った、「十三蔵の企《たくら》みだ」

　冲也は繁太夫の肩を支えた。

「さっき云いかけて、やめたが」と繁太夫は続けた、「大師匠はおれに、兼太夫の名を継がせるつもりらしい、それがもとだ」

「もうすぐ医者が来る、口はきかないほうがいいぞ」

「こんなことをしようとは、思わなかった」

　当て身をくれた男はどうしたか、と気づき、慥《たし》かめようとしたが、まわりは人垣《ひとがき》で、見ることはできなかったし、おそらく、投げとばしてやった男が背負ってでも逃げたことだろう、と諦《あきら》めた。人垣のうしろで「先生はすぐに来ますよ」と叫ぶ声が聞え、どいたどいたと、群衆を押し分けながら、若い駕籠屋が薬箱を持って前へ出て来た。

「ばかなやつらだ」と繁太夫は呟いていた、「こんなことをしたって、どうにもなりゃあしないのに、な」

三の五

繁太夫は危なく命をとりとめた。長谷川町の外科医、岡島随庵《おかじまずいあん》が来て、応急の手当をしたうえ、そのまま随庵の宅へ担《かつ》ぎ込み、そこで改めて傷の手当を仕直したが、出血多量のため繁太夫は失神していたし、随庵も生死は保証できないと云った。冲也は家へ帰った。住吉町へは知らせたくなかったし、繁太夫は独身だから、八丁堀の長屋にも待っている者はなかった。

——大師匠はおれに兼太夫の名を継がせるつもりらしい。

それがこの刃傷沙汰《にんじょうざた》の原因だ、と繁太夫は云った。そしてまた、襲った四人のならず者たちは、若師匠か十三蔵に雇われたのだ、とも云った。常磐津では兼太夫の名は重く、ひところは十三蔵の伊佐太夫が継ぐだろう、という噂《うわさ》があった。それが繁太夫のものになるとすると、十三蔵にとっては大きな失望であるに違いない。けれども、そのためにならず者を雇って襲わせる、などということが考えられるだろうか。冲也には疑わしかった。十三蔵が小心な、利己的な人間だということは、このまえの破門の件でもはっきりしている。兼太夫の名を継ぎたいという事大的な考えかたも、十三蔵ならありそうなことだが、相手を殺しても、というほど思いきったことができる人間ではない。そんな肝の太い男ではない筈だ、と冲也は思った。

お京には簡単に出来事を話した。良人《おっと》にけがなかったというだけで、繁太夫についてはお京にはべつに関心はないようであった。明くる朝、風呂《ふろ》を浴びて出ると、ばあやのお幸が髭剃《ひげそ》りの支度をしていて、お京が妊娠していると告げた。「おめでたです」という言葉がすぐにはわからず、説明されて初めてそうかと思った。特によろこばしいとも感じなかったばかりでなく、むしろ、かすかにではあるが荷を背負ったような気分になった。お京には少しも変ったようすはなく、躯《からだ》つきにも変化は認められなかった。朝食のあと、長谷川町へみまいにいってみた。繁太夫は意識を恢復《かいふく》しており、生命《いのち》だけはとりとめたが、出血が多量だったから、いつ起きられるようになるかは不明だと云われた。町方の役人がしらべに来たとき、繁太夫はただ「見知らないやくざ風の四人にやられた」と述べたそうである。いまでも十三蔵や若師匠を疑っているかどうかは、はっきりしなかったが、全治したら兼太夫の名を継ぐことにきめた、と云う口ぶりから察すると、かれら二人が背後で糸を引いたものだ、と信じていることは慥《たし》かなように思えた。さし当っての問題は治療費のことだが、なが話は禁じられていたし、まもなく随庵が来て合図をしたから、冲也は別れを告げてその部屋を出た。金の相談をすると、随庵は首を振って、そんな心配は無用だと云った。また、住吉町へ知らせたら、そちらから付添の者をよこすそうである。今日のうちには来るだろうから、なにも気にすることはない、と云った。それなら自分はあまり出しゃばらないほうがいいと思い、冲也は家へ帰った。

彼には考えなければならないことがたくさんあった。「青柳《いとやなぎ》——」の芝居がつき替えになること、評判記で菘翁《すうおう》となのる者に指摘されたこと、また大師匠の文字太夫に云われたこと、それから次にふし付けする芝居の筋のこと、などである。一つ一つを切りはなしてみればさしたることではなかった。菘翁の云う苦労知らずな若旦那の作曲だとか、実際に生活しなければだめだ、などという評は、慥かにそのとおりであると同時に、半面の意見にすぎないとも云える。なぜなら、人を殺すという気持を表現するのに、いちいち人を殺さなければならない、ということになるからである。実際に生きた人間生活をしていても、それが少しも身に付かず、実際に苦労しながら、苦労の味わいを知らない人間のほうが多い、とも云えるのではないか。芸の場合には特に、自分で苦労するかしないかよりも、それを「感じとる」ことができるか否《いな》か、ということが問題であろう。大師匠の言葉も同じように、死ぬほど女に惚《ほ》れたことがあるか、という設問は、現実にそういう経験をしなければならないということではなく、心中するほど惚れあう男女の気持を、「感じる」ことができるかどうかにかかっていると思う。——沖也の育った環境でも、十六七で女とまちがいを起こした者が幾人かいた。同じ旗本の或《あ》る二男坊は、十八で遊女と駆落をしたし、召使に手を出したり、他家と婚約のきまっている娘を妊娠させて、危うく大騒ぎになりそうになった例もある。四番町を出て常磐津を始めてからも、まわりでは絶えず男と女との恋や、密通や、嫉妬《しっと》、みにくい争いがあり、そのために身を持崩すというようなことも稀《まれ》ではなかった。けれども、文字太夫の「死ぬほど惚れる」という言葉の、本当の意味の当てはまるものがどのくらいあったかは疑わしい。人間がそのとしごろになれば、男も女も恋ごころにめざめ、互いに相手を求めようとするのは自然なことだ。それは異常なものではなくて、ごく自然なことであり、死ぬか生きるかという問題は、恋そのものにではなく、そのときの条件によるのであろう。ただ一つ、自分の才能をころす、という勘どころを悟るまでは、知らないことを語るな、と云われたことだけは、すなおに受取るほかはなかったが。——そうして、これらの一つ一つはそれほど重要ではないけれども、ひとつにまとめて考えると、そこになにか自分にはたらきかけるもの、自分にはたらきかけて、自分を動かそうとする或る力、といったようなものが感じられるのであった。それが彼に漠然《ばくぜん》とした不安感を与えるので、幾十たびとなく考えてみるのだが、なにがそんな感じを与えるのかはどうしてもわからなかった。

岡島医師は金の心配はいらないと云ったが、冲也は届けるつもりであった。親しくもない医師に任せきるわけにもいかないだろうし、繁太夫の話によると住吉町の世話にもなれないようである。幾らかでも自分が都合してやりたいと思い、ばあやに相談をしてみた。お京に話せば元柳橋の実家へ云ってやるだろう、「岡本」からも月づき補助が来ているようなので、これは四番町のほうへと考えたのであるが、ばあやのお幸は首を振った。四番町とはもう縁が切れている、と云うのである。

「縁が切れているとはどういうことだ」

「五月の法事のときのことを覚えていらっしゃいますか」とお幸が問い返した。

冲也はちょっと考えたのち、お幸を見て黙って頷《うなず》いた。

「もうはっきり申上げるほうがいいと思いますけれど」とお幸が云った、「あれは若旦那との縁を切るためにに仕組まれたことです、誰が仕組んだとは申しませんが、大旦那さまの御存じのないところで、法事の通知をあなたに出し、御親類の集まっている満座の中であなたに恥をかかせた、村瀬の勇之助さんがその恥をかかせる役を受持ったんです」

「しかしおれが四番町を出たことで、中藤とは縁が切れたも同然じゃないか」

「お手当はずっと続いていましたでしょ」

「仕送りは父との約束だった」

「大旦那さまは隠居をなさいました」とお幸は云った、「七月に祐二郎《ゆうじろう》さまが御相続なすったことは御存じでしょう、そのお代替りのまえに、お手当のほうもきっぱり打切っておくため、御親類の前でけじめをお付けになったんです」

冲也は右手をあげて、拳《こぶし》をにぎったり、それをひらいたりした。

「すると」と彼は訊いた、「仕送りはもう来ないのか」

お幸は黙って頷いた。

「いつからだ」

「そんなことを気になさってはいけません」とお幸はきつい調子で云った、「お金のことはごしんぞさんとわたしでいいようにします、若旦那は御自分のことだけ考えて下さい」

そうして、もう他人に融通するようなゆとりはないから、と付け加えた。母親がききわけのない子に向って云うように、はっきりした云いかたであった。

冲也は刀を売った。下谷池之端《したやいけのはた》に伊藤利八という武具商がある、これは古くから四番町の家へ出入りしてい、店の者の幾人かを冲也も知っていた。応対に出たのは番頭で、刀の売買はしないと断わったが、冲也は事情を語り、刀剣商を知らないので頼むと云った。刀は新刀であるが一条国広である。番頭は刀を持って奥へいった。主人と相談したのであろう、戻《もど》って来ると、店では買うわけにはいかないが、委託されたことにして代価を仮払いしよう、と云った。番頭の申し出た代価は、冲也のこころづもりの半分にもならなかった。世の中がすっかり変って、刀剣類の値はさがるばかりであり、売る者は多いが買う客は極めて少なくなった。名物といわれる刀で、折紙の値は付いていながら、店《たな》ざらしになっているような例もあるし、大きく刀剣商をやっていた店が二軒も潰《つぶ》れた、などと番頭は語った。

冲也は気がつかなかったが、店の中で若い客が一人、手代となにか帳面のようなものを見ながら、ときどきこっちを見たり、手代と囁《ささや》きあったりしていた。そして、冲也が番頭から金を受取り、店を出て歩きだすと、その若者もあとから追って来た。痩《や》せた小柄な軀つきで、紬縞《つむぎじま》の袷《あわせ》に角帯、素足に雪駄《せった》ばきという、お店者《たなもの》ふうの恰好《かっこう》であるが、骨ばったおも長の顔つきには、ふてぶてしいような鋭さが感じられた。

「失礼ですが」と若者は冲也に追いつきながら呼びかけた、「冲也師匠でいらっしゃいますか」

冲也は振向いて相手を見た。

「いま伊藤の店でおみかけしたんです、私は中島洒竹《なかじましやちく》という者ですが」と若者は云った、「御迷惑ですか」

「迷惑とは、なんですー」

「あなたと話がしたいんです、中村座の芝居も見ましたし、あなたの端唄《はうた》や、冲也ぶしについて、また私の書くものに、——失礼、私は小説を書いているんです」

冲也は立停《たちど》まって、また相手の顔を見た。

「いかがでしょう」と若者は微笑した、「そのへんで一杯つきあってもらえませんか」

三の六

洒竹となのる若者は、冲也と同じ二十六歳であり、やはり小旗本の出であった。十五六のときから戯作《げさく》を始め、かなり高名な作者某（名は云わなかった）の名で、すでに五種類の読本《よみほん》と合巻物《ごうかんもの》を板行している。題名を云うと作者某が誰であるかわかるし、読んでもらうようなな作はないから云わない。今日、伊藤利八の店へいったのも、次の読本のために武具しらべをしたのだが、自分の本当に書きたいのはべつにあり、それを聞いてもらいたいのだ、と洒竹は云った。

一杯つきあってくれと云ったときの、さぐりを入れるような微笑のしかた。さぐりを入れるようでいて、断わる隙《すき》を与えないような微笑のしかたを見てから、冲也はその若者に興味を感じた。眼は賢そうで、ふてぶてしい鋭さをもった顔つきとは逆に、人なつこくてすばしこくって、そしてあたたかそうな光りを湛《たた》えていた。彼は冲也をさそって、天神下にあるこの家へはいり、座敷へとおると酒を命じた。しもたや造りの二階家で、六帖《じょう》くらいの小座敷が幾つかあるらしい。表に看板とか暖簾《のれん》などが出ているわけでもなく、女中もじみな恰好《かっこう》で、一般の家にいる女中としかみえなかった。初めは知人の家かとも思ったが、酒竹の話によるとそうではなく、隠れた「出会い茶屋」のようなもので、女はおもに人妻か後家、浮気《うわき》な娘たちなどであり、しょうばいではなく、そこを密会の場所にしているのだ、ということであった。役人に知れたらことだろうと訊《き》くと、こういう家はたいてい役人を旦那《だんな》にしていること、この家の旦那は与力《よりき》である、と答えて酒竹はにやっと笑った。——沖也は酒を断わって、菓子をつまみ茶を啜《すす》っていた。酒竹は手酌《てじゃく》で休みなしに飲みながら、話した。酒には強いとみえ、三品ばかりある肴《さかな》には箸《はし》もつけず、たちまち三本の徳利をあけてしまったし、五本めになっても顔色さえ変らなかった。

　初めてではない、どこかで見たことのある顔だ、と沖也は考えた。酒竹はよどみなく話していた。むだのないなめらかな話しぶりで、すっかり修辞された文章でも読むような感じだった。「恋の苧環《おだまき》」の浄瑠璃《じょうるり》はよかったが、芝居の筋のはこびはだめだ、と彼は云った。どの部分がいけないかと訊くと、ぜんたいだと答えた。

「原作が新井《あらい》泊亭《はくてい》、芝居の本が杉沢治作じゃあだめです」と酒竹は云った、「かれらは型に入れて茶碗《ちゃわん》を作ることはできるが、新しい茶碗を作ることはできませんよ、あの芝居の原案はあなたが泊亭に与えたんでしょう」

「誰《だれ》がそんなことを云った」

「泊亭が或《あ》る男に話したんです」洒竹は盃《さかずき》の酒を呷《あお》って、にっと頰笑《ほほえ》みかけた、「また聞きだから違っているかもしれないが、泊亭はあなたの原案をころしちまってます、私なら松島屋の役をああはしない、あれでは凄味《すごみ》がまるで出ないし、立花屋と大和屋を心中に追い込む気持も嘘《うそ》になってしまう」

「その話はもういい、芝居はつき替えになるんだ」

「ですってね、聞きましたよ」

冲也は改めて若者の顔をみつめた、「――ずいぶん早耳なんだな」

「狭い世界ですからね」洒竹は気取ったふうに片方の肩をゆりあげた、「しかし私はそのほうがいいと思う、怒ってはいけませんよ、これは名もない一人の男の意見だから怒らないで下さい、あの芝居はあなたにとって足し算にはならない、冲也ぶしの本領を伸ばすためには、次の追い打ちを考えるべきです、恋の苧環はあなたにとって捨て石にすぎませんよ」

冲也はそのとき思いだした。洒竹となのるその若者は見たことがある、そうだ、と思うと、はっきり彼の姿が眼にうかんできた。中村座の作者部屋で、杉沢治作に使われていたのだ。湿っぽくて薄暗い作者部屋の、小机に向ってせっせと書抜《かきぬき》をしていたり、舞台の袖《そで》に立って、芝居のはこびをにらんでいる二枚目（立作者の次位）からきっかけの合図があると、本釣《ほんづり》を入れたり柝《き》を打ったりしていた。いちど本釣の入れかたが悪いといって、杉沢治作に叱《しか》られるのを見た記憶があった。

「ちょっと」冲也は相手の話の切れめに呼びかけた、「ちょっと訊くが、これはどういう企《たくら》みなんだ」

「企みですって」酒竹は口の前まで持っていった盃を止めて、冲也を見た、「――なんのことです」

「おまえ堺町《さかいちょう》の作者部屋の者だろう」

酒竹はとまどったように冲也の眼をみつめ、それから左手で頭を押えながら首をちぢめた。

「へっ、ばれましたか」

「誰のさしがねだ」

「まさか、ばれようとは思わなかったな」酒竹は酒を飲み、盃を置いて坐り直した、「いや、誰のさしがねでもありません、中村座の者だということは慥《たし》かですが、いま話したこととそれとは関係なしです、私はあなたに本当の気持を聞いてもらいたかったんですよ」

「では用はもう済んだわけだな」

「ちょっと待って下さい」酒竹は片手でなにかを押えるような身振りをした、「こうなったらざっくばらんに云いますが、もし師匠が次のふし付けをなさるんなら、私に本を書かせてもらいたいんです」

「立作者がいるのに、そんなことができると思うのか」

「あなたしだいです、あなたが私の本にふし付けをして、これでゆこうと云って下されば、座元は承知すると思います、いや、承知するにきまっていますよ」

「おれ自身がかけだしだぜ」

「とんでもない」洒竹は首を振った、「冲也ぶしは無類のものだし、そうでなくたってあなたなら」

　そこで洒竹は急に口をつぐんだ。自分の手で自分の口を塞《ふさ》ぐように、ぴたっと黙り、咳《せき》をしながら手酌で酒を飲んだ。

「おれなら、どうした」

「あなたなら大丈夫だ、って云うんです」喉《のど》になにかひっかかるような調子で、洒竹はあいまいに云った、「そうじゃありませんか」

「なにかごまかしてるな」

「誰が、——私がですか」

「おれをどうする手《て》筈《はず》なんだ」

「そんなんじゃありません、私はごまかしもしないし、手筈なんてものもありゃあしない、本当のところ私は本を書かしてもらいたいだけですよ」と洒竹は云った、「これでも旗本の端くれですからね」

「みんな同じようなことを云うぜ」

「なさけないですか」と云って彼は挑《いど》むように肩をゆりあげた、「お囃《はや》し部屋にも三人いますよ」

「持ちだねはあるのか」

「なんです、ああ、芝居の筋ですか」洒竹はきちんと膝《ひざ》を揃《そろ》えた、「筋なら幾らでもあります、これまで杉沢の名で板に乗った芝居のうち、三分の二は私の案だったんです」

「多能多才だな、読本や合巻物の代作もしていたんだろう」

「ぎゃふん」酒竹はまた首をちぢめ、膝を崩して、あぐらをかきながら云った、「あれはあなたに売り込むための弘《ひろ》め口上です、杉沢の本に知恵を貸していたのが本当のところですよ」

冲也は苦笑いをし、筋があるなら一つ二つ聞こうと云った。

酒竹は二つ話した。どちらも世話物で、一つは若い浪人と質屋の娘の悲恋、他の一つは大きな呉服《ごふく》屋の番頭と、深川の芸妓《げいぎ》との心中ばなしであった。筋そのものは平凡な、なんの奇もないものだったが、彼の巧みな話しぶりを聞いていると、主役も脇役も、そして仕出しの人物も活《い》き活きと眼にうかび、人間の愛情の哀れさやはかなさ、生活のきびしさなどが、現実そのもののように感じられた。この男には才がありそうだ、冲也はそう思いながら、こういう話はどうだと云って、文字太夫とおせきとのいきさつを、名は秘めたままで語った。

「そうですね」酒竹は聞き終ると、手酌で酒を注ぎ、それがからになっていたので、手を叩《たた》きながら云った、「――話としては面白いが、二人ともとしよりになってしまう、というんでは舞台じゃあむりですね、いや、としよりになったところから始めてもだめです、だいいち役者が承知しませんよ」

酒を持って来た女中が、茶を替えようと云い、冲也は断わった。

それではためしに、浪人と質屋の娘の話を台本にしてみてくれ、と冲也は頼んだ。作者部屋における洒竹の位地は三枚目だという、そういう者の書いた本が、立作者を越して上演されることはない。絶対にないとはいえないが、極めて稀《まれ》であることは慥かだった。当時の新作は立作者がぜんたいの筋を組み、それぞれの幕を幾人かの門人に割振って書かせ、立作者はがんもくのところだけ書いて、ぜんたいをまとめあげるのが通例だったのである。したがって、洒竹の本がよしとなっても、舞台に乗るかどうかは保証できない、と冲也は断わった。

「あなたが押して下されば大丈夫です」と洒竹は頬笑みかけながら云った、「——実を云うと読んでいただけるだけでも充分なんですがね、お宅へ伺っていいですか」

「知っているのか」

「新石町でしょう」彼はそう云って、また例のさぐるような微笑をしてみせた、「建て増しをしたことも知ってますよ」

妙な男だな、と冲也は外へ出てから思った。まだ飲むという洒竹に別れ、その家を出て、神田川のほうへ歩いてゆきながら、洒竹のなにか含んだような笑いかたや、「あなたなら大丈夫だ」と繰り返した言葉の、意味ありげな調子が忘れられなかった。冲也は長谷川町の岡島医師を訪ねて金を預けた。住吉町からは雇いの老婆《ろうば》が付添いに来たが、そのほかの面倒まではみられない、と云ったそうである。冲也は繁太夫の容態を訊いただけで、当人には会わずに帰った。そして、それから七日めに、中島洒竹が本を持って訪ねて来た。本の題は「由《ゆ》香利《かり》の雨」というのであった。

独白

旦那《だんな》に伴《つ》れられて潮来《いたこ》へいって来た。お供は吉原藤次郎《よしはらとうじろう》さんでなく、疋田京之助《ひきたきょうのすけ》という人であった。挟箱《はさみばこ》を持つ若党はいつもの伝平、ほかに八と呼ばれる下僕《げぼく》がいた。往《い》き帰りと潮来の滞在とで前後十日がかり、中の三日は雨であった。

潮来はあやめの名所だそうであるが、三月では花も見られない。あたしは田舎が嫌《きら》いだから、いちど湖を見に出ただけ、あとは宿にこもったきりで、「由香利の雨」という、芝居の台本を繰り返し読んだ。作者の名は中島洒竹《なかじましゃちく》。あの方が二番めにふし付けをなさる芝居だそうである。恋の苧環《おだまき》は二十三日めにつき替えになった。仁左衛門さんが上方《かみがた》へ帰るので、お名残《なご》り狂言を出すためだという、お名残り狂言は「行平磯馴松《ゆきひらそなれのまつ》」であった。つき替えになると聞いたとき、あの方がどんなにがっかりなさるだろうかと、心が痛んだ。初めての芝居浄瑠璃であり、評判も悪くはないのに、僅《わず》か二十三日でつき替えになるのだから、あたりまえの者ならやけを起こすところであろう。あの方はそうではなかった。失望もなさらなかったし、まして、やけになるなどということもなく、すぐに次の芝居のことをお考えになったそうである。冲也とはそういう男なんだ、と大和屋さんは苦笑された。あの男は生涯《しょうがい》、まいった、と云うことはないだろう、とも云った。あたしは初めからそう思っていた。あの方にはどんなことがあってもへこたれない、というところがある。恋の苧環がつき替えになって、それがもしあの方にとって痛手だとすれば、その痛手はあの方に倍の力を与えるだろう、とあたしは信じている。中村座の楽屋で半四郎さんがひきあわせて下すったとき、あの方をひとめ見て、あたしは自分の信じていたことが誤りではなかった、ということを慥《たし》かめたように思った。

つき替えになった日、つまり狂言の替った晩に、「岡本」で打上げ祝いがあったそうだ。もちろん岡本の御主人の催しで、役者衆はじめ浄瑠璃や囃《はや》し方《かた》、作者部屋の人たちも招かれ、柳橋と吉原《よしわら》から芸妓《げいぎ》や幇間《ほうかん》をとりもちに呼んだという。立花屋さんが「松引」を踊り、半四郎さんが「秋七種《あきのななくさ》」を踊られたりして、はなやかな祝宴だったようであるが、あの方は杉沢治作、中島洒竹という作者お二人と話しこんでいて、祝いをたのしむような気分は少しもなかったそうである。——あの方はどんなときでも「冲也」なのだ。はなやかな席であろうと、うらぶれた場所であろうと、喝采《かっさい》されるところでもけなされるところでも、あの方はいつも「冲也」であり、周囲の事情などで動かされることは決してないだろうと思う。

旦那の名が、潮来へいって初めてわかった。竹島与兵衛というのはやはり偽名で、じつの名は本多五郎兵衛。御藩ははっきりしないが、どうやら岡崎らしい。そんなことはどちらでもいい、あたしにとっては加賀の前田さまでも、薩摩《さつま》の島津さまでも、または横丁の隠居だったとしても、お手当を貰《もら》って囲われている、というだけだから同じことである。けれども、潮来へいっていたあいだ、これまでとは人が変ったように、旦那はびっくりするような手を使ってあたしの軀《からだ》をせめた。誰かに教えられたのであろう、それもよほどその道に詳しい人に教えられたのだろうと思うが、あたしは自分の叫ぶ声の高さにぞっとするようなことが一と晩に幾たびもあった。くやしいし恥ずかしいので、けんめいに抑えようとした。おっかさんに死なれたことや、悲しいこと辛《つら》いことなどを思いだして気持をそらしたり、血の出るほど唇《くちびる》を噛《か》んだり、人から聞き本で読んだことをいろいろやってみたが、どれも役には立たなかった。始まって暫《しばら》くすると頭がぼうとなり、軀ぜんたいがあたしからはなれて、あたし自身とは関係なしにもがいたりおどったり、叫びだしたりしてしまうのである。松廼家《まつのや》にいたころ、小竜《こりゅう》という姐《ねえ》さんが話していたことだが、急所に詳しい人にせめられると、女の軀はどう抑えても自分のいうことをきかなくなるものだという。あたしは小娘のころからそういうことに興味があり、ずいぶん恥ずかしいようなこともすすんでして来たものだ。病気なのではないかと思ったこともあるくらいだが、小竜さんの云うようなことが本当とは信じられなかった。あのふしぎな緑色の幻をみるときだけは、骨まで溶けるような陶酔にひたされる。あのこころよさだけは抑えようがないけれども、それは他人からどうされるわけでもなく、自分の軀の内部からうまれるものなのだ。——これまでの例では、そのことが始まるとあの方の端唄《はうた》が聞えてきて、らくに気持をそらすことができた。それがこんどは聞えてこないのである。あの方のことを考えようとつとめても、それさえ長くは続かないのであった。あたしの心があの方からはなれてしまったのだろうかと、江戸へ帰って以来ずっと思いあぐねている。いつか中村座でひきあわされたのも心外であった。そんなことをしないでくれるように、幾たびも断わっておいたのに、おもしろ半分かいたずら心でか、大和屋さんはいきなり二人をひきあわせてしまったのである。あたしは北風の中でとつぜん裸にでもされたように、強い身ぶるいにおそわれて眼を伏せた。挨拶《あいさつ》をしようにも舌が動かず、やっとのことで目礼をしたまま、あの方の脇《わき》をすりぬけてしまった。

あたしはあの方を、生ま身の男として考えたことはないし、これからもそうは思えないだろう。あたしをとらえているのは、あの方の冲也《ちゅうや》ぶしなのだ。こんどの本もあの方の浄瑠璃で舞台にのるという。興行は秋になるらしいが、一年のあいだにあの方のふしがどう変ったか、その日の来るのがいまからたのしみである。世間では冲也ぶしよりも、端唄のほうがずっと広くはやっている。潮来のようなところでさえ、あの方の端唄を知らない者はなかった。もちろん、いつかは冲也ぶしが端唄にとって替るだろう、あたしにはいまからそれがはっきりわかっているのだが——。

四の一

冲也は眼をあいた。眠りの中でなにかが起こったようだ。夢をみたのでもなく、意識がはたらいたのでもない。土の中にあるなにかの種子《たね》が、その時期に至ってしぜんと割れ、小さな芽が頭をもたげるように。または、卵の内部でひよこの孵《かえ》るときが来るように。——これまで自分でも気のつかなかったなにかが、自分の中で発芽し、新たな成長を始めた。そういう感じにおそわれたのである。彼は枕《まくら》の上で頭をめぐらせて妻のほうを見た。お京は眠っていた。

暗くしてある行燈《あんどん》の光りで、仰向いたお京の寝顔が現実ではないもののように見えた。しもぶくれの顔は娘のころと少しも変らない、天平《てんぴょう》仏のようなぱらっとした目鼻だちや、少し受けくちの唇《くち》もとや、ふっくらとやわらかそうな頬《ほお》など、娘のころよりずっとみずみずしく、やすらかな幸福感にあふれているようにみえる。ながいことみつめていたが、お京は微動もせず、寝息も聞えなかった。まるでそら眠りをしながら、冲也に見られていることを知っていて、急に笑いだしておどかす機会をうかがっているようにさえ思えた。

冲也は掛け夜具を胸のところまで押しさげた。寝間の中は蒸していた。あと二三日で四月になろうとしているが、彼の感じている蒸すようなあたたかさは季節的なものではなく、自分の躯《からだ》の中から滲《にじ》み出てくるもののようであった。血管は熱く、活《い》き活きと脈搏《う》ち、頭はきみの悪いほど冴《さ》えていながら、強い昂奮《こうふん》に満たされていた。

――いまならできそうだ。

いまならどんなことでもできるぞ。そういう感じがした。中島酒竹《なかじましゃちく》の「由香利《ゆかり》の雨」という台本の中で、第五場のふし付けがゆき詰っていた。それは立役である呉服屋の番頭と、深川の芸妓《げいぎ》とがそれぞれの家をぬけだし、小さな船宿の二階でゆくすえを語りあい、お互いの事情のぬきさしならぬことを慥《たし》かめて、心中しようと思いきるくだりであるが、――心中しようとふみきるまえ、女が男の膝《ひざ》を借りて横になる。女はここへ来るまで客の座敷にい、むりに飲まされた酒でわる酔いをしているため、苦しくなってやすむのだが、男は彼女が眠ってしまったものと思い、自分の膝枕をしている女の横顔を眺めながら、二人の恋の救いがたさを述懐する。口には出さず、浄瑠璃《じょうるり》で語るのだが、そこで窓の外にある暗い大川の水と、猪牙舟《ちょきぶね》の櫓音《ろおと》を入れて、その場の絶望的な気分をあらわしたいと思い、三分の一まではできたのに、そこでふしが止ってしまったのだ。

——いまならふしが伸びそうだ。

眼がさめるまえの自分と、そのあとの自分とは同じ人間ではない。肉躰《にくたい》そのものは同じでも、なにか根本的にべつのものが生れている、まえよりは確固とした、そして新鮮なものが内部で生れているし、それはこれまでの自分にはなかった強い自信、爽《さわ》やかで力づよい創造力を与えるように思えた。冲也はできるだけ静かに起き直り、立ちあがって、衣桁《いこう》から半纏《はんてん》を取った。

「どうなさいました」とお京が呼びかけた。

振返ってみると、お京がこっちを見あげていた。ずっとまえからさめていたような、はっきりした眼つきであった。

「ふしが伸びそうなんだ」と冲也は答えた、「おまえは寝ておいで」

「火がありませんわ」

「蒸して暑いくらいだ、起きなくていいよ」

彼は半纏をはおりながら寝間を出た。

気温は高く感じられたのに、顔を洗うときの水は冷たくて、指がこごえそうだった。ざっと済ませて居間へはいると、お京が行燈に火を入れていた。六月《つき》になるという身ごもった軀も、上背《うわぜい》のあるためか、少しもそのようには見えず、例によって髪も乱れてはいなかった。そんなことは自分でする、大事な軀ではないか寝ていろ、と冲也は少しきつい口ぶりで云った。三味線を取りおろし、小机の上に巻紙をそろえ、硯箱《すずりばこ》の支度をしてから、お京はそっと出ていった。巻紙は三つある、こんどの浄瑠璃の符を印《しる》したもので、その二つには第四場までのふし付けが書いてあり、三つめは第五場のはじめまでが書き込んであった。冲也は行燈の位置を直し、小机の上に第一の巻紙をひろげた。

符号に眼をとおしながら、彼のあたまはべつのほうに向いていた。去年の九月、「恋の苧《おだ》環《まき》」がつき替えになったあと、岡本で打上げ祝いがあった。義父の新助が催してくれたもので、芸妓だの幇間《ほうかん》がとりもちに呼ばれ、あの芝居に関係した者は殆《ほと》んどぜんぶが出席した。あんなことはしたくなかったのだ、と彼は思った。松島屋や立花屋が浄瑠璃を褒《ほ》め、これで江戸芝居が変ってゆくだろう、などと云った。そんなものじゃあない。荒事仕立てで百三十年も続いて来た芝居の形式が、二曲や三曲の浄瑠璃で変るわけはない。仮にそんな変りかたをするとしたら、またすぐにあとへ戻ってしまうだろう。第二作、第三作と続けてゆき、年月をかけてじっくり積みあげるのでなければ、本当に新しいものはできる筈がない。だが、そんなことを云おうとは思わなかった。かれらも本心から「これで江戸芝居が変る」とは考えていないのだ。お客あっての芝居という観念は、座元はじめ俳優たちの頭にぬきがたく強い根を張っている。それを新しい方向へむき直らせるには、たゆまぬ努力と年月をかけ、現実に一つずつ実証してみせなければならない。

「この第二作が大切だ」と沖也は呟《つぶや》いた、「失敗してもへこたれはしないが、成功すれば足場がためになる、それほど堅固じゃないだろうが、第一作に続いて第二作が成功するとすれば、次の作への足がためになることは慥《たし》かだ」

慥かだと云ってもいいだろう、と沖也は思った。

彼は左の肱《ひじ》を小机に突き、その手で頬《ほお》からこめかみを支えながら、右手の指で顎《あご》を摘《つま》んだ。眼はずっと符号を見ているが、あたまの中は符号と無関係なことにとらわれていた。繁太夫《しげだゆう》は自分の生れた家へ帰った。腹の傷のために、それが治っても浄瑠璃は語れない。少なくとも第一流の位置は保てないことがわかり、浦和在で百姓をしているという実家へ帰った。十一月下旬のことだそうだが、沖也はそんなこととは知らなかった。浦和から繁太夫のよこした手紙で初めてそれとわかり、繁太夫にそういう家のあったことも初めて知ったのであった。

「あんなに衰えていた大師匠はもち直したというのに」と沖也は呟いた、「繁太夫はもうおしまいだな」

「兼太夫の名を継ぐと云っていたな」とまた彼は呟いた、「——そんな田舎へ帰って、いまどんなことをしているか」

若師匠と十三蔵《とみぞう》の企《たく》みだ、と繁太夫は云った。本当にそうだとすれば、生田半二郎の二の舞いということになる。生田は女との放埒《ほうらつ》な関係があり、十三蔵が告げ口をしなくとも、女の亭主《ていしゅ》によっていずれは一と騒動あったろう。したがって罪は十三蔵だけにあるとはいえないが、繁太夫の場合はまったく違う。これは紛れもなく芸のうえのことであり、名声争奪のけがらわしい陰謀だ。――兼太夫という名のために、やくざ者を使って一人の人間を襲わせ、その一生をめちゃめちゃにしてしまった。むろん繁太夫の言葉を信ずればのはなしだが、――むずかしい問題だな、と沖也は思った。表面にあらわれたこと、眼に見えることだけで善《よ》し悪《あ》しの判断はつけられない。仮にそんな悪企《わるだく》みをしたうえ、十三蔵が兼太夫を名のった場合、ことによるとそれが転機になって、十三蔵の芸が大きく伸び、名人と呼ばれるようになるかもしれないのだ。若いとき人を殺し盗みをはたらき、悪事の限りをつくしながら、のちに名僧聖人と呼ばれるようになった人の例もある。どうやら人間は死ぬまで見ていないとわからないらしいからな、と沖也は心の中で呟いた。

脇《わき》で物音がしたので、振返ってみると、妻のお京がそこにいた。火のよくおこった手焙《てあぶ》り、茶道具、それに菓子盆などが置いてある。それらをいつ持って来たか気づかないほど、彼はぼんやりもの思いに耽《ふけ》っていたのだ。お京は茶を淹《い》れようとしていた。

「そんなことは自分ですると云ったじゃないか」と沖也は咎《とが》めるようにではなく云った、「ふだんの軀じゃあないんだ、こっちは構わないから寝ておいで」

「あなたが仕事をしていらっしゃるのに、あたしだけ寝ていられやしませんわ」とお京はそっと答えた、「それに、あんまり軀を大事にしすぎても、おなかの赤ちゃんのためによくないんですって」

「こんな刻外《ときはず》れの夜中でもか」

「どうぞお仕事をなすって」お京は茶を淹れた湯呑《ゆのみ》の蓋《ふた》をし、それを小机の隅《すみ》に置きながら云った、「あたしもうやすみますから」

そのとき、雨戸を外から叩《たた》く音が聞えた。二人は黙ってその音に耳をかたむけた。よその家ではない、慥かにこの家の表を叩いているようだ。時刻は夜半をとっくに過ぎているだろう、中島だな、と冲也は思った。お京もそう思ったらしい、立ちあがろうとして冲也の顔を見た。

「きっと中島だろう、しようのないやつだ」と冲也が云った、「うっちゃっておこう」

「中島さんなら諦《あきら》めやしませんわ」お京は笑いながら立ちあがった、「それに大事なお仕事の作者ですもの、いやなお顔をなさらないでね」

お京が出てゆくと、八つ（午前二時）を告げる時の鐘が聞えはじめた。

四の二

「このうちはあたたかすぎる」と盃を持ったままで、洒竹がゆっくりと云った、「――中藤《なかふじ》さん、は禁句か、――冲也師匠、このうちは隙間風《すきまかぜ》もはいらない、あたたかくて、穏やかで、いつも泰平無事で、心配ごとや不安などのかけらもない」

「酔っぱらいのくだを聞く暇もないぜ」

「しつれえ」洒竹は盃の酒を飲んだが、その酒は唇《くちびる》の脇《わき》からだらしなくこぼれた、「失礼しました、気をわるくしないで下さい」

酒竹は口のまわりを手の甲でこすり、燗徳利を取ったが、その三本めの酒もなくなったとみえ、冲也に向ってわざとらしく振ってみせながら、あの特徴のある笑いかけで眼まぜをした。

「もう充分だろう、寝たらどうだ」

「寝る、――」酒竹は眼をみはった、「あなたは寝ることなんか考えているんですか」

「おまえのことだ」

「私なら心配ご無用、ごしんぞさん、酒をたのみます」と酒竹はどなった、「お燗なんぞもういいですからね、四五本ここへ持って来といて下さい」

「いいかげんにしろ」と冲也は制止し、寝間のほうへ呼びかけた、「こっちはいいぞお京、放っといてくれ」

酒竹は持っていた空の徳利を、とんと膳《ぜん》の上に置き、冲也の顔を不審そうに見て、にやっと歪《ゆが》んだ笑いかたをした。

「あなたは泰平無事な人だ」と酒竹は低い声で云った、「きまった時刻に起き、きちんと髭《ひげ》を剃《そ》り、髪を直し着替えをして食膳に坐る、でかける時刻、仕事をする時刻、三度の食事はもとより寝る時刻もきまっている、酒も飲まずたばこも吸わずわる遊びもしない、一家のよき主人であり、美しいごしんぞにはまたとないほどのよき良人《おっと》であり、市民の手本としても恥ずかしくない人だ、――町奉行からあなたに、青緡《あおざし》五貫文くだされたとしても私はおどろきませんね、しかし」そこで彼は片手をゆっくりと振りながら付け加えた、「しかしいちにんまえの芸人になることは諦《あきら》めたほうがいいですね」

「諄《くど》いな、その説教はもう三度も聞いたよ」

「耳だけでね」

「馬が人間を見て嘲弄《ちょうろう》したそうだ」と沖也が云った、「みろよ、やつは二本の足でしきゃ走れないぜ」

酒竹は上顎《うわあご》で舌を鳴らし、首を振るのといっしょに右手の食指をも振った。いたずらをした子供を母親が咎《とが》めるような動作であった。

「かるくちはいけませんよ、あなたには似合わないし、いまのはしっぺ返しにもなっちゃいません」と酒竹は云った、「また、あなたは諄いと仰《おっ》しゃるが、私はこれからだって好きなだけ繰り返して云います、貧乏の味も知らず人に頭を下げたこともなく、あたたかい円満な家庭で美しくやさしい妻にかしずかれているあなたを見ると、うちあけたところ私は胸がむかついてくるんです」

襖《ふすま》をあけてお京がはいって来た。大きな盆の上に燗徳利が二本、摘《つま》み物を入れた小さな鉢《はち》と皿《さら》がのってい、片手に五徳を持っていた。酒竹は済まながり、坐り直して神妙に、高い声を出した詫《わ》びを云い、熱心に礼を云った。酒の来たことがしんそこ嬉《うれ》しいらしく、まるで舌なめずりをしないばかりにみえた。お京はいつものおっとりした笑顔で、あるじが酒を飲まないため接待がちぐはぐになって申し訳ない、と挨拶《あいさつ》をした。それから燗鍋《かんなべ》と角樽《つのだる》を持って来、五徳を手焙りに入れて燗鍋を掛けてから片口を取りにいったりした。

「おかしなやつだ」と冲也が云った、「おまえは酒さえあればなんにもいらないようだな、もっと仕事に必要な勉強をしなくてはだめじゃないか」

お京が燗の支度をして去るのを見送ってから、洒竹はすぐに燗鍋の中から徳利を取りあげ、まだ冷のままの酒を盃に二つ、続けざまに飲んで徳利を元へ戻《もど》した。

「私に必要なのは」と洒竹は答えた、「書物からまなぶ学問ではなく、生きた人間と、その生活です。人間と生活と、それをとり巻く世間、それが私の勉強の対象ですよ」

「人間のぶっつかる悲劇や喜劇は、なまのままでは役には立たない、それをいちど分解し、どこにしんの問題があるかをみきわめて、正《まさ》しく組み直すことが必要だし、それにはまず学問をして、誤りのない観察眼や判断力をやしなわなければならないだろう」

「私は誤ることを恐れませんね、悲劇も喜劇もなまのままで受け入れます」洒竹はまた手酌《てじゃく》で飲んだ、「いくら学問に精をだし、博学多識になったところで、人間の観察眼や判断力なんぞたかの知れたもんです、たとえばここで或《あ》る男が盗みをはたらいたとしますね、それを理性あるあたまで多くの犯例を比較参照し、法律や常識論から詳しく検討したうえ、その罪を裁くことはできるでしょう、だが、その男の心の内部を理解することはできない、――私が知りたいのは、その男の盗みがいかなる罪にあたいするかではなく、どうして盗みをしなければならなかったか、盗みをする気持はどんなだったか、ということです」

「それには学問も理性もいらない」と洒竹はすぐに続けた、「――ただその男といっしょに酒を飲み、いっしょに酔っぱらえばいいんですよ」

「ひどく簡単なことのようじゃないか」

「あなたに褒《ほ》めてもらおうとは思いません、酔っぱらいのくだだと笑ってもいいんですよ」と云って酒竹は微笑した、「損をするのは私じゃあありませんからね」

沖也はなにか云おうとして口をひらいたが、思い止まったようすで眼をそらした。

「このうちは慥《たし》かにあったかすぎる」と酒竹は手酌で酒を飲みながら独り言のように云った、「こんなところでくらしていたら、頭もふやけちまうし軀《からだ》も骨抜きになっちまう、おれならまっぴらごめんだ」

「亥《い》のとしに中村座で麗《にぎわい》曽我《そが》をやった」と沖也が云った、「覚えてるか」

酒竹は話が急に変ったので、眼を細めながら沖也をみつめ、覚えてますよ、と頷《うなず》いた。

「ええ覚えてます」酒竹は肩をしゃくった、「八百蔵の時宗《ときむね》が評判だったでしょう」

「そのときおまえ幾つだった」

「幾つって、としですか」酒竹は徳利に手を伸ばしながら答えた、「としは十七でしたね、私の叔父が三十二で養子にいった年だから覚えてます、十七でしたよ」

「おれはは《たち》だった」

「へえ、それがどうしました」

「初めて会ったとき、おまえはおれと同いどしだと云った、とすれば今年は二十七になる筈《はず》だ」

「つまらねえ」酒竹は鼻へ皺《しわ》をよせた、「あなたはそんなことが気になるんですか」
「旗本の生れだというのはどうだ、本当に旗本の出なのか、それとも魚河岸あたりの魚屋の倅《せがれ》か」
「ぎゃふんだな」酒竹は手酌で酒を注《つ》ぎ、首を左右に振って酒を啜《すす》り、また首を左右に振った、「あなたがそんな詮議《せんぎ》をする人とは思わなかった」
「おれは詮議などはしない、しぜんに耳へはいっただけだ」
「枡久《ますきゅう》という魚問屋の二男坊でとしは二十四、これでいいですか」
「二男じゃない長男だと聞いた」
「すっかり手が廻《まわ》ってるんだな、ええ、長男です」と云って酒竹は挑戦するように冲也を見た、「それでいったい、どうだっていうんです」
「おれにはどうということもないさ、おまえが非人の子だろうと将軍の御落胤《らくいん》だろうと、また、としが二十四だろうと三十だろうと、おれにとってはなんの関係もないことだ、けれども、おまえの云うことのどこまでが本気で、どこまでが口からでまかせなのかわからないとあっては、話すのも聞くのもむだな暇つぶしだ、おれにはそんなむだな時間はないんだから」
「きっちりと尺を当てる」酒竹は一と口飲んでから云った、「物差できちっと計ったうえでなければなんにも信用しない、そういう人なんだな、あなたは、――私はね、そんなことはこれっぽっちも気にしません、人間の心や世間の動きは物差で計れるもんじゃない、だいいち物差の寸《すん》からして都合上きめたものでしょう、一日を十二刻としたのも同様、一尺の物差の割りかただっていまの寸が正しいとはいえない、ことによるともう少し短くなったか長くなったかしれやしない、――あなたはね、私が身分やとしで嘘《うそ》をついたかどうかを咎めるより、こんなふうな私という人間そのものに興味をもつべきですよ」

「これからはそうしよう、ところでおれはもう寝たいんだがね」

「どうぞ」酒竹は片手で一揖《いちゆう》した、「私は勝手にいただいています」

沖也は立ちあがって云った、「さっきおまえは、おれのとりすましたようすを見ると胸がむかむかすると云ったな」

「気に障りましたか」

「おれの幼な友達の一人が、いつかおれに向ってこう云ったことがある」と沖也はひとごとのように云った、「――いつか一度、必ずきさまを殴ってやる、ってね」

酒竹は口をあいたまま沖也をみつめた。

「その男は江戸にいられなくなって旅へ出た」と沖也は云った、「いまではどうやらおちつき場をみいだしたらしいが、おれを殴るにはまだ相当まがあるようだ」

「――おやすみなさい」と酒竹が云った。

「ゆっくり飲んでくれ」

そう云って沖也はその部屋を出た。

四の三

　四月になるとすぐに由太夫が来て、弟子にしてくれと云いだした。繁太夫は田舎へ帰ったし、多町の稽古所《けいこじょ》も伊佐太夫が監督づらをするので、どうにも続けている気がしない、だから住吉町のほうは暇をとってしまった。これからは冲也ぶしをやるつもりである、と云った。彼はそう話しながら、耳たぶを引っぱったり鼻を擦《こす》ったり、顎を摘んだりうしろ頸《くび》を叩《たた》いたりというふうに、例の癖をいつもより激しく演じてみせた。

　冲也の小机の上には手紙がひろげてあった。そのとき読み終ったばかりの生田からの手紙で、長い無沙汰《ぶさた》を詫《わ》び、名古屋の城下でどうやらおちつけそうだ、ということが書いてあった。名古屋でひいき客ができ、小さな家を持ったということは、去年の暮にいちど知らせて来た。おつねもすっかり丈夫になって、生計にも少しゆとりができた。もう金の心配をかけないし、結局ここにおちつくことになるようすだ、という文面であった。こんどの手紙も同じようなものであるが、まえよりも景気がよくなったらしく、暇をみつけてぜひ遊びに来い、旅もいいものだし「江戸ばかりが世界じゃあない」などと付け加えてあった。

「恋の苧環《おだまき》をすっかり覚えました」と由太夫は云っていた、「せっかくここに稽古場を造ったんでしょう、ここで冲也ぶしの弟子を取ろうじゃありませんか」

「冲也ぶしはまだ仕上ってはいない、少なくとも五つか六つ仕上げたうえ、まちがいなしときまるまでは弟子なんか取る気はないよ」

「世間じゃあ恋の苧環をうたってますぜ、ことに心中場のところなんかをね」と由太夫は云い返した、「このあいだも客に伴《つ》れられてなかへいきましたが、芸妓《げいぎ》たちであのくだりを知らない者はいませんでしたよ」

「だめだ、そんなことを云ってもおれの気持は変らない、諦めてくれ」

「じゃあ私はどうしたらいいんです」

「住吉町へ詫びを入れるんだな」

「大師匠はまた寝込みました、こんどこそ再起はおぼつかないだろうということで、住吉町は若師匠と伊佐太夫の天下です」と由太夫は怒ったように云った、「——そんなところへ詫びを入れにゆけと云うんですか」

「暇を取るまえにそれを考えればよかったんだ」

おれはそんなことにかかわってはいられない、第二作を仕上げるまでは、どんなことにもわずらわされたくないのだ、という事情を冲也は正直に語った。その日はそれで帰ったが、由太夫は諦めたのではなく、その後も一日おき二日おきくらいに訪ねて来、冲也のいないときにはお京に会って、飽きることなくたのみ続けた。

ふし付けは進まなかった。いつかの夜半、自分の中に新しい力が生れたように思って眼ざめ、起きあがって仕事にかかったが、結局のところいちじの昂奮《こうふん》にすぎず、洒竹《しゃちく》に邪魔をされたこともあるが、動くと思われたふしはゆき詰ったままで、一節も前へは進まないのであった。夢の中でふしができ、とび起きてそれを繰り返してみると、慥かに新しく展開しているように感じられる。そこで居間へいって符号にとり、明くる朝あらためて読んでみると、常磐津《ときわず》のかえ手の一節だった、などということもあった。

生れて初めて、冲也は「焦燥」という、いたたまれないような気分を味わった。第一作の「恋の苧環」も、いまになってみれば失敗したとしか思えない。心中場の浄瑠璃だけは好評のようだが、他人がうたうのを聞くと、彼がもっとも嫌《きら》っている端唄《はうた》調である。冲也の端唄として知られた調子に、少しかえ手が加わっているだけということが、彼自身にはうんざりするほど明らかに出ていた。彼はそこからぬけ出したかった。そのため新しい浄瑠璃と取組んだのだが、第二作の半ばでつかえてしまった。巨大な鉄の壁にぶち当ったように、一歩も前へ出られないのである。おれは才能がないんじゃないか、自分の浄瑠璃によって、江戸芝居に新しい道をひらこうなどということは、独り合点《がてん》のばかげた夢だったのじゃあないか。おい冲也、眼をさませ、きさま夢をみているんだぞ。彼は自分にそう呼びかけ、しかしそのあとですぐに、なにくそ、と思い返すのであった。

お京は仕事のことには決して口出しをしなかった。いつも化粧を忘れず、夜半に起きて冲也の世話をするような場合にも、寝乱れたようすをみせたことはない。着ているのは寝衣《ねまき》に扱帯《しごき》でも、きちんと衿《えり》を正し、ほつれ毛もなく、素足の裏はいつも桃色をしていた。彼は気分が動きそうだと思うと、時間に構わず起きて居間へはいった。すると必ず、お京もそっと起きだして、茶や菓子をそろえたり、小夜食の支度をしたりした。構わなくてもいい、寝ていろと云っても、はいと答えるだけで、するだけのことはきちんとした。隙間風もはいらない、こういうところで生活をしていると頭もふやけてしまうし、骨抜きになってしまう。

——このうちはあたたかすぎる、といつか洒竹が云った。

酒飲みは酒を飲む口実を巧みに作る。夜なかに他人の家を叩き起こして、酒をねだるてれ隠しに、心にもない強がりを云うものだ。去年の九月に知りあってから、「由香利《ゆかり》の雨」という台本作者としてよりは、古くからの友人であるように、洒竹は三日にあげずやって来て、酒をねだり、議論をふっかけ、当然なような顔をして泊り込んだ。彼は学問らしい学問はしないようだが、俗書はずいぶんひろく読んでいるらしく、来るたびに、書こうとしている小説か台本の筋を次から次と語った。そのころの作者は例外なく「博学」であることをひけらかした。必要もないのに、史記や春秋や易経などから辞句を引用し、またはオランダ語やスペイン語などをほどよく使うことによって、自分の書くものに箔《はく》を付ける、というつまらない習慣があった。洒竹は学問嫌いを公言しているとおり、衒学《げんがく》的なところは少しもないし、魚問屋の伜という育ちがらで、下町の生活には詳しいし、人間をよく観《み》ていることは慥かであるが、系統立った学問をしていないために、その観察はとかく独善的になり、偏狭な枠《わく》を出ない嫌いがあった。酔ってふっかける議論も、しばしばくだをまく類《たぐい》に終るのであるが、——このうちはあたたかすぎる、という言葉は、日の経《た》つにつれて重くするどく、冲也の心を圧迫し、ときには痛みをさえ感じさせるようになった。そうだ、そのときが来たのかもしれない、と彼は思った。いまの仕事がゆき詰ったのも、この生活のなまぬるさ、隙間風もはいらない、という平穏さにわざわいされているのかもしれない。一日が他の一日と少しも変らない単調なあけくれ、そうだ、ここは一時的にでも、生活を変えてみることだ、と冲也は思った。

「相談があるんだが」と或る日冲也はお幸に云った、「勝手のほうはどんなぐあいだろう」

お幸はさぐるような表情で彼を見、「お金のことですか」と反問した。冲也は頷《うなず》いた。

「そんな心配はしないで下さいと申上げたでしょう」

「そうじゃあない、旅へいって来たいんだ」

お幸は眼をそばめた、「旅へとは、どういうことなんですか」

冲也はわけを話し、お幸は終りまで聞いてから、ごしんぞさんは承知かと訊《き》き返した。お京にはなにも云ってない、金の都合がつくかどうかが問題だ、と冲也は答えた。

「お金のほうは大丈夫です」とお幸は云った、「これは申上げませんでしたが、祐二郎《ゆうじろう》さまが御相続をなすって、四番町からお仕送りを断わられましたとき、大旦那さまが岡本へいらしって、若旦那のためかなりなお金をお預けになったのです」

「父上が、――」と云って、冲也は五拍子ばかり黙ってお幸の顔をみつめた、「どうしてそれを云わなかったんだ」

「大旦那さまはあなたの御性分をよく知っていらっしゃいます、お金が余るほどあっても、怠けたり道楽をなさるような若旦那じゃあありません、それはこのばあやだってよく存じていますわ」とお幸は云った、「――けれども親には親の考えがあるのでしょう、必要のない限りこのことはあなたに知れないようにと、岡本の御夫婦に念を押された、ということでございます」

沖也は聞きながら、兄祐二郎のことを思いだした。兄の生母は早く亡《な》くなり、あとから来た母が沖也たちを生んだ。沖也は幼いころから祖父の勘也《かんや》に可愛《かわい》がられ、父からも愛された。母だけは特にきびしく、休みなしに小言を云い、咎《とが》めたり叱《しか》ったりした。母には母なりの思案があったのだろう、生家を出て新石町でくらすようになってから、自分が中藤家を出たことは、母の気苦労をも軽くしたと思ったものだ。それはそのとおりであろうが、兄はそれをどう考えたろうか、沖也と自分とを比較して、自分がままっ子であるということと、沖也だけが愛されているということを、どんなに悲しく辛《つら》く思ったろうか。家督を相続しても、隠居した父は彼に秘して、沖也のため他人に金を預けた。──祖父の法事のとき、満座の中で彼を辱《はずか》しめたのは、こういう関係が根をなしていたのであろう。家督相続と同時に、兄は仕送りを打切った。八千石という家禄《かろく》からすれば、そのくらいの仕送りはさしたることではないだろう。けれども金の多寡《たか》ではなく、兄としてはたとえ半銭でも仕送る気持にはなれなかったに相違ない。同じ理由から母や弟たちまで、辛いめにあわなければいいが、と沖也は思った。

「旅はどちらへ、どのくらいいってらっしゃるんですか」

「どこへゆくかはきめていない」と沖也は答えた、「日数は仕事の進みぐあいによる」

「ばあやにはわかりませんね」とお幸は溜息《ためいき》をついた、「不自由な旅さきなどより、うちで気ままになさるほうが、お仕事もよっぽどなさりよいでしょうにね」

「じゃあ金のほうは大丈夫なんだな」

お幸は頷いて云った、「ごしんぞさんがただのお軀《からだ》でないことをお忘れにならないで下さい」

四の四

冲也は箱根の気賀《けが》ノ湯へいった。

気賀湯のうち岩湯というところに藤屋重八という湯治宿があり、古くから岡本の定宿であった。旅へ出て気分を変えたいと話したとき、お京はその宿がよかろうと云い、実家の岡本から添書《てんしよ》を貰《もら》ってゆくようにとすすめた。それでは特別扱いをされるだろう、まわりの者から大切にもてなされては、家にいるのと同じことになってしまう。自分は一人の見知らぬ客になりたいのだと云って、冲也は添書のことは拒んだ。——旅立ちは雨のために二日おくれ、箱根に着いたのは四月下旬であった。江戸から外へ出たのはそれが初めてのことで、途中の風物も珍しかったが、若葉と濃みどりで噎《む》せるような、山や谷の景色には圧倒されてしまい、二三日はものを考えることもできなかった。

藤屋は大きな構えの宿で、平屋造りながら座敷の数も多く、植込のある広い庭には、別棟《べつむね》のはなれが二た棟あり、母屋《おもや》とそのはなれとのあいだに池があって、山から引いた水が溢《あふ》れ流れていた。客はあまり多くはないようだし、初めての者はなかなか泊めないらしい。廊下や浴室で会うのは、たいてい中年以上の裕福そうな人たちであった。彼がはいって来たときも、番頭がちょっとためらい、あやうく断わられそうになったが、女中がしらとみえる中年増《ちゆうどしま》の女がいそいで出て来て「どうぞ」と云った。あとでわかったのだが、それはおたみという宿の主婦で、主人の重八は婿《むこ》。こっちは出店で、本家は塔ノ沢にあり、本家からまわされて来る客だけしか泊めないのだ、ということであった。

「あなたのお顔に見覚えがあるように思ったんですって」のちに女中の一人がそう告げた、「でなければ、御身分のあるお武家さまが、お忍びでいらしったのでしょうって、おかみさんはそう思ったんですってよ」

冲也が自分の来た理由を云うと、座敷をいちばん奥の八帖《じょう》へ替えてくれた。

六日めごろから、冲也は江戸へ帰りたくなった。谷川の流れの音、見る限りの新緑、街道を往来する馬や駕籠《かご》や旅人たちのざわめき。それらすべてが自分とまったく無縁であるばかりか、自分の存在がそれらの中へめり込み、縮小し、消えてしまいそうな不安感にとらわれた。

「これではだめだ、こうおちつかなくては仕事にならない」と彼は呟いた、「いっそ江戸へ帰ってしまおうか」

江戸では身のまわりに起こる事が、こまかいところまでわかる。町の中の物音や人ごえ、行商人の来る時刻。家の中では夜半でも、誰が厠《かわや》へいったか、鼠《ねずみ》がどこで騒ぐか、あれは雨戸に触れる竹の音だとか、殆《ほと》んどのことがすぐにわかるし、灯《ひ》のない暗がりでも、勝手へ水を汲《く》みにゆくことができる。――しかしこの藤屋ではなにもわからない、視覚も聴覚も自分の周囲の狭い範囲に限られ、その中に閉じ込められたようなものである。谷のせせらぎも馴《な》染《じ》めないし、小鳥の声も初めて聞くものが多い。あまりに鮮やかすぎる草や木の緑、人の声も物音も、誰の声かなんの音かすぐにはわからない。そういう些《さ》細《さい》なことが重なって、おちつかない不安感を唆《そそ》るように思えた。

冲也は初めに、あまり構ってくれるなと断わった。こっちで頼むこと以外はなにもしないように、できるだけ独りにしておいてくれ、と念を押した。宿の者は承知をし、そのとおりにした。食事も茶も頼まなければ持って来ないし、浴屋で背中をながす者もない、夜半に眼がさめて空腹になっても、菓子鉢《ばち》がからなら空腹のまま寝なければならない。垢《あか》じみる着物の衿《えり》、下の物の取替えまで、自分で気を使わなければ用が足りない。そうしてくれと頼んだのであるし、特別扱いをされては旅に出た意味をなさないが、現にこれらの不自由を経験してみると、こんな生活からなにかが生れようとは考えられなくなった。

「ただ不自由なだけだ」と彼は呟いた、「これならうちにいるほうがよっぽどましだ」

もちろんそんなことはできない。ふし付けの仕事がすすまないのに、ばかな顔をして帰るわけがない。もう少し経《た》てば馴れるだろうと、彼は自分で自分をなだめた。

山の中のためか、朝はしばしば雨が降った。たいていはこまかい霧雨で、陽《ひ》が出るとやんでしまうが、二日ぐらい降り続くこともあり、そんな夜は火鉢に火を入れるほど気温がさがった。――五月にはいるとすぐ、梅雨になったものか湿っぽい雨が降りだした。行燈《あんどん》の光りもほの暗い、がらんとした八帖の座敷で、小さな火桶《ひおけ》を抱えながら、眠れないままに雨の音を聞いていると、たよりない心さびしさと孤独感とで、胸ぐるしいほど江戸の家や、お京が恋しくなるのであった。

「あいつは本当のことを云った」と冲也は声に出して独り言を呟いた、「あの洒竹のやつの云ったことは本当だ、——新石町の生活は男を骨抜きにする、いま感じているこのさびしさ、息ぐるしいようなこの孤独感、この中にしんじつななにかがある、そうだ、ここになにかある筈《はず》だ」

或《あ》る夕方のこと、夕餉《ゆうげ》の給仕におみちという女中が坐った。そのときも小雨で、庇《ひさし》から落ちるあまだれの音と、庭の池にそそぐ山水《やまみず》の音とが、ひっそりとした座敷の中に、囁《ささや》くような反響を伝えていた。この宿の女中はみな躾《しつけ》がよく、動作も言葉つきも丁寧であるが、おみちだけは立ち居も口のききかたも田舎者まるだしで、自分でも、まだお座敷へは出してもらえないのだ、と云っていた。冲也にはそのほうが面白《おもしろ》いので、なるべくおみちをよこすように頼んであり、女中たちの手の足りないときには、しばしばおみちがあらわれるのであった。としは十六くらいであろう、土の香の残っているような軀《からだ》つきで、まだ陽やけのぬけない顔には白粉《おしろい》ものらず、笑うときには羞《はに》かみもなく、丈夫そうな歯を剝《む》きだして笑った。

座敷にばかりこもっていて退屈だろう、とおみちはよく云った。たまには湖へでもいってみてはどうか、淋《さび》しければ芸妓《げいぎ》を呼ぶこともできるのだ、などとしたり顔にすすめたりした。その夜も給仕しながら、自分の田舎のことなどを語っていたが、やがて、急に思いだしたという顔つきで、お客さんはよく三味線をひいているが、あれはなんという唄なのか、と訊《き》いた。

「なんということもないさ」と冲也は苦笑した、「退屈しのぎのいたずらというところだ」

「退屈しのぎだって」おみちは鼻をうごめかした、「いつも同じとこばっかりひいていて、そのほうがよっぽど退屈じゃありませんか」

「いつも同じところをひくって」

「そうじゃないんですか」

冲也は返辞に困った、「うん、——そこがまあいたずら、というところだろうな」

「そらばっかり使って」

「片づけてくれ」と冲也は云った。

いつも同じところばかりひく。おみちのような田舎娘の耳にもそう聞えたのかと思うと、冲也は自分のだらしなさに舌打ちをした。三味線はこの宿から借りたもので、ほんの稽古《けいこ》用の駄三味線だし、決していつもひいているわけではない。頭の中でふしをたどってみ、組んだりほぐしたりして、ものになりそうなとき糸に当ってみる。爪《つま》びきでごく低い音しか出さないようにしているし、同じふしであるわけはなかった。

「それがみな同じように聞える」冲也は唇《くちびる》を歪《ゆが》めた、「単純なあたまで聞くからだろうが、つづめていえば停滞している、ふしが伸びていないという証拠ではないか」

単純なあたまほど正直なものはない、おみちはもっとも正確に急所を突いたのだ、と冲也は思った。

「少し頭を休めよう」と彼は呟いた、「仕事から二三日はなれてみるんだ、身を捨ててこそ――」

浮ぶ瀬もあれだ、と冲也は自分に云った。

その翌日の午後、湯にもはいらず座敷でごろ寝をしているうち、いつか眠ったのだろう、夢の中でふし付けをしてい、やっぱりだめで三味線を投げだし、棹《さお》を踏み折った。そこで眼がさめたのであるが、頭の中では、まだ夢中で付けたふしが鳴り続けていて、それがひどく新しく、活《い》き活きと動きだすように感じられた。

冲也は起きあがって三味線を取り、調子を合わせた。外は雨で、池を流れる水の呟きと、雨だれの音がひそやかに聞える。冲也の耳にははいらなかったであろう、調子を合わせ終ると、暫《しばら》く眼をつむっていてから、静かに爪《つま》びきでふしをたどり始めた。五節ほどたどってあとへ戻り、また初めからやり直した。こんどは六節まで進み、その六節めをひき直してみたのち、また元からやり直したが、五節から六節めにかかると、手がぴたっと停《とま》ってしまった。

「くそっ」冲也は眼をつむり、顔を仰向けにして呟いた、「まただめか」

そのとき外で、口三味線が聞えた。

二あがりから三さがりに変るふしで、それはいま冲也のたどっていたふしに、そのまま続くように聞えた。彼は全身を固くし、眼をつむったままで、外から聞えて来るその口三味線の声に耳をすませた。自分の内部で扉《とびら》が開き、そこから広く伸びる自由な空間が見えるように思った。彼は注意ぶかく、そのふしを頭の中でためしてみてから、三味線の糸に当ってみた。

――これだ、と彼は昂奮《こうふん》しながら思った。これだこれだ、これが捜していたふしだ、これでまちがいなく伸びるぞ。

沖也は三味線を下に置いて立ち、窓のところへいって障子をあけた。

四の五

庭には一人の女が立っていた。藍《あい》染めの浴衣《ゆかた》にじみな半幅帯をしめ、黒衿の半纏《はんてん》をはおって、蛇《じゃ》の目《め》傘《がさ》をさしていた。

「失礼ですが」と沖也が窓から呼びかけた、「いまの口三味線はあなたでしたか」

女は傘の中でそっと頭をさげた。傘に塗ってある濃い緑色が、女の顔を染めて、ひき緊った頬《ほお》の線や、はっきりした目鼻だちを、いっそう際立《きわだ》てるようにみえた。

「いまそちらへゆきます」と沖也が云った、「済みませんがちょっと待っていて下さい」

彼は障子を閉めると、浴屋口から、あり合う傘を取って出ていった。女は元のところに待っていた。

「ここで詳しいことは申せませんが、いまのあなたの口三味線でひじょうに助かりました」と彼は云った、「失礼ですがあれは、なにかの唄にあるふしですか」

「ええ」と女は俯《うつむ》いたまま答えた、「綾瀬《あやせ》の月という端唄《はうた》のかえ手です」

「綾瀬の月、――端唄ですって」

「そうだと思います」と女は云った、「あなたの三味線を聞いているうちに思いだして、つい知らず口から出てしまったんです、どうぞ堪忍して下さいまし」

「とんでもない、こっちはお礼の云いようがないくらいです」そう云いながら冲也は頭をかしげた、「私もその端唄は知っていますが、いまのようなかえ手があったでしょうかね、――こんなことを申して無礼かもしれませんが、ちょっと私の座敷へいらしっていただけませんか」

「こんな恰好《かっこう》ですから」

「私も同様ですよ」

「でも初めてですし、女はそうはまいりません」と彼女は微笑しながら云った、「ちょっと着替えてすぐに伺いますわ」

待っていますよ、と冲也は念を押すように云った。

座敷へ戻った冲也は、待っているあいだにいまのふしを慥《たし》かめてみた。まちがいなく、ゆき詰っていた壁を突き抜け、ふしはよどみなく伸びるようだ。そこで端唄のほうをためしてみた。綾瀬の月は冲也の初期の作で、かえ手のこまかいところはうろ覚えだったが、さっき女が口三味線にしたようなところはなかった。似たようなところさえないことは、彼にはっきりわかった。

「綾瀬の月でないにしろ、これまでのどの端唄にも使ったことはない」と彼は三味線を脇《わき》へ置きながら呟いた、「——おれは自分の端唄調からぬけだすために苦心した、こんどのふし付けに端唄調が出るわけはない」

冲也は女中に酒と客膳《きゃくぜん》を命じた。

女はなかなかあらわれず、小《こ》半刻《はんとき》もすると火を入れた行燈と、朱塗の華やかな膳部が二人前はこび込まれた。女中は三人で出入りしたが、支度が済むとその一人が、これはあちらさまからの送り膳です、と云った。

「こっちで用意をしていたのに」

「そう申上げたのですが、今夜はあたしからお祝いを差上げたいのだ、と仰《おっ》しゃいました」

「お祝いだって」と云いかけて冲也は声を低くした、「あの人はどんな客なんだ、眉《まゆ》もおとさないし白歯のところを見ると独り身のようだが」

「よく存じませんが、あとからお伴《つ》れがみえるようにうかがいました」

「長い滞在か」

「まだ五日くらいでしょう」と女中の他の一人が云った、「宿帳を見て、お客さまのことをしきりに訊いていらっしゃいましたわ」

「うれしいな」と云って、冲也はさりげなく訊いた、「あの人の名はなんというんだ」

「じかにお訊きあそばせ」とあとから口をはさんだ女中が、からかうように云った、「——お二人で、しんみりとね」

三人の女中は笑いながら去っていった。女は女中たちと殆《ほと》んど入れ違いに来た。白地に藍で薊《あざみ》を染めた単衣《ひとえ》に、紺献上の単帯《ひとえおび》、髪は洗ったとみえ、束ねてうしろにさげてあり、坐ると白檀《びゃくだん》の香が爽《さわ》やかに匂《にお》った。——痩《や》せがたで肩も腰も細く、すんなりとしているが芯《しん》の強そうな軀つきだし、白粉けのない顔の、はっきりした目鼻だち——眉は眉、眼は眼、唇は唇と、どれもがはっきりと、まるで彫りつけたもののように際立っているが、——そこにもやはり芯の強そうな、きかぬ気らしい性分が感じられた。送り膳についてやりとりがあるとすぐに、女は銚子《ちょうし》を取って冲也に酌《しゃく》をした。

「なにか祝いとか云われたそうですね」彼は盃《さかずき》を持ったまま訊いた、「私のほうこそ祝いたいところだったんですが」

「お笑いにならないで下さい、お師匠さんに逢《あ》えたのがうれしかったんです」

「私のことを知っていらっしゃるんですか」

「ええ、遠くから」と云って女は微笑した、媚《こび》もなく思わせぶりもない微笑であったが、いま切ったばかりの菖蒲《しょうぶ》の花のような、さわやかない、ろ、けが感じられた、「——お師匠さんは御存じありませんわ」

「藪蛇《やぶへび》になりそうだが、芝居ですか」

「中村座の出語りのときです、去年の芝居の浄瑠璃《じょうるり》もうかがいましたわ」と女は大きいきれいな眼で冲也をみつめながら云った、「——一度だけ、側《そば》でおめにかかったことがあるんですけれど、覚えてはいらっしゃらないでしょう」

「やっぱり藪を突ついてしまいましたね」と云って、冲也は盃の酒をほんの一と口啜《すす》り、銚子を取って女に酌をした、「今夜はこころ祝いなんだが、だらしのないことに私は飲めないくちなんです、あなたは強そうですね」

「たくさんはだめですけれど、今夜はいただきますわ」女は盃の酒を啜って云った、「あたしおけいといいます、でもどうぞお忘れになって下さい」

「あなたは恩人です、あなたには想像もつかないだろうが、あのときの口三味線がなかったら、私はまだ身動きもできなかったでしょうから」

「だってあれはお師匠さんの端唄の」

冲也は静かに首を振った、「違います、綾瀬の月にはあんなかえ手はなかった、ほかののにもああいうふしはありません」そこで彼は吃驚《びっくり》したようにおけいを見た、「——私の端唄も知ってるんですか」

「ええ」おけいは頷《うなず》いた、「小さいじぶんからだいすきでした」

「それはまいったな、まあ重ねて下さい」

おけいはすなおに酌を受けた。

「おいやなんですか」とおけいは訊き返した、「お師匠さんの端唄はあたしだけではなく、江戸じゅうどこでもうたわれていますわ、江戸だけじゃありません、三月にちょっと潮来《いたこ》へいって来たんですけれど、潮来でもみんながうたってましたし、この箱根でだって」

「あなたは」と冲也がおけいの言葉を遮《さえぎ》って云った、「恋の苧環《おだまき》の浄瑠璃も聞いたと云いましたね」

「ええ、十日以上かよいました」

「私のやりたいのは浄瑠璃です、端唄は道楽で作ったものだし、いまでは聞くのもいやです、通りすがりに聞いてもぞっとします、勝手だが端唄の話は勘弁して下さい」

「お酌をさせて下さいな」おけいは銚子を取った、「ここへは次のお仕事をしにいらしったんですか」

「白状しておきましょう」冲也は盃で酒を受けながら云った、「私はこれで三杯くらいが精いっぱいです、五つもやるとぶっ倒れますから、あまり飲ませないで下さい」

冲也はおけいにふしぎな親しさを感じた。端唄の話はごめんだと云うと、よけいなことはなにも云わず、ごく自然にその話を変えた。まるでこっちの考えていることがみとおしにわかる、というふうに思える。ふしぎだ、今日初めて逢ったようではない、むかしよく知りあっていて、久方ぶりに再会したような心持だ、と彼は思った。――冲也は知らぬまに、自分の抱負を語っていた。おけいなら自分の考えがわかる、どこまで打明けても理解してくれる、という気がしたからだ。彼は江戸芝居の誤りについて語り、芝居が本来どう演ぜられなければならないかということ。江戸浄瑠璃がうたうことを主にして、語ることをなおざりにしている点を語った。そして、新しい台本によって新しい浄瑠璃を作り、江戸芝居に新しいいのちを吹き込むつもりだ、と語った。

「あなたの云うとおり、こんどは次の浄瑠璃の仕事で来たんです」彼は用心して酒を舐《な》めながら続けた、「台本は由香利《ゆかり》の雨というので、第五場まではできたんですが、心中場にかかるところでつかえたっきり、どうしてもふしが伸びなくなってしまったんです」

おけいはかすかに頷いた。

「ここへ来て半月ちかく経つのに、やっぱり梃《てこ》でも動かない、いっそ帰ろうかと思ったんですよ、しかしせっかく来て手ぶらじゃあ帰れない、進退に窮したというところへ、あなたが口三味線を入れてくれたんです」

「ほんとに綾瀬の月ではなかったんですか」

「私のものにないことは慥《たし》かです」と沖也は云った、「まさか、ほかの浄瑠璃にあるんじゃあないでしょうね」

おけいはゆっくりとかぶりを振った。すると、白檀の香がほのかに匂った。

「ほかのものだなんて」とおけいは云った、「あればお師匠さんにはすぐわかるでしょ」

「だろう、と思うね」

「あれはお師匠さんのふしですわ、だって、それだからこそ停っていたふしにつながるんじゃありませんか」

「ぴったりとだ」と沖也が力をこめて云った、「たとえば、折った木の枝の折れ口を合わせるように、ぴたりとつながるしそのまま伸びてゆくだろう、――しかし、どうしてあのふしが、あなたの口から出たのだろう」

「はいお酌、――これで三つめですよ」

「今夜はいくらでも飲めそうだ、迷惑でなかったら、あなたのことも聞かせてくれないかな」

「たくさん」おけいはかぶりを振った、「あたしのことなんて、自分で考えるのもうんざりです、それよりこんどの芝居の話を聞かせて下さいな」

冲也は盃を持った手を止めて、じっとおけいの眼をみつめた。

「あなたは、私に一度だけ会ったと云いましたね」

「すぐ側でね」とおけいは微笑した、「でもお師匠さんには、あたしの姿なんか眼にはいらなかったようでしたわ」

「痛いことを、――」冲也は恥入ったというように眉《まゆ》をしかめた、「私にはそういう迂闊《うかつ》なところがあるんだ、ほかにもむろん欠点はあるけれども、どういうものか女の人に眼をひかれたというためしがない、そんなことで浄瑠璃ができるか、なんて云われるんですがね」

「人は勝手なことを云います」とおけいが云った、「誰がなにを云ったって、冲也ぶしはお師匠さんにしか作れないんですもの、気になさることはありませんわ」

「もう一つ飲もう」と冲也は盃を出した、「今夜は酔いつぶれても本望だ、注《つ》いで下さい」

独白

とうとうあの方と逢《あ》ってしまった。

二人はこの世では逢うまい、口をきくこともないだろう、と思っていた。諄《くど》いようだが、あの方とあたしとの縁は、この世のものではない、というふうに思えたからだ。それにしてもあのことはふしぎだ。逢うきっかけになったのは口三味線で、それがどうして出てきたものかわからない、どうしてだろうか。

この藤屋へ着いた晩、もう夜なか過ぎだったろう、庭にある池へ山から水が引いてあり、絶えまなしに呟《つぶや》くような低い水音を立てている。それが耳について眠れずにいると、あの方の三味線の音が聞えて来た。はじめは例の幻聴だと思った。この三月に潮来《いたこ》へいったあたりから、あの方の三味線や唄《うた》の幻聴は起こらずにいた。ああ久しぶりだなと思い、次に起こる緑色の幻視を待っていた。骨までとろけてしまいそうなあの幻の色を、――そのうちに、聞えている三味線が現実のものだ、ということに気がつき、あたしは起きあがった。

外は雨が降っていた。夕方いちどあがったのだが、いつかまた降りだしたらしい。こぬか雨とみえて雨だれの音しか聞えないが、あたりはきみのわるいほど森閑としていた。――三味線の音は五節ばかりのふしを繰り返し、少し休んではまた繰り返していた。道を捜している人が、同じゆき止りに来てはまた引返し、また同じ道を来てはゆき止りにぶっつかる。そういうように感じられた。慥《たし》かにあの方がひいていらっしゃるのだ、紛れもなくあの方だ。けれどもなにをしていらっしゃるのか、どうして同じところばかり繰り返していらっしゃるのか。そう思いながら、その音がまったく聞えなくなるまで、あたしは夜具の上にじっと坐っていた。

明くる朝は寝すごして、女中に呼び起こされたが、起きてまず考えたのは、ゆうべ聞いたと思ったのは夢ではないか、ということであった。江戸をはなれたこんな箱根の湯治場で、あの方と同じ宿に泊る、などという偶然があろうとは思えない。たぶん夢だったのだろう、と諦《あきら》めながら、念のために宿帳を見せてもらったら、あの方であることがわかった。十日以上もまえに来て、外へ出もせず、座敷にこもったきりであるという。この宿はきまった係りの女中というのがなく、どの座敷も交代でつとめるため、あの方の詳しいようすはわからなかったが、幾人かの話をまとめてみると、どうやら新しい浄瑠璃のふし付けをしにいらしったらしい。——それなら合点《がてん》がゆく、ふし付けがうまくいかないので、同じところを繰り返したどっているのだろう。ふしがいつも一定のところで止るのは、その先が出てこないためなのだ、とあたしは思った。それからのあたしは、三味線の音にすっかり心を奪われてしまった。それが聞えないうちは、どうしたろうかとおちつかず、聞え始めると全身の神経が一つになって、三味線の音に付いてゆき、こんどはふしが伸びるだろうかとはらはらする。そして、やはり同じところで止り、そのまま動かなくなるとまるで自分が失敗したように気落ちしてしまう、というありさまであった。

そうしてあの夕方、あの方の三味線が聞え始めるとすぐ、自分ではそうする気持もなく、ふらふらと雨の中へ出ていった。本当にそんなことをしようとは思わなかったし、出ていってどうするというつもりもなかった。気がついてみると、あの方の座敷の外に立って、爪《つま》びきの三味線の音を聞いていた。

今日こそあのふしが動きだすであろう、どうか止ったところから伸びてくれるように、そう祈りながら聞いていた。慥かにふしは動くように思えたが、やり直すうちにまたかたくなり、伸びそうなところで止ってしまった。ところが、あたしの頭の中では、次にくるふしが動きだしたのだ。本調子のふしはそこで二あがりになり、ついで三さがりに変る、――それはずっと以前からあたしの頭の中にあったもので、それがあの方のゆき詰ったところからあとへ、ぴったりとつながるように思えた。これも自分では気がつかなかったが、そう思うと同時に、あたしの中にいるべつのあたしがうたいだすように、われ知らずそのふしを口三味線にしていたのだ。

　あとで考えてみれば理由はあった。あたしはあの方の端唄なら、みんなそらで知っているし、あの方のふしの癖も覚え、自分でまねごとにふし付けをしたこともある。もちろん本筋のはなしではない、ほんのしろうとのいたずらにすぎないが、あのとき口三味線でしぜんとふしが出たのは、そういう記憶が残っていたからにちがいない。――あの方に訊《き》かれたときは困った。そんなことは云えるものではない、つい思いついたまま綾瀬の月のかえ手だと答えたが、本当のところはどれでもいいのだ。あれはあの方のふし癖で、これまでの端唄のどれをとってみても、調子を少し変えるだけであのふしになるのだから。

　座敷へ来いと招かれたとき、正直なところ逃げだすつもりだった。じかに逢うことはないだろう、というむかしからの考えが、座敷へいってはならないという気持をかき立てたらしい。すぐに宿を変えようと決心したのだが、決心したのとは反対に髪を洗った。髪がよごれているようで、ともかく洗わずにはいられなかった。けれども、洗い髪を拭《ふ》いて香を炷《た》きしめているうちに、――心の底では初めからそうするつもりでいたのだろう、女中を呼んで送り膳《ぜん》のことを頼んでしまった。ごまかしではない、逃げようときめたのも本気だったし、逢うようになったのも本心からであった。もしもあの方を、少しでも生き身の男として感じたら、おそらく座敷へはゆかなかったであろう。あたしにとって、あの方は冲也ぶしの作者という以外のものには感じられない。庭に立って話したときも、その感じに変りはなかったし、座敷へいって、差向いで刻《とき》をすごすあいだも、男と女という感情は少しも起こらなかった。

ふしぎなことのようだが、あの方もあたしのことを「女」とは感じないらしい。むろんいろ恋の相手としての女という意味で、そういうものはまったく感じないようにみえたし、さらにふしぎなことは、別れるちょっとまえに、あの方はちょっと息を止め、あたしの顔をじっとみつめてから、――私とおけいさんとは前世できょうだいだったんじゃないのかな、と云った。それとも、きょうだいではなく一躰《いったい》で、この世へ生れ変るとき二人になったんじゃないか。あたしはものが云えなかった。あの方は冗談だと云ってすぐに笑ったが、あたしはずっと総毛立つおもいだった。

――もしもあの方と逢うとしたら、自分自身に逢うようではないだろうか。

あたしはいつかそう考えたことを覚えている。二人は前世でふかい縁があった、というふうに思ったことも一度や二度ではなかった。それをあの方の口から、殆《ほと》んど同じ言葉のように聞いたのだから、偶然のこととは思えず、眼に見えない因縁でむすばれている、というぶきみな感じさえ受けたのであった。

それにしてもあの夜はたのしかった。あの方の頭の中は次の浄瑠璃のことでいっぱいらしい、あたしを相手にふし付けのくふうや、芝居ぜんたいの感じをどうあらわすか、それぞれの役を生かすにはどうすべきか、などと熱心に話される。あたしは半四郎さんから台本の写しを借りて、三度も繰り返し読んでいるため、芝居の筋は云うまでもなく、各場面や役のしどころなどもほぼ知っていた。それで、あの方の仰《おっ》しゃることは、そのまま眼にうかび、浄瑠璃の曲音まで聞えるように思えたのだが、あの方はあたしがそんなことを感じているなどとは、まったく気がつかなかったようだ。少し僻《ひが》んで云えば、あたしがそこにいることは忘れてしまい、自分と自分とで話しあっているようでさえあった。——あたしはそれがうれしくたのしかった。男が自分の仕事に熱中している姿ほど、たのもしく美しいものはない。あたしはうっとりとして、あの方の紅潮した頰《ほお》、——それは酒の酔いとはまったく違ったものだ。そしてきらきらと光りを湛《たた》えた力づよい眼、活気に満ちた張りのある声などに、眼と耳を魅せられていた。

あと三日すると旦那《だんな》の本多五郎兵衛さまが来る。そうなればあの方とは口もきけなくなるだろう。あの方はあたしが囲い者だということは御存じがないし、あたしもそんなことは知られたくない。旦那が来るまえに、あたしはこの宿を立ったことにしよう。宿の人たちに頼めばそのようにはからってくれるだろうから。——今夜はあの方をこちらの座敷へお招きした。あの方は来て下さるという。あしたかあさって、もしも晴れまがあったら、あの方といっしょに湖までいってみたい。どうか承知して下さればよいが。

五の一

「これはいい」山駕籠《かご》の中で冲也《ちゅうや》が繰り返した、「なんに譬《たと》えようもないな、これは」

「なにをよろこんでいらっしゃるの」うしろの山駕籠の中から、おけいが顔を覗《のぞ》かせて、面白そうに問いかけた、「なにがそんなにお気にめしたんですか」

「ごらんなさいこの霧」と冲也が云った、「どっちを見てもなにも見えやしない、すぐ向うの杉林《すぎばやし》まで薄墨でぼかしたようにおぼろです、生れて初めてですよ、こんな深い霧は」

「お江戸ですか」と山駕籠の先棒が云った、「箱根のこの季節にはしょっちゅうですが、お江戸の方には珍しゅうございますかね」

「生れて初めてだな」

「こっちには迷惑せんばんでしてね、早駕籠とか早馬なんぞが、いきなり鼻っ先へとびだして来るんで」と先棒が云った、「肝をひやしますよ」

「今日なんぞはまだいいほうかな」と後棒《あとぼう》が云った、「もっとひどいときがあって、そんなときは棒鼻へ提灯《ちょうちん》をつけるんですよ」

冲也は「へえ」といった。

宿を出るときから外は濃霧だった。この霧のぐあいなら雨は大丈夫だろう、そういうことでおけいと湖までゆくことになったのだが、登るにつれて霧は濃くなり、道傍《みちばた》の草までがはっきりとは見えず、まるっきり灰白色の水の中をゆく趣であった。――おけいに初めて会ってから三日しか経《た》っていないが、冲也の仕事は九分どおり進んでいた。あのときの口三味線が突当っていた壁を打毀《こわ》してくれた、というように感じたのは思い過しでなく、現実にそのとおりになったし、ふし付けの発想が自分でもおどろくほど自在に、伸びとひろがりをもつようになった。

――しめたぞ、おれは摑《つか》んだぞ、と冲也は幾たびか独り言を云った。いまこそふし付けの本筋を摑んだ、これまでのものは端唄のかえ手からいくらも出なかったが、いまこそ冲也ぶしのめどを摑んだぞ。

おけいについてはまだなにも知らなかった。自分の苦境を救ってくれたばかりでなく、いっしょに話しているだけで、ふしぎに仕事をしたいという欲望をかきたてられ、話していながらつい知らず、頭の中でふし付けをしているのに気がつく、ということさえあった。そんなときは会話もとぎれるか、ちぐはぐなものになるのに、おけいはまったく気づかないようすで、話がとぎれればとぎれたまま、ちぐはぐになればなったままで、それを注意したり問い直したりするようなことはせず、彼の気持の動きをさまたげないように、さりげなくつとめているというふうであった。――冲也は仕事のことに頭を奪われていて、おけいの、そういう眼に見えない心づかいを知る筈《はず》もなく、仕事のときには側にいてもらいたい女だ、と考えるくらいのものであり、どんな身の上なのか、いつまで滞在するのか、などということは少しも気にならないようすだった。

「さあ着きました」と冲也の乗った山駕籠の先棒が云った、「着きましたがなにも見えませんな」

「湖か」と冲也が訊いた。

「芦《あし》ノ湖《こ》です、そこに水際《みずぎわ》があるでしょう」

「おろしてくれ」

「もうすぐふじ屋ですが」

「少しあるくとしよう」

山駕籠は二つともおり、冲也が出ると、うしろでもおけいが駕籠から出た。冲也は駕籠屋に、ふじ屋へいって待っているようにと云い、水際のほうへおりていった。

「せっかく来たのに」とおけいが云った、「これでは景色がなんにも見えませんね」

「これはこれでいい、私はね、あんまり景色のいいのは苦手なんです、絶景というような眺めはただもの悲しくなるだけでね、やっぱり私は人間のほうがいい」

「舟が見えますわ、あれ」おけいは水際に立って前方を指さした、「ああもう見えない」

「霧の中から櫓《ろ》の音だけが聞えて来る」

「権現《ごんげん》さまはどっちかしら」

「やあ、髪の毛が霧で濡《ぬ》れますよ」と冲也が云った、「なにか頭にかぶるほうがいいでしょう」

おけいの髪の毛に霧粒が溜《た》まって、いまにもしずくになりそうに見えた。おけいは微笑しながら、袂《たもと》から手拭《てぬぐい》を出し、ぱらっとひろげて頭へかぶった。なんにも見えない、目的の芦ノ湖さえ、水際のほかは灰白色の幕のかなたに隠れている。とにかく休むことにしよう、ということになって、湖畔の道を右へまわっていった。元箱根に「ふじ屋吉平」という小さな宿がある、掛け茶屋のほうがおもで、宿屋は小さいものだが、腕のいい板前がいて評判である。藤屋でそう聞いて来た。屋号の呼び名は同じだが、なにも関係はないそうで、しかし気《け》賀《が》ノ湯の藤屋の客だと云えば粗略な扱いはしないだろう、ということであった。ときたま旅人とすれちがい、駕籠とすれちがうが、向うから来る者もうしろから追い抜く者も、二三間はなれると姿はもう見えなくなり、馬のいななきや人の話し声だけが、霧の中から聞えるのであった。

　湖とは反対側に家並があらわれ、まもなく駕籠屋の一人が道へ出て「こちらです」と呼びかけた。なるほどそこに掛け茶屋があり、ふじ屋という看板が出てい、若い茶汲《ちゃく》み女たちが三人ばかり、やかましく叫びたてた。坐って休みたいのだと云うと、店の脇《わき》にある小さな門を指さして、そこからはいるようにと、女たちの一人が答えた。幅六尺ほどの爪先《つまさき》登りの径《みち》をゆくと、道から一段あがったところに玄関があり、「ふじ吉」と近衛《このえ》流らしい字を横に彫った看板が見えた。登って来る径も小砂利を敷き、左右は割り竹の垣《かき》で根締めに小笹《こざさ》が植えてあった。玄関も赤茶けた砂ずりの壁に、さるすべりだろう、いやにひねくれた木を白磨《しろみが》きに仕上げた柱で、どことなく風流を鼻にかけた構えだった。玄関の左に萩《はぎ》の袖垣《そでがき》があり、庭のすぐ向うに座敷があり、浴衣《ゆかた》がけの客が六七人で、膳《ぜん》に向っているのが見えた。

おけいが声をかけると、中年の女中が出て来た。派手な柄《がら》の単衣《ひとえ》に帯、濃い化粧をしていて、こっちをじろじろ見まもった。冲也が部屋はあるかと訊くなり、わざとらしくばか丁寧に挨拶《あいさつ》して、「お浴衣の方は御遠慮くださいまし」と答えた。

冲也は一歩さがり、左のほう、庭の向うに見える座敷へ顎《あご》をしゃくった。

「あの座敷に浴衣の客がいるぜ」と冲也は云った、「あれはどうしたんだ」

「お武家さまでございます」と女中が答えた。

おけいがなにか云おうとした。おそらく気賀ノ湯の藤屋から来たと云うつもりらしい。冲也はおけいに眼くばせをし、「邪魔をしたな」と云って踵《きびす》を返した。

「どうして藤屋のことを仰《おっ》しゃらなかったの」

「不愉快な、きざっぽいうちだ」と径をくだりながら冲也が云った、「初めからあがる気にはなれなかったんですよ」

そしてすぐに続けた、「浴衣の客はだめだって、そのくせ侍ならいいんだそうだ、――おれは単衣物だ、これで袴《はかま》をはけばどこへでも客にゆけるんだぜ、あの座敷の侍たちは湯あがり浴衣で、肌《はだ》ぬぎになっていたやつもいた、あの女中のばか丁寧な挨拶までが気にくわない」

「田舎ね」とおけいが云った、「箱根から先は化け物が出るなんて云うじゃありませんか」

「ほかの掛け茶屋をみつけよう」

二人はまた山駕籠に乗り、湖畔の道をまわって箱根権現社までゆき、一の鳥居の脇にある掛け茶屋へはいった。そこには若い女たちはいないで、中老の夫婦と孫のような少女だけでやっているらしく、茶店の奥は茣蓙《ござ》を敷いた床《ゆか》で、湖がすぐ眼の前からひらけている。もちろんいまは霧のために、水面の一部が僅《わず》かにかすんで見えるだけだが、——左右は杉林で、空気は爽《さわ》やかな杉の香に満たされ、ときたま蟬《せみ》の鳴くような声と、きれいな鶯《うぐいす》の声が聞えて来た。二人は床のほうへあがり、駕籠屋たちにも茶と饅頭《まんじゅう》を出すように云った。茣蓙の上に蒲《がま》のあぐらを敷いて坐り、茶を啜《すす》りながら話していたが、そのうちに沖也がふと口をつぐんで、あぐらをかいて坐った右の膝《ひざ》を、右手の三本の指で、拍子を取るように打ち始めた。

おけいは湖のほうへ眼をやった。沖也の頭の中で、なにかのふしが動きだした、と思ったからである。湖上の霧は少しも動かず、見えない水面のどこかで、魚のはねる音がし、すぐ右側の杉林のかなたで、するどいほど高く鶯が鳴いた。——かなりして、ふしがまとまったのだろうか、沖也がごく低い声で、口三味線を三節ほどうたい、だめだな、というふうに膝を叩《たた》いた。

「借があるんですよ」と沖也は茶を啜って云った、「さる大身《たいしん》の老人から端唄の文句を出されましてね、座興にふしを付けろと云われたんだが、その文句が皮肉なものでどうにもふしの付けようがない、端唄とはきっぱり縁を切ったし、その老人にもかくべつ義理はないんですが、ときどき思いだすとくやしいような気持になるんでね」

「どんな文句なんです」

「おもい切ろうと諦《あきら》めて」と冲也がゆっくり云った、「――それから恋になりしとや、浮名も立たで、それだけです」

おけいは口の中で繰り返してみた。

「やめやめ」と冲也は首を振った、「こんなものに時間をつぶす暇なんかありゃあしない、それよりもね、由香利の雨の終りの場ができましたよ」

「すっかりですか」

「殆《ほと》んどです、もう三日もあれば全部あがりです」

そのとき一人の侍が、この茶店へはいって来、腰掛の並んでいる土間に立って、おけいをじっと見まもった。

五の二

「あら」とおけいが云った、「疋田《ひきた》さん」

冲也が振返ると、土間に若侍が立ってこっちを見ていた。

「帰って下さい」と若侍はおけいに云った、「御前《ごぜん》が待っておいでです」

「ちょっと待って、あのうこちらは」

おけいは冲也をひきあわせようとしたようだ。けれども、疋田と呼ばれたその若侍は、ひきつったような横顔をこっちへ見せたまま、おけいの言葉を乱暴に遮《さえぎ》って、駕籠が待っているからすぐどうぞと云い、くると背を向けて茶店の外へ出ていった。

「どうぞ」と冲也は微笑して云った、「私は構いません、どうぞいって下さい」

「あんまり失礼で、どうお詫《わ》びをしていいかわかりません」

冲也はそっと首を振った、「そんな必要のないことはわかっている筈です、私は却《かえ》ってお礼を云わなければならない、けれどもあとのことにしましょう、向うで待っていますよ、どうぞ」

おけいは泣き笑いのように、唇だけで微笑し、じっと冲也を上眼づかいに見て、それから静かに立ちあがった。

彼は半刻《はんとき》ばかりおくれて宿へ帰った。若侍の口ぶりや態度から推察すると、おけいはどうやら囲い者のようである。二た晩いっしょに話してみて、江戸の下町に生れ、たぶん芸妓《げいぎ》屋か料理茶屋のような環境で育ったと思われるが、からだで稼《かせ》いだというふうな感じは少しもなかった。妻のお京とは顔かたちや性分も対蹠《たいしょ》的であるのに、どこかしら「大事にされた一人娘」という印象に共通したところがあり、三味線や唄もかなり達者なようであった。旦那が侍だということはまちがいないだろう、おけいが先に来て待っていたのだろうが、若侍は「御前」と云った。箱根などへ湯治に来られるのだから、幕府の直臣ではあるまい。田舎大名の家来で、ちょっと金まわりのいい留守役か、老いぼれた隠居といったところだろう。勿《もっ》体《たい》ないはなしだ、などと冲也は思った。

藤屋へ帰ると、江戸から客が来ている、と女中が告げた。彼はこっちへも客かと苦笑し、おけいのほうのことを訊こうとしたが、そういうことを女中が話す筈もないので、思いとまって座敷へいった。そこでは中島洒竹《なかじましゃちく》が、浴衣にくつろいで、酒を飲んでいた。

「大和屋から伝言がありましてね」と洒竹はまず云った、「使者に立ったというわけです、いま疲れやすめに一杯やっているところですが、湯へいらっしゃるならどうぞ、いまいったらがらあきでしたよ」

冲也が坐ると、主婦のおたみが酒を持ってあらわれた。彼女がこの座敷へ接待に出るのは初めてのことで、洒竹から聞いたのだろう、冲也ぶしの師匠とは知らず、今日まで挨拶にも出ないで失礼をした、と鄭重《ていちょう》に詫びていった。

「伝言とはなんだ」主婦が去るのを待って、冲也は洒竹に訊いた。

「まあせかせないで下さい」洒竹は盃を口へ持ってゆきながら、眼の隅《すみ》でからかうように冲也を見た、「――すばやいところやったそうですね、聞きましたぜ」

「飲むなら飲むだけにしろよ」

「訪《と》いつ訪われつ、まわりの連中は相当あてられたそうですよ」

「相手はぬしのある人だ、つまらないことを云うと迷惑をかけるぞ」冲也は穏やかに釘《くぎ》をさした、「伝言というのを聞こう」

「それは口実でね、じつのところは箱根の温泉《いでゆ》というのにはいってみたかった、季節もちょうどいいし、山水の眺《なが》めもさぞかしと思いましてね」洒竹はいつもの露悪的な口ぶりで云った、「旅費もじつは新石町で拝借したんですよ、一つどうですか」

「おれが飲まないのを忘れたようだな」

「美人とはめしあがったんでしょう」

「おまえの知ったことじゃない」と云って冲也は立ちあがった、「ちょっと湯を浴びて来るぜ」

酒竹は「ごゆっくり」と云った。

冲也は湯を浴びたあと、飲んでいる酒竹には構わず、ふし付けの符号帳を出して、曲のはじめから出来たところまでを整理しにかかった。夕食のときには酒竹はかなり酔って、相変らず肴《さかな》にも食事にも手はつけず、独り言を云いながら飲んでいた。新石町の家へは由太夫が毎日かよって来るらしい、留守番のようでもあるが、いまに冲也ぶしの稽古《けいこ》を始める下心もあるようだ、などと云い、芸妓を呼べるそうだがいけませんか、と冲也の気をひいてみたりした。

「おれは仕事をしに来たんだ」と冲也はわざとそっけなく云った、「遊ぶんならよそへいって遊んでくれ、おれは仕事だ」

「成田屋、ってえとこですな、仕事ねえ」酒竹は片方の肩をゆすった、「あなたはきまじめなんで、話も気楽にはできやしない、たまにはあぐらをかきませんか」

冲也は返辞をしなかった。

酒竹が飲みながら、ぐずぐずなにか云っていたし、障子のあく音も耳につかなかったが、自分の名を呼ばれて振返ると、座敷の外に中老の侍が立っているのに気づいた。黒っぽい小紋の単衣の着ながしに、脇差《わきざし》だけ差した恰好《かっこう》で、冲也を見、洒竹を見ていた。軀つきはがっちりと固太りで、浅黒い顔に口が大きく、濃い尻《しり》あがりの眉《まゆ》に対して、尻さがりの眼が注意をひいた。その眉と眼との対照が、顔ぜんたいの逞《たくま》しさをやわらげ、人をひきつけるように思えた。けれども態度や声はそれどころではなく、初めから威たけだかであり高圧的であった。

「冲也というのはどちらだ」とその中老の侍が訊いた。

「冲也は私です」と彼が答えた。

侍は洒竹を見た。洒竹はにっと歯を剥《む》いて微笑し、盃を持った手を額まであげてみせた。やあいらっしゃい、とでも云いたげな表情だったが、侍はそれを無視した。

「冲也に話がある」と侍は洒竹に云った、「そのもとは暫《しばら》く座を外してくれ」

「あなたは誰です」と洒竹が反問した、「ここは私たちの座敷ですがね」

「中島」と冲也が制止した、「いいからちょっと外してくれ」

洒竹はむっとふくれたが、冲也は眼くばせをし、障子のほうを指さした。洒竹はふてくされたように唇を歪《ゆが》め、膳の上の徳利と盃を持って立ち、ふらふらと廊下へ出ていった。侍は洒竹のために脇へよけ、洒竹はわざとぶっつかるつもりだったらしいが、相手によけられたのでうまくゆかなかった。

「どうぞ」と冲也は座を示した。

侍は座敷へはいり、うしろ手に障子を閉めたが、坐ろうとはしなかった。

「おれはおけいの世話をしている者だ」と立ったままで侍が云った、「そのほうとおけいのあいだになにがあったか聞こう」

「なにがとは、どういう意味ですか」

「二人だけで密談をし、酒を飲み、遠出をした」と侍が云った、「宿の者も見ている、客の中にも見た者があるそうだ、そのほうは芸人だというが、ぬしある女とさようなことをして済むと思うか」

「あなたは思い違いをしていらっしゃる」

「云いぬけはきかぬぞ」

「私はあの人に礼をしなければならないことがありました、まあ聞いて下さい」と冲也は自分を抑えながら云った、「理由は簡単に申上げられないことですが、仕事のうえでまたとない助力を受けました、それでお礼に夕餉《ゆうげ》を差上げたので、もちろんどういう身分の方かは知りませんし、ふしだらなことなど些《いささ》かもございませんでした」

「その証拠があげられるか」と侍は冷やかに云った、「若い男女が二人だけで、酒を飲み密談を交わした、一度はこの座敷、一度は女の座敷で、給仕の者も同席せず二人きりであった、それでもみだらなことはなかったと、証拠をあげることができるか」

冲也は深く息を吸いこみ、それを静かに吐き出しながら、侍の顔を見あげた。

「なるほど」と彼は頷《うなず》いた、「そういう見かたからすれば、これが証拠だと云えるものはありませんしかし、あなたが世話をなすっているのなら、あの人の気性はよくおわかりでし

「よう」

「だから来たのだ」と侍は云った、「おれは二年あまり世話をして、おけいの気性はよく知っているつもりだ」

「それなら御不審はないと思いますが」

「だから来たと申したのだ、おけいは人が変っている、なにかあったのでなければ、あれがあんなに変る筈《はず》はない、いまのおけいはおれの知っているおけいではないぞ」

「私にはわかりませんね」冲也は穏やかに答えた、「いかにも、給仕の者を置かずに、二人だけで逢《あ》ったのはいたらなかったかもしれません、けれども私は浄瑠璃語りですしあの人もお好きなようすで、芝居や浄瑠璃の話につい刻《とき》をすごしました、二人のあいだはそれだけのことで、ほかには塵《ちり》ほどのやましさもございませんでした」

侍の唇のあいだから、黄色っぽい丈夫そうな歯が覗《のぞ》いた。冲也の言葉など、あたまから受けつけないという表情であった。

「それを誰に信じさせることができる」と侍は云った、「宿の者が認め、客の幾人かが認め、山駕籠《やまかご》の人足までも見ている、そのほうがどう云い張ろうと、おれのばかげた立場は変えようがないぞ」

侍はふところから紙に包んだ物を取出し、それを冲也の前へ投げやった。紙の中でかすかに金属性の物の触れあう音がした。

「できれば不義者としてせいばいするところだが、女はたかが囲い者だ」と侍は嘲弄《ちょうろう》するように云った、「芸人ふぜいでは旅費にも困るだろう、それを遣《つか》わすから女を伴《つ》れてたち退《の》け、二度とおれの眼に触れるな」

そして侍は出ていった。

五の三

侍が去るとすぐに、酒竹が口と眼だけで笑いながらはいって来、あとから女中のおみちが膳をはこび込んだ。酒竹は声を出さずに、哄笑《こうしょう》しているまねをし、おみちが去ろうとすると「酒をたやすなよ」とどなった。

「おっと」酒竹は坐るなり、沖也がなにか云いかけるのを制止するように、片手をあげながら首を振った、「私に弁解することはありません、私はどっちにも無関係ですからね」

沖也は向き直って符号帳に眼をやった。

ばかな老人だ、と彼は心の中で云った。とし甲斐《がい》もないばかな老人だ、二年以上も囲っていて、自分の女の気性もわからないのか。男と女とのあいだに、いろめいたことがあったかなかったかは、見ただけでもわかる筈《はず》ではないか。また、金のちからで女を囲う以上、その女が浮気《うわき》をするくらい珍しいことではない、それがいやなら正妻にすることだ。囲い者は金で縛られているだけで、金の枠《わく》から外は自由ではないか。そのくらいの気持なしに女が囲えるか、と沖也は心の中で云った。

「それにしてもしゃれた旦那《だんな》だ」と洒竹は独りで大きく頷いた、「できれば不義者としてせいばいするところだが、なんてね、凄《すご》むところは凄んでおいて、女は呉《く》れてやる、ぽん、と金包を投げだすなんぞは、ちょっとでき過ぎてるくらいですぜ、こいつは冲也師匠の負けですね、ところで」

洒竹は投げだしてある金包のほうへ手を伸ばした。よせ、と冲也が云った。なぜです、幾ら包んであるか見るだけですよ、と洒竹が云った。

「触るな」と冲也が云った、「それはおれのものじゃあない」

「では私が貰《もら》いましょう、先方だって出した以上、返すと云ったって引取りゃあしないでしょう、あなたも自分のものじゃないと仰しゃるなら」

「手を引込めろ」と冲也は遮《さえぎ》って云った、「人間のさもしさにも限度があるぞ」

洒竹は手を引込めてあぐらをかき、やけのように手を叩《たた》いてから酒を呷《あお》った。

「あなたはしゃれのわからない人だ」洒竹はそう云って首を振った、「あの旦那はきれいに幕切れを書いたんですぜ、ちっとばかり芝居じみてましたがね、ただ女を呉れてやるではしまらない、金包を投げだすのが柝《き》のかしらで」

「うるせえ」冲也が低い声で遮った、「黙って飲むか、それがいやならほかの座敷へいってくれ」

洒竹は黙り、眼をほそめて冲也を見た。ふん、という声が鼻からもれた。彼は手酌《てじゃく》で二つ、続けさまに呷り、三杯めを注ぎながらもう一度、ふんと鼻を鳴らした。

「人間のさもしさか」と洒竹は独り言のように云った、「金に手を出すのがさもしいのなら、金で買ったにんきは下《げ》の下じゃあねえかな、自分は知らねえかもしれねえが、ひとから師匠なんぞと呼ばれるのがみんな金のちからだとすれば、さもしさにも限度があるなんぞと、きいたふうな口はきけねえ筈だぜ」

「それはおれのことか」

「聞えましたかい」

「おれのことを云ってるのか」と冲也は向き直った、「どういう意味だ」

「ずっとまえから、いつか一度は云おうと思っていたことだ」洒竹は手酌でいさましく飲み、これから痛いところを突いてやるぞ、とでもいいたげな眼で冲也をみつめた、「——あんたには才能がある、それは端唄のずばぬけたはやりかたでもわかるし、恋の苧環の浄瑠璃でもはっきりした、慥《たし》かにね、紛れもなく中藤冲也には才能があるさ、けれども、その才能だけでこんにちの名声を取ったと考えたらお笑い草だ、あんたは知らなかったろうが、あんたが冲也師匠と人にたてられるには、歴《れっき》としたうしろ楯《だて》があったからだ、うしろ楯になってる人が要《かなめ》かなめへ、然《しか》るべく黄白の杭《くい》を打ち込んでおいたからだ」

「そんなことか、つまらねえ」

「万事承知ってわけですか、へえ」洒竹は驚いてみせた、「恋の苧環が中村座の舞台にのったのも、こんどの由香利の雨が上演されるのも、みんな金のためだということを知ってるんですか」

冲也の顔がゆっくりと硬《こわ》ばり、洒竹は「へ、へ」とそら笑いをした。おみちが燗《かん》徳利を三本持ってあらわれ、空《あ》いた徳利をさげようとして、膳の上の手をつけてない皿《さら》や鉢《はち》に気づき、眼をまるくした。

「お客さんなんにもあがらねえだな」と田舎訛《なま》りまるだしの言葉でおみちは云った、「お口に合わねえだかい」

「お口にゃ合うだよ」と洒竹が答えた、「これからぶっくらうだから心配さぶつでねえってば」

おみちは手をあげて打つまねをし、空いた徳利を持って出ていった。

「いま云ったことが酔っぱらいのくだでないなら」と冲也が抑えた声で云った、「誰が金を出したか名を聞こう」

「思い当りませんか」

冲也は黙って答えを待った。

「降参だな」洒竹は左手の掌《てのひら》を上にし、なにかを押しあげるような手まねをしながら、へらへらと笑った、「あなたには降参だ、いま云ったことは忘れて下さい、仰せのとおり酔っぱらいのくだ、まったくのでまかせですよ」

「ごまかすな」と冲也が低い声で叫んだ、「うしろ楯というのは誰だ」

「忘れて下さいと云ったでしょう、私はこのとおり酔っていて」

冲也は立っていって、洒竹の浴衣の衿《えり》を摑《つか》み、ぐいと絞めあげながら「云え」とどなった。

酒竹の持っている盃から酒がこぼれ、彼の喉《のど》からぐっという声がもれた。

「よしたほうがいいですよ、師匠」と酒竹は絞められたしゃがれ声で云った、「私も男だ、云いたくなければ半殺しのめにあったって云やあしない、嘘《うそ》だと思うんならためしてごらんなさい、私は手向いはしませんから」

沖也は手を放し、顔をそむけて元の座へ戻りながら、出ていってくれと云った。

「膳はあとから届けてやる、いますぐに出ていってくれ」

「まさかこのまま突き放すんじゃないでしょうね」と酒竹が云った、「私は殆《ほと》んど一文なしなんで、あなたに突っ放されたひには、この宿の風呂焚《ふろた》きにでもなるよりしようがないんですから」

「温泉《いでゆ》に風呂焚きはいらないんだ」沖也は脇《わき》を見たままで云った、「江戸へは帰れるようにしてやる、しかし二度とその顔を見せないでくれ」

「酒もいただいていいですか、やれやれ」と酒竹は盃を持ったまま立ちあがった、「口は禍《わざわい》のもとですな、せっかくの酔いがすっかりさめちまいました、どうか気を悪くなさらないで下さい、ええわかってます、いま退散するところですよ」

酒竹は出ていった。廊下をちょっといったところで、誰かに呼び止められたらしい。なにか話しているようすだったが、相手の声は聞きとれなかったし、酒竹はすぐに去ってゆき、まもなくおすがという女中が、酒肴《しゅこう》の膳を取りに来た。沖也は女中に、好きなだけ飲ませてやるように、また、この座敷のことはもう構わなくてよい、と云った。

――うしろ楯がいて金を撒《ま》く、冲也師匠とたてられるのもその金のおかげだ、と彼は洒竹《しゃちく》の言葉を思い返してみた。金を出す者がいるので芝居も上演されたし、こんどの芝居も舞台にのるのだ。

酔ったうえのくだであろうか、まったくのでたらめだろうか。そうだ、いつか由香利の雨の話が出たとき、立作者でもない洒竹の台本などが上演できるだろうかと云ったら、あなたなら大丈夫だと洒竹はうけあった。たしか二度もそう繰り返したように思う、これはあのときだけではない、他の場合に他の人間から、あなたなら大丈夫、といったような言葉を幾たびか聞いたようだ。間違いなくなにかある、誰かおれのうしろにいて、金にものをいわせている人間がいるようだ。

――いるとすれば誰だろう、芝居を打つにはちっとやそっとのことではまにあわない、相当多額な資金を出さなければならないようである、そんな金を動かせる者があるだろうか、誰にそんな力があるか。

その夜は自分で夜具を敷いて寝た。

彼はおけいのことを思い、中老の侍のことを思った。おけいにはおもわぬ助力を受けたが、もし人の囲い者であり、その男が来るとわかっていたら、二人で酒を飲んだり湖へ遠出などはしなかったろう。おけいはなにも云わなかった。男が来る日はきまっていただろうのに、それさえ口にも出さなかった。そのためにおれは侮辱された。不義者などと罵《のの》しられ、女は呉《く》れてやると、金包まで投げ与えられた。男としてこれ以上の屈辱はない、しかもかたちにあらわれた事実は動かないから、弁明をし、相手の誤解を立証することはできない。みんなおけいのためだ、おれも思案が足りなかったが、事情を隠していたおけいにはもっと責任がある筈だ。どうする、と冲也は自分に問いかけた。どうしたらいい、おれはどうしたらいいんだ、お京、と彼は心の中で云い、そこでふと息を止めた。

「お京」と冲也は低く囁《ささや》いた、「――お京が知っているのではないか」

冲也は大きく眼をみはった。「岡本」の名が頭にうかんだのである。岡本なら相当な金が動かせる、芝居関係にも顔がきく、新石町の生活も補助されている。そうだ、岡本だなと彼は思った。――彼は起きあがって腕組みをし、長いあいだじっと考えこんでいた。また横になったがなかなか眠ることができず、大きな眼で、暗い天床をじっとみまもっていた。

五の四

うとうと眠りかけたと思ったとき、襖《ふすま》のあく音がし、「師匠」と呼ぶ声がした。ごく低い囁《ささや》き声で、冲也はそれを夢うつつに聞いた。まどろみかけたばかりだと思ったが、熟睡していたらしい。眼をさますまでに、同じ声を三度まで聞いた。

「私です師匠」と洒竹の声が云った、「ちょっと起きて下さい」

冲也は眼をあいた、「顔を見せるなと云ったろう」

「駕籠《かご》の支度ができてます、なにも云わずに起きて着替えて下さい」

「なんのために」

「江戸へ帰るわけです」と洒竹が云った、「私はあとに残りますがね、あなたには帰ってもらわなければならないんです」

「ばかなことを云うな」

「伝言があると云ったでしょう、大和屋から頼まれて来たんです、由香利の雨が十月上演ときまった、しかもこんどは都座ではなく、中村座が興行することになりましてね」

冲也は起きあがった。

「それで早く稽古《けいこ》にかかりたいから、ふし付けの都合がよかったらすぐに帰っていただきたい、という伝言なんです」と洒竹は続けた、「もうすっかり旅立ちの用意はできましたよ、せきたてるようですが支度をしてくれませんか」

「伝言はわかったが」と冲也が云った、「こんな時刻に追いたてるのはへんじゃないか」

「そのほうがいいと思ったんです、ゆうべの事がありますからね」

冲也は屹《きっ》と眼をみはった。

「相手は侍です」と洒竹は声をひそめた、「このままで済めばいいが、侍で嫉妬《しっと》ぶかいとなると、またごたごたするかもしれないでしょう、なにしろ女はゆうべのうちに山をおりてったそうですから」

「女が、――山をおりたって」

「こういうものを残してね」

酒竹はそう云って、結び文《ぶみ》を渡した。冲也は結んだ紙を解いてひらき、行燈《あんどん》の側へいって読んだ。――あなたに恥をかかせたことは詫《わ》びのしようがない、旦那の来るのが約束より一日早かった、そのため自分の身の上も話せなかったし、あんなことになってしまったのである、旦那という人は嫉妬ぶかく、まえにもいちど家来を使って、あたしの気持をためそうとしたことがあり、こんどのことも疑いを解くすべはないと思う、ことによると仕返しのようなことをするかもしれないから、どうかくれぐれも用心してもらいたい、あなたに対する罪のつぐないは、いつか必ずはたしたいと思う。そういう意味のことが、かなり達筆な手跡で書いてあった。

「そうか」冲也はその手紙を引き裂いて酒竹を見た、「――で、おまえはどうする」

「残りますよ、影武者の役にも立つでしょうしね、せっかく来たんだから二三日暢《のん》びりしてゆきたいです」

冲也は立ちあがった。

「つけこむようだが」と酒竹は云った、「私の宿賃と旅費をたのみますよ」

冲也は着替えにかかった。

宿を出ると外はまだ暗かった。乗った山駕籠の人足は芦ノ湖へいったときの二人で、棒鼻には「藤屋」と書いたぶら提燈《ちょうちん》がさげてあり、訊《き》いてみると、藤屋専用の駕籠だということであった。空はまだ白みもせず、気温も低くて寒いくらいだった。今日は降りだしそうだな。帰りまではもつだろう。いや、宮ノ下あたりで降りだしそうだぜ。駕籠屋の二人がそんなやりとりをする声が、風もない坂道の静かさを際立《きわだ》てるように聞えた。杉林にはいると杉の香が匂《にお》い、道の片側では遠くなり近くなりして、絶えず渓流のせせらぎが聞えた。

——洒竹はゆうべ座敷から出ていったとき、廊下で誰かに呼び止められ、話をしていたようだったが、あのとき手紙を頼まれたんだな。

おけいが自分で洒竹に頼んだのか、それとも人にまた頼みをしたのか、と冲也は考えた。罪のつぐないをするって、とんでもない。ゆうべは憎んだが、おけいだけに責任があるわけではない。きっかけはあの口三味線だし、それは掛け替えのないほど自分の役に立ってくれた。おれはあの侍に侮辱されただけだが、おけいは旦那をしくじって出ていった。おれはゆき詰っていた浄瑠璃をものにしたが、おけいは生活のよりどころを失ったのだ。憎むどころか、おれのほうこそおけいに詫びなければならないだろう、と彼は思った。

坂をくだる駕籠は疲れるそうで、宮ノ下へ着くまでに三度も休み、ようやく白み始めた道を堂ケ島へ向った。雨は降らないが、昨日と同じように霧がひどく、駕籠の垂れは雨にでもあったように、いつかびっしょりと濡《ぬ》れてしまった。塔ノ沢の藤屋の本家で駕籠を返し、座敷へあがって朝めしを喰《た》べた。喰べ終ってから刻《とき》を訊くと六つ半（午前七時）ちょっとまえであった。そこからは建場《たてば》の駕籠を雇《い》い、霧の中を早川に沿ってくだった。

道にはようやく、旅人や馬や駕籠の往き来《き》がはじまり、追い越してゆく飛脚の鈴の音が聞えたりした。眠りが足りなかったので、軽い朝めしのあと駕籠に揺られているうちに、冲也はついうとうとしていたらしい。なにか呼びかけるするどい声がし、駕籠が停《とま》ったので眼がさめた。

「中にいるのは浄瑠璃語りの沖也であろう」という声がした、「出ろ」

沖也は垂れをあげた。するとすぐ向うに、一人の若侍が立ってこっちを睨《にら》んでいた。

「沖也は私だが、なにか用ですか」

「いいから出ろ」と若侍がどなった、「おれは吉原藤次郎、昨夜《ゆうべ》はたし状をつけた者だ」

「吉原藤次郎」沖也は訝《いぶか》しげに問い返しながら、敷物の下の雪駄《せった》を取って、駕籠から出た、「私のほうではあなたを知らないが、どういう御用ですか」

「ごまかすな」と相手は叫んだ、「はたし状をつけられたのにきさまは逃げだした、たぶんそんなことだろうと思ったから、おれはゆうべのうちに塔ノ沢までおりて、藤屋の表を見張っていたんだ」

「なんだか私にはわけがわからない、はたし状とはなんのことです、人違いをしているんじゃありませんか」

「おれは昨夜はたし状を渡したぞ」

「私は知りませんね、知りもしないしそんなものを受取る覚えもありませんよ」

「女のこともか」とその侍は云った、「おけいとの密通も覚えがないと云うのか」

沖也は唇《くちびる》をひき緊めた。おけい。密通。はたし状。その三つの言葉が、或《あ》ることを沖也に思いださせた。ゆうべ座敷から出ていった酒竹が、廊下で誰かと話していた。そして今朝早く、まだ夜の明けないうちに、酒竹は彼を呼び起こし、半四郎の伝言だと云って、追いたてるように宿を出立させた。そのとき洒竹はおけいに託された結び文を見せたので、廊下の話し声は文を預かったのだと思ったが、いまになって考えるとそうではなく、じつはこの侍からはたし状を受取ったのであろう。そして、そんな騒ぎを避けさせるため、はたし状はにぎりつぶし、伝言を理由に宿を立たせたのだ。それに相違ない、と沖也は思った。

「どうやらわかった」と沖也は云った、「私の伴《つ》れがはたし状を受取ったのだろう、私は見ていないが、もし私が受取ったとすればその場で返したでしょうね」

「返せば済むと思うのか」

「おけいという人と私のあいだにはなにもなかった、あの老人は誤解しているようで、けれども女は呉《く》れてやると云われた、それで話はついている筈《はず》だ」

「主人はそうかもしれない、だが家来として主人の恥を見すごすわけにはいかぬ」と若侍は云った、「おれはきさまを斬《き》って主人の恥辱をすすぐつもりだ」

「恥辱を受けたのはこっちだ」

「云い逃れはきかぬ、場所はあれだ」

吉原藤次郎となのる若侍は、手をあげてうしろをさし示し、振返ってそっちへあるいていった。道からちょっと低くなった草原があり、その向うは岩の崖《がけ》で、小さな滝が白いしぶきを散らしていた。沖也は怒りがこみあげてくるのを感じた。ゆうべの中老の侍の、人間を人間とも思わない傲慢《ごうまん》さと、その家来だというこの若者のきちがいじみた頑迷《がんめい》さに、がまんがならなかったのである。よし、それなら立合ってやろうと思い、彼は駕籠の中から脇差《わきざし》を取って腰に差した。

「事情は聞いたろう」と冲也は駕籠屋に云った、「済まないが酒手《さかて》は出すから、人立ちのしないように、ちょっとここで見張っていてくれ」

「ええ待ってます」と先棒の男が頷《うなず》いた、「あのさんぴん、叩《たた》っ斬《き》っておくんなさい」

「人が立たないように頼む」

そう云って冲也は草原のほうへおりた。道にはまばらに往来する者がある、けれども霧で視界がせばめられているから、早く片づければたいして騒ぎにもならないだろう。冲也がそう考えながらゆくと、相手は袴《はかま》の股立《ももだち》も取らず、両足を踏みひらいて立っていた。

「やるまえに断わっておく」と冲也が云った、「おまえさんをひっかけたようになるといやだから断わっておくが、おれは念流の稽古をした、自分ではかなり見えるつもりだが、久しく立合ったことがないから勝負のかげんがわからない、ことによるといのち取りになるかもしれないからそう思ってくれ」

「芸人ごときが念に及ぶか」

「袴の股立ぐらい絞れよ、草は濡れているぜ」

冲也はそう云いながら裾《すそ》を端折《はしよ》った。若侍はそのままで刀の柄《つか》に手をかけた、冲也は草履《ぞうり》ばきの足で、片方ずつ草を踏みこころみてから、静かに腰の脇差を抜き、「さあ」と云った。するといきなり、相手は絶叫しながら抜き打ちをかけて来た。

五の五

相手は居合《いあい》の心得があるらしい。抜き打ちも意表を衝くすばやさであったし、切り返しもみごとであった。きらっ、きらっと、霧の中で大きく二度閃《ひらめ》いた刃《やいば》の光りは、冲也の全神経を氷《こお》らせ、恐怖さえ感じさせるようにみえた。

冲也は立っていた場所から、左へ十四五尺もとび、向き直って刀を構えた。相手はまあいを大きくとり、いまの抜き打ちをどうして躱《かわ》されたか、腑《ふ》におちないという眼つきでこっちを睨んだ。彼にとってはその一と太刀が勝負だったのかもしれない、そのために冲也は全神経が氷るようなおもいをしたのだから。だが、それが躱されたとなると、彼の自信は動揺している筈だ。慥《たし》かに、彼の眼にはおどろきと不安の色がある、と冲也は思った。

「こんどはおれの番らしいな」と冲也は冷やかに云った、「——草が濡れていて、滑りやすいことを忘れるなよ」

冲也は刀を水平に構えたまま、そろっと一歩、前へ出た。相手は動かなかった。冲也は自分の裸の脛《すね》が、草の露で濡れているのを感じた。間違いなく、相手の袴の裾も濡れているだろう。濡れた袴は足にからまり、敏速な動作をさまたげる。それをためしてみよう、と冲也は思い、大きく三歩、跳躍するように前へ出た。相手は右へとんだ。袴が足にからまったようすはないし、動作もすばやかったが、軀《からだ》ぜんたいに足場を失うまいとするけんめいな用心が感じられた。道のほうで人声がし、なにか云い争っているようだが、冲也は当の相手から眼をはなさず、ごく静かに、相手の動きを呼吸で抑えながら、少しずつまあいを縮めた。

「師匠、あたしです」と云う声がした、「そいつは私に任せて下さい」

中島洒竹の声であった。

「邪魔だ」と冲也はまじろぎもせずに叫び返した、「来るな」

そのとき相手が上段から斬りかかった。明らかに空打《から》ちである、斬りかかるとみせて脇へとぶつもりだったろう。冲也はそう直感すると、逆に、相手のとぼうとするほうへ疾走してゆき、刀を振りながらすれちがった。冲也の口から絶叫があがり、相手は突きとばされたようにのめって、その手から刀を落した。

「やりましたか」と喚《わめ》きながら洒竹が走って来、濡れた草に足を取られて転び、すぐにはね起きると、竹の杖《つえ》を拾って冲也のほうへ駆けつけた、「やりましたね」

「おまえが転んだって役に立ちゃあしない」と冲也が云った、「そっちへいっていろ」

吉原藤次郎は左の手で、右腕の肩に近いところを押えていた。その手が血に染まり、着物のそこが血で浸されているのが見えた。

「これでいいか」と冲也は相手に云った、「まだ続けるつもりか」

相手は歯を剝《む》きだしたが、ものは云わなかった。冲也は懐紙を出して、幾たびも念入りに刀を拭《ふ》き、それを鞘《さや》におさめると、ふところから手拭《てぬぐい》を出しながら、相手のほうへ歩みよっていった。

「筋を切っただけで、骨に別条はない筈だ」と冲也は相手に云った、「血だけ止めておこう、すぐ医者へゆくがいい」

「寄るな」と相手は叫んだ、「きさまの世話にはならん」

冲也は相手の顔を見つめた。血のけのない、灰色に硬《こわ》ばった顔が、憎悪《ぞうお》のため醜く歪《ゆが》んでいた。

「よかろう」と冲也は頷いた、「好きなようにしろ」

そしてあるきだすと、「このままでは済まぬぞ」とうしろから吉原がどなった。

「おれはどうしてもきさまを仕止める」とその若侍はどなった、「こんど会ったら、声もかけずにやるから覚悟しておけ」

冲也は黙って道へ戻り、洒竹もあとから追って来た。そこには駕籠が二梃《ちょう》待っていて、洒竹のは山駕籠だったが、四人の駕籠屋は冲也を迎えると、侍のだらしなさを嘲笑《ちょうしょう》し、冲也のみごとな腕を褒《ほ》めたてた。

「誰かいってあの男の血止めをしてやれ」と冲也は紙入から小粒を幾つか出し、自分の駕籠の先棒に渡しながら云った、「片腕ではなにもできないだろう、血止めをして、医者のところまで乗せていってくれ」

「あのさんぴんをですかい」と先棒の男が云った、「そいつはまっぴらだ、あんなとんちきなかぼちゃ野郎を」

「建場はそれじゃあとおらないぜ」と冲也は穏やかに云った、「とんちきでもなんでも、街道にけがにんがいるのを見て、そのままほったらかしにはできないだろう、おれはあるいて湯本までゆくが、湯本の建場へそう届けておくからな」

沖也はそのままあるきだした。酒竹は自分の駕籠賃を払い、あとから走って追いついたが、うしろから駕籠屋が駆けて来て、「息杖《いきづえ》を返してくれ」と云い、酒竹は持っていた竹の杖を渡しながら頭を掻《か》いた。

「おどろいた男だ」と沖也は苦笑した、「おまえあの息杖で真剣勝負をする気だったのか」

「なんの気もあるもんですか、眼についたから借りたんで、杖がなければ石ころでもやっつけましたさ」と酒竹は云った、「こっちは喧嘩《けんか》の本場も本場、魚河岸のまん中で育ったんですぜ」

「はたし状を受取ったときからそのつもりだったのか」

「酒手を貰《もら》いましたからね」と云って、酒竹は袂《たもと》から小さい紙包を出してみせた、「あんたは忘れていたんでしょう」

「あれを持って来たのか」

「置きっ放しっていう手はありませんよ」と酒竹は横目で沖也を見ながら云った、「それともここで捨てちまいますか」

「おれによこせ」

「これをですか」酒竹は眼をみはった、「あなたの云うこの、けがれた金をですか」

「いいからよこせというんだ」

冲也は金包を受取った。酒竹はぶつくさ云い、冲也はまっすぐに前を見てあるきながら、ゆうべの話は事実か、と訊《き》いた。

「ゆうべの、どの話です」

「おれにうしろ楯《だて》があり、その人間が金を出したから芝居も上演されたということだ」

「あなたも諄《くど》いな」と酒竹がうしろで云った、「あれは酔っぱらいのくだ、でたらめだってあやまったでしょう」

冲也は足を停めてくるっと振返り、するどい眼で酒竹の顔をみつめた。酒竹は殴られるのを避けでもするように、ひょいと脇へ除けながらあいそ笑いをした。冲也は唇をひき緊めたが、黙ってまたあるきだした。——湯本の建場でけがにんの話をし、例の金包を預けて治療費の足しにするようにと云った。それから駕籠を二梃命じて、二人は江戸へ向った。その夜は平塚《ひらつか》で泊り、次の日は神奈川で泊った。大磯《おおいそ》で降りだした雨は、梅雨らしい降りだったが、神奈川では強く降りだしたため、立つのを延ばさなければならなかった。それで、箱根を立ってから四日めに、冲也は新石町の家へ帰った。

着いたのは午後五時ころで、雨はまだかなり激しく降っていた。家の前で駕籠をおろすと、先棒の男が格子戸《こうしど》のところへいって、お帰りですと呼んだ。すると、すぐにお京があらわれ、傘《かさ》を持って出て来た。冲也は稽古場の中で三味線と唄の声がしてい、それが「恋の苧環《おだまき》」の一節であることに気づいた。お京は格子口まで冲也に傘をさしかけてゆき、お帰りなさい、御苦労さまでしたと云った。そのおっとりとした、やわらかい声を聞いた冲也は、軀や心の中でしこっていたものが、こころよく揉《も》みほぐされるのを感じた。箱根の宿でおそわれた、あの息苦しいような孤独感や、精神的な緊張や動揺がなごやかにしずまり、心の底から安堵《あんど》の溜息《ためいき》をもらした。お幸も出て来、着替えをするあいだ、箱根の話を聞きたがったが、二人とも仕事のことには少しも触れようとしなかった。お幸は風呂《ふろ》を焚《た》きつけると云って去り、お京は茶の支度をした。

「稽古場にいるのは誰だ」沖也は妻のゆったりした動作を眺めながら訊いた、「ああそうか、由太夫が来ているんだったな」

「ええ、中島さんからお聞きになったでしょう、留守番代りにって、ずっと来ていて下すったんです」

「沖也ぶしの弟子を取るつもりだと云ってるそうだが、本当か」

「どうでしょうか」お京は茶をすすめながら、穏やかに微笑した、「あなたにうんといっていただくんだって、意気ごんでいらしったことは本当ですけれど」

「ばかなやつだ」沖也は漠然《ばくぜん》とそう呟《つぶや》き、茶を啜《すす》ろうとして云った、「――箱根へいった甲斐《かい》はあったよ、仕事はできた」

「そうですか」お京は明るく眼をみはり、おちついた口ぶりで云った、「それはようございました、お疲れになったでしょう」

もっとよろこんでくれるかと期待していたほどには、お京はよろこんでくれなかった。沖也はちょっとものの足りなさを感じたが、お京はむかしからそういう性分であり、また、仕事をしにいったからには、仕事をして帰るのが当然のことで、べつにとびあがってよろこぶ理由もないだろう、と思い返した。

「中島さんはどうなさいました」

「鮫洲《さめず》で別れた、旅帰りに品川を素通りするものじゃないそうだ」と冲也《ちゅうや》は苦笑した、「鮫洲のなんとかいう茶屋で飲んで、今夜は品川で泊ると云っていた、――ああ、金をせがんだそうだが、済まなかったな」

お京が答えようとしたとき、襖《ふすま》の外で「お帰りなさい」と呼びかけて、由太夫が顔を出した。お京はどうぞと脇《わき》へ寄った。

六の一

「待って」とお京が急に身を硬《こわ》ばらせて囁《ささや》いた、「なんだかへんなの、動かないで」

冲也は首を反《そ》らせて妻を見た。

「じっとしていて、お願いよ」お京は両手で冲也の二の腕を摑《つか》み、喘《あえ》ぎをころしながらふるえた、「動かないでね、じっとしてて」

妻の指が生き物のように、痙攣《けいれん》しながら、腕の肉にくいこむのを冲也は感じた。お京はけんめいになにかをこらえようとしているらしい、呼吸をこらえるために胸がふくれ、全身におそいかかってくるなにかをこらえるために、脚を力いっぱい踏みのばし、そして、頭を左右に激しく振った。沖也はどきっとした。妻がただのからだでない、ということに気づいたのである。けれども、彼がはなれようとするとたんに、お京は両手で彼の首を抱きよせ、足をちぢめて低い叫び声をあげた。彼が動かないでいると、お京の柔軟な軀《からだ》が激しく波うち、足と手とが律動的に伸びたりちぢんだりした。なにかが堰《せき》を切ったようであった。ある限りの意力で抑えに抑えていたものが、ついにその手綱《たづな》をふり切った、というふうに思われた。お京の喉《のど》の奥から、おののくようなふるえ声がもれた。自分で云おうとするのではなく、意志とは関係なしに、自然と出てくる言葉のようで、要求と拒絶とが同時にあらわれ、苦痛と快楽とを同時に訴えた。沖也は少しも動かずに、その発作のしずまってゆくのを見まもっていた。それにはかなり暇がかかった。痙攣と律動と弛緩《しかん》とが、交互に繰り返され、弱まるかとみると思うとまた繰り返された。それには沖也は関与していないようであった。一部分の接点を除いて、すべてがお京自身に起こり、お京ひとりで陶酔に浸されているように思われた。

いっときのち、沖也は勝手へいって、手拭を水で絞って来、妻の額や口のまわりの汗をぬぐってやった。お京はうっとりと細く眼をあけ、殆《ほと》んど聞きとれないほどの声で、すみませんと囁いたが、そのまますぐに眼をつむり、深い安息の太息《といき》をついた。

「あたし」とお京はだるそうに囁いた、「どうかしたんでしょうか」

「どうもしやあしない」沖也は濡《ぬ》れ手拭をたたんで妻の額へのせると、自分の夜具の中へはいりながら云った、「――それでいいんだよ、それであたりまえなんだ、お京が少しおく手だったというだけだよ」

「恥ずかしい」お京は額の濡れ手拭で、そっと顔を隠した、「あなたは知ってらしったのね」

「眠るほうがいい、なにも恥ずかしいことなんかありゃしないよ」

暫《しばら》くして、お京の喉からくくっという声がもれた。泣きだしたのかと思うと、忍び笑いをしているのであった。どうしたと訊《き》くと、まだ続いているのよと答えた。眠ろうとすると、奥のほうでそれが始まり、気持をそらそうとすると笑いたくなってしまうのだ、と困ったように訴えた。

「あたし眠れそうもないのよ、起きて掃除かなにかしたいようだわ」

「じゃあ話をしよう、ちょっと訊きたいことがあるんだ」と冲也は妻のほうへ寝返りながら云った、「話ができるか」

「ええ、なんでも」とお京はうきうきと云った、「夜明かしでもうかがいますわ」

冲也は洒竹から聞いた「うしろ楯」の話をした。

「私が人にたてられるのも、芝居が舞台にのるのも、みなその人間のおかげだ、その人間が必要なところを金で押えるからだ、というのだ」冲也は妻のようすに注意しながら云った、「――もちろん、元柳橋のうちしか私には思い当らないし、芝居を上演するには多額な金を出さなければならないし、そんな金を動かせるのは、岡本の父だと仰《おっ》しゃるの」

「岡本の父だと仰《おっ》しゃるの」

「そのほかに考えようはないだろう」

お京はそっと沖也を見た、「あたしはなんにも知りませんけれど、もしそうだとしたら悪いでしょうか」
「やっぱりそうだったのか」
「あたしは知りません、そんなことをうかがうのはいまが初めてです、本当に知らないんですけれども」とお京はおちついた口ぶりで云った、「そんなことがあったとするなら、あたしにもほかの人とは思えませんわ」
「お幸は知っているだろうか」
「ばあやさんが知っていれば、あたしに黙ってはいないでしょう、でも」とお京は気遣わしげに反問した、「もしかして岡本の父がそうしたのだとしても、あなたの役に立ちたかったからで、少しもわる気はなかったんじゃないでしょうか」
「むろんそんなことはないさ、私もそんなことを云ってやあしない、ただ私は、――私にとって芝居浄瑠璃は一生の仕事だ、金のちからや人のあと押しなどなしに、自分の正味の値打でやってゆきたい、自分のちからで勝負をしたいんだ」
お京は考えてから云った、「ええわかります、そのお気持はよくわかりますけれど、あなたが浄瑠璃をお作りになることと、誰かがお金を出す出さないこととは、関係がないのではないでしょうか」
「金だけじゃない、金のちからがいやなんだ」沖也は唇を湿し、感情を抑えるような口ぶりで続けた、「金だけの問題なら、これまでだってずいぶん岡本の厄介《やっかい》になっている、これもなんとかするつもりだが、金のちからで、価値のない浄瑠璃が舞台にのる、ということが堪《たま》らない、もし価値のないものなら断わられるほうがいいんだ、私は私の仕事の値打でやってゆきたいんだよ」

お京は暫く黙っていた。

「わかりましたわ」とやがてお京が云った、「それで、どうなさいますの、あたしから事情をよく訊いてみましょうか」

「いや自分で訊くよ、二三日うちにいってみようと思う」

「あなた」とお京が云った、「そのことで岡本を怒っていらしって」

「ばかなことを云うんじゃない」

「お怒りにならないでね、もしそれが本当だとしても、岡本の父はあなたのお役に立ちたかったんでしょうから」

「怒るわけがないじゃないか、むしろ礼を云わなければならないところだ、私は自分の気持をわかってもらうだけだよ」

ちょっとまをおいて、「こっちへ来て下さいな」とお京が囁いた。冲也は起きあがって、妻の夜具へ移り、そっと妻の軀を抱いた。少し経《た》ってからお京が、赤ちゃんに悪くはないでしょうか、と訊いた。わからないな、お幸なら知っているだろう。でもまさか、ばあやに訊けるものではありませんわ。私にはわからないよ。慎《つつし》んだほうがいいわね、今夜のようだと障りがないようには思えませんもの。そうだな、と冲也は答え、妻の背をやさしく撫《な》でた。

かなしいな、と彼は思った。男と女との結びつき、良人《おっと》となり妻となることもかなしいし、二人のあいだに交わされる昂奮《こうふん》や陶酔や、さめたあとの飽満もかなしい。肌《はだ》と肌を触れあい、同じ強烈な感覚にひたりながら、しんじつ二人がいっしょになることはないのだ。冲也はひそかに眉《まゆ》をしかめた。平生《へいぜい》は感情をあらわすことの少ない妻、ゆったりとおちついて、みだれることのなかった妻の、あまりにむきだしな快楽の表現は、いま彼の神経にするどい不快感をよびおこした。抑制の綱をふり切った呻吟《しんぎん》や身もだえ、意識を失ったような陶酔。それらは人が好んで話題にし、多くの男たちの好奇心を満足させるようであるが、現実に自分で経験した冲也には、眼をそむけ耳を掩《おお》いたくなるほどの厭悪《えんお》感《かん》しか感じられなかったし、却《かえ》って、生ま身の人間のかなしさ、むなしさ、といったような気持に圧倒されただけであった。

――あんなことは避けなければならない、と冲也は心の中で自分に云った。お京もそう望むんだ、これからは慎むことにしよう。

明くる日、朝食のあとで、冲也は着替えをし袴《はかま》をはいた。お京はなにも云わなかったが、ばあやのお幸は不審がって、どこへゆくのかと訊いた。冲也は岡本へゆくのだと答え、例の「うしろ楯」の話をして、その事実を知っているかどうかと反問した。

「いいえ、あたしは存じません」お幸はかぶりを振った、「でもそんなことは気になさらなくともいいでしょう」

「そう思うかい」

「あなたは御自分の仕事さえなすっていればいいでしょう、これまでだって、お金のことな

「んか気になさらなかったじゃありませんか、そういうことは人に任せておけばいいと思いますがね」

「そうできればな」と沖也は答えた。

岡本では時刻がまだ早いので、新助夫妻は起きていなかった。ゆうべ大きな宴会が三つもあり、いずれも古くからのひいき客だから、夫妻とも席に出て疲れたのだ。とおぺこがおとなぶって話した。沖也は二階の奥の、まえに自分が寝起きしていたことのある座敷で、待った。

「壁を塗り替えたな」彼は左右の壁を眺《なが》めながら呟《つぶや》いた、「天床も張り替えたらしい、あのころとは感じが違うな」

およそ八年まえに、五十余日だったが彼はその部屋でくらしたことがあった。土堤《どて》四番町の家を出て、新石町でお幸と家を持つまでのあいだ。初めて親の膝下《しっか》をはなれた寂しさや孤独感よりも、町人として新しい生活を始める昂奮のほうが強く、常磐津の稽古に熱中したものだ。

「つい昨日のことのように思えるが」と沖也はまた独り言を云った、「ずいぶんいろいろなことがあったな」

彼は眼をつむった。

六の二

襖《ふすま》をあけて「おはよう」と云いながら、岩井半四郎がはいって来た。紺に千筋《せんすじ》の結城紬《ゆうきつむぎ》の単衣《ひとえ》に博多《はかた》の細い帯、ねぶそくなのだろう、眼が濁っているし、顔色も悪かった。

「暫《しばら》くでしたね」半四郎はこっちへ来て坐《すわ》った、「箱根はいかがでした」

「どうやらうまくいったよ、ゆうべはここへ泊りか」

「柳橋《やなぎばし》です」半四郎は自分の顔を撫《な》でた、「ひどい面《つら》でしょう、今日は鏡を見る気になれそうもない」

「ことづては聞いたよ」

「どうしました、洒竹、――にんげんは悪くはないんだけれど、飲むと諄《くど》くなるんでね」と半四郎は云った、「あんまりあまやかさないほうがようござんすよ」

「いいところもあるよ」と云って冲也は声を低くした、「済まないがおやじが来たら座を外してくれないか、二人だけで話したいことがあるんだ」

半四郎は頷《うなず》いた。

「そうだ」と急に冲也が片手をあげ、手先を宙に浮かせたまま半四郎を見た、「去年あの、恋の苧環《おだまき》をやっていたときだったか、大和屋の楽屋口で女の人にひきあわされたことがあったな」

「そんなことがありましたかね」

「名まえはおけい、としは二十三か四だ」

「思いだしました」半四郎は眼で笑った、「たしかに一度おひきあわせしましたよ、まえからあなたのたいへんなひいきでしてね、あなたの端唄《はうた》はぜんぶ知ってます」

「あの人のことには詳しいんだな」

「おけいちゃんのおっ母さんという人がまた私をひいきにしてくれてましてね、子役のじぶんからなんですが、もちろんいろけ抜きで、しょっちゅう往《い》ったり来たりしていたもんですから、おけいちゃんともこんな小さなころからの知合いなんです」そして半四郎はさぐるように冲也を見た、「あの人が、どうかしたんですか」

「この次に話そう」と冲也は云った、「箱根で会ってね、たいへんいい知恵を借りたんだ、しかしその話はゆっくりするよ」

「来たようですね」と半四郎がもの音を聞きつけて云った、「じゃあ私はこれで」

「帰ってしまうのか」

「ひと眠りするつもりです、したにいます」

半四郎が立ちあがると、新助がはいって来た。茶と菓子と莨盆《たばこぼん》を持った女中が、二人うしろについてい、新助は「いっしょに茶はどうか」と半四郎に聞いた。半四郎は適当な返辞をして去り、女中たちが去ると、新助は自分で茶を淹《い》れ、菓子鉢《ばち》をすすめた。冲也は茶を一と口啜《すす》ると、すぐに話を始め、新助は莨入を出して、たばこをふかしながらおちついて聞いていた。

「つまらないことがお耳にはいったものですな」と新助は聞き終ってから云った、「たしかにそういうことはありました、けれども、その意味はだいぶ違います」

冲也は話の続きを待った。

「芝居興行には出資する者が必要です」と新助は続けた、「ご存じのとおり、三座は欠損がかさなってずっと休み、森田座もようやく去年の顔見世に櫓《やぐら》をあげたものの、それがまた不入りで休み、葺屋町《ふきやちょう》、堺町《さかいちょう》とも控櫓の桐《きり》座、都座が代って興行していますが、そういうわけで、芝居を打つにはどうしても資金をよそから入れなければならない、それを私が買って出たのですが、あなたの浄瑠璃《じょうるり》を出すために出資したのではありませんよ、私は昔からあの一座をひいきにしていますし、芝居へ出資をすることは、当ればかなり儲《もう》けにもなるということなんです」

「要するに」と冲也が反問した、「あの興行に金を出された、ということですね」

「あなたとは無関係にね」新助は柔和に微笑した、「私はしょうばいをしている人間ですから、決して捨て金は使いません、出した分の大半は取返しましたし、あの興行のおかげで新しい上《じょう》とくいもできました、つまり差引は儲かったわけなんです」

「そうですか」冲也は頷《うなず》いて、それから云った、「お話はわかりました、そこでお願いなんですが、勝手なことを云うやつだと思われるかもしれませんが、こんどの芝居にはどうか手をお出しにならないで下さい」

「どういうことです」

「金を出さないでいただきたいんです」

「あなたという人は」新助は声を出さずに笑い、たばこを詰め直しながら、ゆっくりと首を左右に振った、「――いつまでも侍気質《さむらいかたぎ》の抜けない人ですな、どうしてそんなことにこだわるんです、あなたは浄瑠璃作者、そんな小さなことを気にしないで、いい浄瑠璃を作っていらっしゃればそれでいいじゃありませんか、金のことなんかに気を使う必要はない、そんなことは考えるだけ時間のむだですよ」

「そうかもしれない」冲也はがまん強く、頷きながら云った、「それが本当かもしれないが、私は自分の力がためしたいんです」

新助は眼をそらし、またたばこを詰め替えて、さもうまそうに二三服ふかした。

「私は新しい江戸浄瑠璃をものにしたい、また、これはものになると思うんです」と冲也は力のある口ぶりで云った、「しかしそれには初めが大切であるし、他の助力なしに、つづめて云えば自分の能力ひとつでものにしてゆきたいんです」

新助はそっと頷いた。それは冲也の言葉を理解したのではなく、自分の心の中で考えたことに、頷いたようであった。

「私はこれまで恵まれた生活をして来ました」と冲也は謙遜《けんそん》に云った、「親の世話にもなったし、住吉町の大師匠にもめをかけられ、あなたにはいまだに面倒をみてもらっている、いや、まあ聞いて下さい」

「いやその話は事実じゃあありません、お幸さんから聞かれた筈《はず》ですが、私は四番町の大旦那からお預かりしている金があります」

冲也は手で押えるまねをした、「それは知っています、知ってはいるがあなたの厄介になっていることとは問題がべつですし、その点ではもう暫く面倒をみてもらうことになるでしょう、そう長いことではないと思うがそれはこれまでどおりお願いします、しかし芝居のほうは私の力でやらせて下さい、おもいあがりかもしれないが、金のあと押しでものになったと云われたくないんです」

新助は少し考えていて、やがて頷いた。

「わかりました」と新助は云った、「金のあと押しなどということはないんだが、それほど仰《おっ》しゃるんならよけいなことはしますまい、こんどは資金を出さないことにします」

「話はそれだけです」

新助はなにか云いたそうであった。殆《ほと》んど口をひらきかけたが、いまなにを云っても役には立たない、とでも思い直したようすで、自分はこれから朝めしにするのだが、いっしょにどうかと問い、冲也はもう済まして来たと答えた。新助といっしょに階下《した》へおりると、半四郎は寝たということで、冲也はそのまま岡本を辞去した。

「やっぱり本当だった」外へ出てあるきだしながら、冲也はそっと呟いた、「岡本から金が出ていた、知らなかったのはおれ一人らしいな」

彼は屈辱を感じた。よく考えてみると、思い当ることが幾たびかあったのだ。冲也の浄瑠璃なら問題なく舞台にのる、間違いはない、というふうな表現だった。洒竹の口からはっきり聞かされるまでは、誰がそう云ったかもはっきり覚えてはいないし、なにか意味があろうとは思いも及ばなかった。

——冲也師匠とたてられるのも、浄瑠璃が舞台にのるのも、みんなうしろ楯《だて》のいるおかげ、金の威光だということを当人は知らずにいる。

中島洒竹はそう云って、そら笑いをした。冲也の知らないところで、同じようなことを云い、同じようにそら笑いをした者が少なくないだろう。そう考えると屈辱感のために顔が赤くなり、思わず拳《こぶし》をにぎり緊めた。彼は大川端をあるいたが、なにも眼にはいらず、これからどうしようかと、当面の問題を考えるまでに、およそ小半刻《とき》くらいあるき続けた。

「誰が悪いのでもない、誰を責めることもできない、岡本も好意でしてくれたことだ」と冲也は呟いた、「みんな忘れよう、誰かになにか云われた記憶もあるが、それも忘れてしまおう、過ぎ去ったことは取返しがつかないからな、肝心なのはこれからどうするか、差当りどこへ手を打つかだ」

いちおう半四郎と相談しようとも思ったが、それでは後手《ごて》をひくおそれがあると気づいた。岡本はああ云ったけれども、陰へまわってなにかするかもしれない。手を打つなら早いほうがいい、それも座元へ直接に、と冲也は思った。気がついてみると、新大橋の袂《たもと》へ来ていた。辻待《つじま》ちの駕籠《かご》があるかと、捜したがみあたらず、堺町のほうへあるきだすと空《あ》き駕籠が来た。冲也は財布の中をさぐってみてから乗り、中村座へいった。小屋で訊いてみると、座元の勘三郎は自宅でなく、下谷《したや》根岸にある越後《えちご》屋の寮へいっているという。次の芝居で新しい銘柄《めいがら》の反物でも売り出そうという相談だろう、呼ばれたのは昨日のことだが、まだ帰らないということであった。

そんなところへ押掛けてはまずいかもしれない、一日待とうかとも思ったが、岡本に動きだされてはどうしようもないので、そのまま駕籠をひろい、根岸へと向った。越後屋は名が知れているから、その寮はすぐにわかった。そこまでゆく途中で小雨が降りだし、着いたときはかなり強くなっていたため、駕籠屋が寮まで訊きにゆき、勘三郎はいるという返辞と、番傘《ばんがさ》を借りて戻った。

玄関をあがって二た間《ま》ほど先の、陰気な、古びた六帖《じょう》で、冲也は中村勘三郎と会った。

六の三

中村座からの返事を待つ、おちつかない日が続いた。冲也は自分の気持をよく話し、いかなる意味でも、こんどの芝居に他人の援助は受けないこと。岡本にもはっきり断わったこと。浄瑠璃は十日以内にまとめあげるから、関係者みんなに聞いてもらい、それでよしとなったら上演してもらいたい。そういうふうに、きちんと順序を立てて話した。二三日うちに返事をしよう、と勘三郎は答えた。

五日経《た》ち、七日経ってても返事はなかった。このあいだに生田半二郎から手紙があり、繁太夫《しげだゆう》の消息を聞いた。半二郎は名古屋ですっかりおちついたらしい、だが自分の芸でおちついたのではなく、女房《にょうぼう》のおつねが踊りの師匠をして、それで充分にくらしが立っている。女髪結の亭主《ていしゅ》というかたちだ、と自嘲《じちょう》するように書いてあった。おかしななりゆきだが、おつねは男好きで、江戸にいるじぶんにはずいぶん男ぐるいをしたものだ。いまではおれに働きがないんだから、当然ほかに男をつくってとびだす筈《はず》なのに、どうしたことかひどく身持ちがよくなり、浮気《うわき》どころか、おれに首ったけうちこんでいるようだ。惚気《のろけ》ではない、人間がこんなにも変れるものかと、ふしぎにたえないのでちょっと知らせる、などとも書いてあった。

「あぶないのは生田さんのほうよ」とお京が云った、「どんな浮気者でも、女はしんそこ好きな人といっしょになればおちつくことができるわ、ところが男の人はそうじゃないでしょう、死ぬほど好きな人といっしょになっても、いつかは飽きがきてほかに女をこしらえる、たいていの人がそうのようだわ」

「へえ」と沖也は妻の顔を珍しそうに眺《なが》めた、「お京でもそんなことを考えるのか」

「いやになるほど見たり聞いたりしましたもの、——あら、あたしだってそのくらいのことは考えますわ、女ですもの」

沖也はにが笑いをした。

繁太夫は鯉《こい》を飼っているという。これは由太夫から聞いた話で、彼もどこかで聞いたことだと云ったが、腹の傷の治ったあとが悪く固まって、声がどうしても満足に出ない。ついに諦《あきら》めたが、百姓のちから仕事はできず、すすめる人があって鯉を飼い始めた。うまく育てれば値をよく引取る者があるし、そのうちに小さな田舎料理屋をやってもいい。そんなことも云っているそうであった。

冲也は殆んど居間にこもったきりで、浄瑠璃の曲をまとめることに専念し、七日というものの外へは出なかった。曲を作りながらも、なにかしらおちつかず、苛《いら》いらしているようすに、お京が気づかない筈はないが、彼女はなにも云わないばかりか、冲也の常にないようすに気づいたそぶりもみせなかった。べつに気がかりなふうも示さず、特にきげんをとったり、気をひき立てようとすることもなく、平生どおりにふるまっていた。八日めになって冲也は、浄瑠璃の全曲がまとまったことを、半四郎に使いで知らせ、いちおう聞いてもらいたいから、みんなに都合のいい日取を知らせてくれ、と頼んでやった。ところが、半四郎は風邪をひいて舞台も休み、自宅で寝ているが四五日は動けない、ということで、頼んでやったことについての返事はなかった。

なにかはじまったな、と冲也は思った。半四郎が風邪で休んでいることは事実だろう、しかし浄瑠璃が仕上ったと聞けば、みんなの集まる日取はともかく、祝いのことづけぐらいはなければならない。ひと言もそれに触れていないのは、なにか情勢に変化が起こったので、わざと避けているのではないか。冲也はそう推察し、いっそう不安が強くなった。

「事実にぶっつかろう」と彼は自分を唆《け》しかけるように呟《つぶや》いた、「あれかこれかと想像しているより、事実にぶっつかることだ、いいにしろわるいにしろ、事実を知ることが大切だからな」

彼は自分から事実に挑戦《ちょうせん》したのだ。こんどの芝居には出資者はない、上演するか否《いな》かは浄瑠璃そのものの価値できめてもらいたい、と。冲也がそう云ったのは、単純なみえや強がりではない。彼には自信があった。これまでの江戸浄瑠璃にはなかったもの、そのままでは完全ではないかもしれないが、受け継ぐ次代の者があれば、新しい芝居浄瑠璃として、画期的なものに仕上げられるだろう。それだけの要素は充分にある、と確信していた。もちろん他《ほか》の仕事とは違うから、確信と不確信とは紙の表裏に似ており、黒白《こくびゃく》の判断をするように、現実的にその価値を証明することはできない。だが、現実的に証明できないところに、こういうものの動かしがたい価値があるのだ、とも冲也は思った。

「もう待てない」と彼は自分に云った、「こんどもまた金のちからで上演されるようなことになると意味がないぞ、でかけていって是か非かをはっきりさせよう」

まだ梅雨があけておらず、空には雨雲がひろがっていた。冲也は傘《かさ》を持っただけで家をでかけ、あるいて堺町へ向った。その町の横丁にある勘三郎の自宅を訪ねると、「小屋にいる筈だ」というので、すぐに中村座へまわった。彼は三階にいたが、市川団十郎やその一座の人たちと用談ちゅうだそうで、取次はできない、と楽屋番の老人が断わった。冲也は心付を紙に包んで与え、急な用事だし暇はとらせないから、と頼んだ。楽屋番は立ちあがり、だめかもしれませんよと云って、三階へいった。そのとき十三蔵《とみぞう》の伊佐太夫がはいって来、冲也を見てあいそよく会釈《えしゃく》した。暫くでした、お変りはありませんか、とひどく腰が低いし、大師匠はすっかりもち直して、この夏を越せば外出もできるだろうとか、十月には若師匠が文字太夫を継ぐ予定だから、その祝いにはぜひ出てもらいたい、などと独りで饒舌《しゃべ》り、失礼しますと云って、三階へあがっていった。

　――重みがついたな、と冲也は思った。立派にいちにんまえの芸人じゃないか、顔つきにも自信があらわれていた、やっぱり人間はながい眼《め》で見ないとだめだな。

　それに反して繁太夫は、と考え続けたとき楽屋番が戻《もど》って来、いまおりて来ると告げた。まもなく勘三郎がおりて来、挨拶《あいさつ》をしながら、舞台の袖《そで》のほうへ冲也をみちびいた。

「返事をせなあかんと思うてましたんやが、ついせわしさにとり紛れまして」と勘三郎は上方訛《かみがたなま》りで云った、「どうも、わざわざおいで願ってえらい済んませんですな」

「それで」と冲也が訊《き》いた、「由香利の雨はどうなりますか」

「それがあんた急に模様変えになりましてん、いや浄瑠璃のよしあしじゃござりません、もちろん資金が出る出ないでもなく、中村座再興という大事な場合じゃよってに、ここは危ない瀬を踏まんと、まちがいのない当り狂言でゆこうということになりましてん」勘三郎はとりいるような調子で口ばやに云った、「それで成田屋の親方に一と肌《はだ》ぬいでもらい、高麗屋《こうらい》はん、大和屋はん、粂三郎《くめさぶろう》、簑助《みのすけ》、のしほという顔触れで、浄瑠璃も常磐津の兼太夫はんと、あらましきまったようなしだいですねん」

「兼太夫ですって」

「まだ知ってじゃおまへんのか、伊佐太夫はんが十月に兼太夫の披露《ひろう》をすることになったんですよ」

冲也は深く息を吸いこんだ。まわりの空気がとつぜん稀薄《きはく》になりでもしたような、強い圧迫と息苦しさにおそわれ、できることなら大きく喘《あえ》ぎたいくらいだった。中村座はながいこと休演し、控櫓《ひかえやぐら》の都座が代りに興行して来た。こんどは久方ぶりの再起興行で、中村座として失敗したくないことは慥《たし》かだろう。けれども再起興行ということは初めからわかっていた。「由香利《ゆかり》の雨」が話に出たとき、中村座として上演することを前提に、相談がまとまったのだ。勘三郎はその事実を避けている、しかもこれまで使ったことのない、取って付けたような上方訛りを使ってだ。これはもう議論する余地はないな、と冲也は認めた。

「わかりました」と冲也は云った、「つまり由香利の雨はだめだということですね」

「とんでもない、だめだなんてこと云いますかいな」と勘三郎は鼻の前で片手を左右に振った、「台本も結構やし、あんたの浄瑠璃なら申し分おまへんやろ、ただこんどの芝居だけは大事をとらしてもらわなあきまへんよって、もしこの興行が当ったら、いや、逆立ちしても大当りをとる覚悟ですが、ほしたら春芝居にでも由香利の雨をやらしてもらいまひょうかと、こないに思うてますねんがな」

「春の話は春になってからうかがいましょう」と冲也が答えた、「どうもお邪魔をしました」

冲也は会釈をして踵《きびす》を返した。待っとくんなはれ、とうしろで勘三郎が呼びかけたが、ひきとめようとするよりも、これでほっとしたと云うように聞えた。

「やったな」小屋の外へ出るとすぐに冲也は呟いた、「とうとうやっちゃったな」

知った者に見られたくない。いまは誰にも顔を見られたくないという気持で、楽屋新道を新材木町の堀端《ほりばた》へ出た。するとうしろから声をかける者があった。彼は聞えないふりをして、堀端を右へ曲ると、「師匠、忘れ物ですぜ」と云いながら、中島洒竹が追いついて来た。振返ると、洒竹は持っている傘を見せ、悲しげに微笑した。たよりなげな、べそをかくような微笑であった。

「おまえ、いたのか」と冲也が云った。

「忘れちゃあ困るな」並んであるきだしながら洒竹が云った、「私は由香利の雨の作者ですぜ」

冲也はなにか云いかけて思いとまり、それから急に振向いて、一杯やるかと云った。洒竹は眼をみはって冲也を見た。

「やるかって、——酒ですか」

「この辺に知ってるうちがあるんだろう」

「木のかしらですね」洒竹はにっと笑った、「こっちへ来て下さい」

六の四

「勘三郎はどこの生れだ」と冲也が訊《き》いた、「江戸じゃあなかったのか」

「もちろん江戸ですよ」

「育ちが上方か」

「江戸生れの江戸育ちですよ」と洒竹が答えた、「なぜです」

「上方訛《かみがたなま》りで饒舌《しゃべ》ってた、初めて聞いたように思うが、今日は妙な上方訛りを使ってたぜ」

「ああ、あれですか」洒竹は盃《さかずき》の酒を飲み、まるでその酒がまずかったかのように、眉《まゆ》をしかめながら首を振った、「――あれはしょうばいですよ」

「しょうばいとは」

「盃が空《から》ですぜ」洒竹は冲也に酌《しゃく》をし、自分も手酌で飲んだ、「つまりこうです、しょうばいをするときに、それもうまく纏《まと》める商談のときには、上方の言葉のほうがやわらかくていい、江戸弁ははっきりしているから、纏まる話もこわれてしまうってね、――慥《たし》かに、いやならよしゃあがれと云うより、あきまへんか」と洒竹は上方弁をまねた、「そう云わんともう一つ思い直しとくんなはれいな、わてらもしょうばいやよってになあ、辛《つろ》うおまっせ、といったふうに云うほうが、はるかに事が荒立ちませんからね」

冲也がとつぜん立ちあがり、ふらふらしながら、店の外へ出ていった。洒竹もあとを追ったが、外で冲也の嘔吐《おうと》しているのを聞き、暖簾《のれん》口から覗《のぞ》いたまま、大丈夫ですかと呼びかけた。冲也がすっかりもどして、ようやく腰を伸ばしたとき、洒竹が湯呑《ゆのみ》を持って来た。それで口をゆすげと云う、湯呑の中は塩水であった。

――春芝居にでもやらしてもらいまひょうかと、こない思うてますねんがな。

冲也は強く左右に頭を振り、そのまま黙ってあるきだした。洒竹は慌《あわ》てて店の中へ戻《もど》り、勘定の話をつけて来たのだろう、それから駆け足で冲也に追いついた。

「どこへゆくんです師匠」と酒竹はまだ少しも酔わない声で云った、「もう御帰館にしますか」

「おまえの好きなところへ伴《つ》れてゆけ、いまのうちはだめだ」冲也も酔った声ではなかった、「もう少しましなうちがあるだろう、今夜ゆっくり飲むんだ」

「お宅にしましょう」と酒竹が云った、「よそでわる酔いをさせたとあっては、奥方に申し訳がありませんからね」

「どぶ泥《どろ》を流すんだ、このどぶ泥だらけの軀《からだ》を、お京のところへ持って帰れるか」と冲也は云い返した、「——頭のてっぺんから手足の爪先《つまさき》まで、すっかり臭いどぶ泥にまみれちまった、こいつを洗い流すまではうちへ帰ることはできやしねえ、そうだろう」

「私がすすめたんじゃありませんぜ」酒竹は道を曲りながら云った、「と云っても誰も信じてはくれないだろうが、——いいでしょう、酒で洗える泥なら洗っちまいましょうや」

初めは葭町《よしちょう》だったらしい。それから人形町、げんやだなと三軒まわって、大川を越したのを覚えている。おれは上方弁を悪くは思わない、と冲也はしきりに云った。しかし江戸育ちのくせに、「しょうばいのため」上方弁を使う、というのはけがらわしい根性だ。耳へどぶ泥を突っ込まれたような気がする、と云って唾《つば》を吐いた。それを繰り返し云っている自分を、冲也は自分で脇《わき》から見ているように感じ、諄《くど》いぞ、と思ってやめようとするが、すぐにまた同じことを云い、さもきたならしそうに唾を吐くのであった。酒竹はなだめ役にまわっていた。いいさ、あんなかぼちゃ野郎のことなんか忘れちまいなさい、いいからその泥を流しちまいましょう、などと云っていたが、そのうちに洒竹も酔ってきたのだろう、どこかの小さな店の土間で、借用証文でも引裂くような、気負った顔でひらき直った。

「そうだろう、わかったよ師匠」と洒竹は云った、「あんたはきれい好きだ、清廉潔白《せいれん》だ、いま降った雪のようにまっさらだ、そうやって世間のいやらしい人間の悪口を云うのは、さぞいい心持だろうと思うよ、だが、もうわかったからいいかげんにしてくれ」

冲也は振向いて洒竹を見た。洒竹はなにを見るともなく、正面の一点をみつめたまま、顔を蒼白《あおじろ》く硬《こわ》ばらしていた。

「悪いのは私だ」と洒竹は続けた、「黙ってればいいものを、ついむかむかっとして口をすべらした、しかしそれだって、おまえさんがあんまりきれいな口をきいたからだぜ」

「なんの話だ」

「けがらわしい金の話さ」と云って洒竹はぐいと冲也を見た、「世間にゃあ表と裏がある、どんなきれい事にみえる物だって、裏を返せばいやらしい仕掛のないものは稀《まれ》だ、それが世間ていうもんだし、その世間で生きてゆく以上、眼をつぶるものには眼をつぶるくらいの、おとなの肚《はら》がなくちゃあならねえ、おらあそれを知ってもらいたかった、そのくらいの思案は出るだろうと思ったんだ」

「ところがどうだ」洒竹は盃の酒を静かに呷《あお》りながら、まをおかずに云った、「水を干された魚のようにばたばたして、うしろ楯《だて》はお断わり、興行の資金は無用、それでいやならよしてくれって、へ、――大向うから成田屋っと、声のかからねえのが惜しいくれえのみえを切ってみせた、みごとでしたよ、ええ、まったくみごとでしたぜ、よう、成田屋っ」

大当り、と洒竹はどなった。居酒屋のような、小さくてうす暗い店で、土間に飯台が二つか三つ。樽《たる》の腰掛が並んでいた。

「おまえさんは、さぞいい心持だろう」と洒竹はしゃっくりをし、首を乱暴に振って、冲也を横目に見ながら続けた、「けがらわしい金と縁を切り、世間のいやらしい仕掛にけじめをくわせた、さぞさっぱりしただろうが、おれを巻添えにしたことも忘れなさんな、浄瑠璃はおまえさんのものかもしれねえが、本はおれの作だ、由香利の雨はこの洒竹の書いた本だぜ、――おらああれを板にのせたかった、あれで一生がきまるたあ思わねえが、この道へはいって初めて、自分の書いた本が舞台にのる、おれがどんなにそれをたのしみにしていたか、おまえさん考えてみてくれたこたあなかったのかい」

ほかに客はいないようだな。並んでいる樽の腰掛を眺めながら、冲也はぼんやりとそんなことを思っていた。

「おまえさんは自分のことしきゃあ考えねえ、自分さえ潔白ならそれでいいんだ」と洒竹は独り言のように云っていた、「――それだけとは云わねえ、伊佐太夫のために詫《わ》びを入れてやったし、生田さんの面倒もみてやった、繁太夫のために金のくめんをしてやったことも聞いてるし、そのほかにも幾たびか、他人のために手を貸してやったそうだ、けれども、そのためにおまえさんはこれっぽっちも傷つきゃあしなかった、その一つ一つに、人間の悲しみや愚かさ、たのしさや苦しみがあった、おまえさんにその気があれば、その一つ一つから宝玉のように大事なものを吸い取ることができた、それにはおまえさん自身も傷つかなければならないだろう、人間は自身が傷つかずに傷ついた人間の気持はわからないからだ、おまえさんにはそれができない、おまえさんは温かい家庭で、心やさしい家族にとりまかれて育った、みんなにちやほやされ尊敬されはしたが、貧乏の味も知らず絶望したこともない、へ、そんなことで、へ、――人情のぎりぎりをうたう浄瑠璃が作れるかってんだ」

この男はまえにも同じようなことを云った、と冲也は心の中で呟いた。いや、あれは大師匠だったかな、それとも繁太夫か、誰だったかはっきりしないが、これとそっくりのことを云った、むきになって、親が子供を訓《さと》すように諄《くど》くどと、――冲也はくすっと喉《のど》で笑った。この男は自分の芝居がだめになったので怒ってるんだな、芝居が上演されればこうは怒らなかったろうし、こんな長い説教もしなかったろう。ずいぶん熱のはいった説教じゃないか、そうだな、大師匠も繁太夫もいろいろと意見を述べてくれた。みんなそれぞれが意見を持っているし、それぞれの見かた、考えかたで世間を渡ってゆくんだな。あの生田半二郎までが、おれのことをいつかぶん殴ってやる、と云ったっけ、それがいまは女髪結の亭主《ていしゅ》か、と冲也は声に出さずに呟いた。

「なにを笑うんです」洒竹が云った、「あんたには私の云うことが可笑《おか》しいんですか」

「中島洒竹の芝居をだめにして悪かった」と冲也が答えた、「あやまるよ」

「簡単なもんでさあね、あやまる、とね」洒竹は荒い声で酒を命じ、歯を見せて笑った、「世間知らずの若さまにゃあかなあねえ、こっちに饒舌《しゃべ》るだけ饒舌らしといて、へ、――中藤沖也か、たいしたこたあねえや」

魚河岸のまん中で育ったと云ったな、喧嘩《けんか》の本場か、と沖也は思った。ここはどこだろう、大川を越したようだったが、この店はまたばかに陰気じゃあないか、燗鍋《かんなべ》の向うにいるのは主人だな、小女が一人。さっきから客が一人も来ない、小女はいねむりをしているぞ。そうだ、おれはまだ酔っていない、ふだんならとっくにぶっ倒れて、死ぬほど苦しいおもいをしているころだ。かなり飲んでるだろう、四軒めか五軒めになる、酒竹は酔っているな、この男はどんなに酔っても酔ったようにはみせない、すぐに椀《わん》の蓋《ふた》や湯呑《ゆのみ》などで飲みたがる者があるが、この男は頑固《がんこ》に盃だけで飲む。しかしいまは酔っているな、酔うと口数が多くなるのでわかるんだ。今夜はまたばかげて饒舌るじゃないか、と沖也は思った。

「あばよ、師匠」と酒竹が云った、「おまえさんともこれでお別れだな」

沖也は振向いた。まっ暗な河岸っぷちで、酒竹は駕籠《かご》に乗るところだった。駕籠の棒鼻にさがっているぶら提燈《ちょうちん》の光りで、酒竹の顔がぼんやりと、非現実的な感じに浮いて見えた。沖也は黙ったまま、駕籠があがり、河岸っぷちの道を去ってゆくのを眺めていた。

六の五

襖《ふすま》のあく音がし、お呼びになりましたか、と云うお京の声が聞えた。

「呼ばないよ」と沖也が答えた。

お京はちょっと黙っていて、それから、雨戸をあけましょうか、と訊《き》いた。いつもと少しも変らない、ゆったりとした穏やかな声であった。冲也は夜具の中でぐったりと仰臥《ぎょうが》し、眼をつむっていた。

「このままでいい」と彼は答えた、「もう少しそっとしといてくれ」

お京は「はい」と云って去った。

昨夜はどうやって帰り、どうやって寝たか記憶がない。あの日から始まったのだ、あの中村座で勘三郎と会ったあと、洒竹といっしょに飲みまわった日から。あれ以来ずっと、休みなしに飲んでいる。もう五六日経《た》つだろうか、それとも十日くらいになるか。洒竹とはあれっきり会わない。いつも独りで飲みまわり、独りで帰って来る。信じられないことだが、いくら飲んでもわる酔いをせず、まえのように苦しいおもいもしない。もちろん酒をうまいと感じて飲んだことはないし、どんなに酔っても冴《さ》えている頭はそのままであった。

「大和屋は来ないな」と眼をつむったままで冲也は呟《つぶや》いた、「話は聞いているだろうに、聞いているとすれば来ない筈《はず》はないだろうのに、どうしてこんどだけ顔を見せないんだろうか」

冲也は半四郎との長いつきあいを思った。

「つきあいの長短ではないな」と彼はまた呟いた、「おれの主張に対して大和屋は、しょせん客あっての芝居だ、と云った、それに反してあの女、――おけいとは初対面だった。向うではずっとまえからおれのひいきだったそうだが、ゆき詰っていたあの浄瑠璃のふしを、あんなにぴたりときりぬけてみせてくれた」

彼は強く頭を振った。枕《まくら》の上で眼はつむったまま顔をするどくしかめ、脳裡《のうり》にうかんできた不快な記憶を打ち消そうとして、強く頭を左右に振り、急に起きあがったが、そのまま力がぬけた者のように、肩と頭を垂れ、じっと息をひそめて坐っていた。——午後おそくなってから沖也は寝間を出た。洗面をしたが髪にちょっと櫛《くし》を当てただけ、伸びた不精髭《ぶしょうひげ》も剃《そ》らずに外へ出た。

「いっていらっしゃい」とお京がうしろから云った、「気をつけてね」

下町育ちらしい軽い調子だが、例によっておっとりとやわらかい口ぶりであり、少しもかげの感じられない、明るい声であった。いい女房だな、と彼は思った。しんそこおれを信じきっているんだ。岡本でなにを云ったかも訊《き》かない。中村座のほうがどうなったかも訊かない。芝居がどうなるか、新しい浄瑠璃がどうなったか、なぜ毎日そんなに飲みあるいているのか、なに一つ訊こうとしないし、些《いささ》かの不安や疑惑も感じていないようだ。要するにおれを信じ、おれのすることを信じきっているんだ。

柳橋に近い神田川沿いの、船宿にはさまれた小さな居酒屋へはいって、沖也は独りで飲み始めた。外はまだ陽《ひ》が高く、店には客がなかった。知った者には会いたくない、見知らない人たちの中で、誰にも邪魔をされずに酔いたい。彼は知っているところは避けたし、顔見知りの者と会いそうなところも避けた。それでもときに盃《さかずき》をさして来る客があったが、彼はさされた盃はそこに置き、新たに盃をもらって相手に返すと、それっきり相手にならないので、うるさい伴《つ》れのできることもなかった。また、それらの店はたいてい小さく、その日稼《かせ》ぎの貧しい人たちか、小商人《こあきんど》、川筋の船頭などがおもな客で、一合か二合の安酒で、その日の疲れをいやす人たちが多かった。もちろんやけ酒に酔ってくだを巻く者もあり、四五人伴れで女遊びにゆくまえの、景気づけに酔って騒ぐ者たちもあった。冲也はかれらに親しい感情をもちはじめた。かれらの中で冲也は場違いの客であった。かれらと席を接して飲みながら、話をするわけでもなく、盃のやりとりをするわけでもない。黙って独りだけ、むっつりと飲んでいるばかりだが、かれらは少しも気にするようすがなかった。ときたま相手欲しそうに盃をさす者があっても、こっちでそれに応じなければ諦《あきら》めてしまう。場違いなやつだとか、邪魔な人間が紛れこんだ、などという眼つきで見られたことは一度もない。安い肴《さかな》と安い酒で、飾りっけなしに酔い、陽気にたのしんでいるかれらの中にいると、みえや外聞を捨てた人間の人間らしさが、冲也にはせつなくなるほど羨《うらや》ましく、そして身近に感じられるのであった。

「——宵《よい》の雨、更《ふ》けて軒端《のきば》による人の」と誰《だれ》かがうたっていた、「別れがたさかみれんなか、はらはらはらと、傘《かさ》打つ雨の音ちかく、遠ざかりては戻《もど》り来て、迷う心を聞けがしな、こちゃ籠《かご》の中、罪じゃえ」

「よしてくれ」と冲也がどなった、「たのむ、その唄《うた》は勘弁してくれ」

唄声が止り、まわりが急にしんとなった。冲也が眼をあげると、六七人の客と給仕の女たちが、吃驚《びっくり》したようにこっちを見まもっていた。どの顔にも怒りはなく、憐《あわ》れむような、または審《いぶか》しそうな表情があらわれていた。冲也は恥ずかしくなり、勘定を済ませてその店を出た。

「てめえの端唄を聞かされるのはたまらねえ」と冲也は独り言を呟いた、「そいつだけは願いさげだ、ああ、まっぴらだな」

　戸外は日が昏《く》れて、町の家並には灯《ひ》がついていた。柳橋の近くで飲みだしてから、二軒めか三軒めであろう。今日は初めて酔いごこちを味わい、あるく足許《あしもと》が少しよろめいた。

「金の問題やあらしまへん、か」と彼は面白《おもしろ》そうに呟いた、「こんどの興行は中村座の櫓《やぐら》を再建するためや、金のことなんぞ問題になりまっかいな、——ざまあみろ」

　大川端をあるいていることに気づき、渡し舟に乗った。どの渡し場だったか覚えがない、狭い路地で女たちの犇《ひし》めいているところを通りぬけた。堀端に面した居酒屋を二軒、二軒めだと思ったら三軒めだったことに気づき、少し酔いすぎたなと思った。

「——口に云わねど心には」とまた誰かうたっているのが聞えた、「いっそ死のうか、死にたいと、手を取りおうてひきよせる、火影《ほかげ》も薄き障子の内」

　恋の苧環《おだまき》の心中場だな、と冲也は思った。だがふしまわしが違う、そこは二あがりだ、いっそ死のうかというところから二あがりになるんだ、と彼は首を振った。

「そこはね、こうやるんだ」と冲也は眼をつむって遮《さえぎ》った、「——いっそ死のうか、死にたいと」

　彼は口三味線でうたいだした。そこがどんな店で、まわりにどんな客がいたか知らない。

あたりがいつか静かになったので、ひょっと眼をあけて見ると、十人ばかりの客や酌《しゃく》をする女たちが、それぞれの姿勢でしんと聞いていた。冲也はうたいやめると、四十がらみの人足ふうの男が、燗《かん》徳利と盃を持ってこっちへ来た。月代《さかやき》の伸びた頭に鉢巻《はちまき》をし、汗の匂《にお》いそうな半纏《はんてん》に、紺の褪《さ》めた腹掛と股引《ももひき》、はき古した草履をはいていた。陽にやけて栗色《くりいろ》に光る角《かく》張った顔は、黒い不精髭《ぶしょうひげ》に隙間《すきま》もなく掩《おお》われていて、可笑《おか》しいほど芝居でする雲助か山賊の扮《な》りに似ていた。

「冲也師匠、結構でしたね」と男は脇《わき》へ来て腰を掛け、盃を差出しながら云った、「いまのは都座でやった芝居の浄瑠璃《じょうるり》でしょう」

冲也は頷《うなず》き、こっちを眺めている女中を招いた。女中の一人が立って来ると、受けた盃に口を付けて置き、女中に新しい盃を出させて、男に返盃《へんぱい》した。

「おらあ猪吉《いのきち》ってえ者だ」と男は盃を持ったまま、口を付けずに云った、「横網の、——まあいいや、そんなこたあいいが師匠、おまえさんおれの盃が受けられねえのかい」

「気を悪くしないでくれ」と冲也は穏やかに答えた、「これは私の癖なんだ」

「日傭《ひよう》取りなんぞの盃は受けねえってんだな」

「癖なんだ」と冲也は云った、「飲みだすと盃のやりとりを忘れちまうんで、却《かえ》って相手の気持を悪くする始末さ、それで初めっから盃はめいめいにすることにしているんだよ」

「それが本当ならしようがねえ、いやなことを云って済まなかった」と云って男は受けた盃の酒を飲み、冲也に酌をされながら続けた、「おらあ師匠の浄瑠璃が好きでね、去年の青柳《いとやなぎ》恋苧環《こいのおだまき》も三度、都座へ見にいったよ」

「芝居がお好きですか」

「ああ好きだ、めっぽう好きだ、成田屋がひいきでね」男は四杯めに注《つ》がれた酒をすっと呷《あお》った、「ひらがな盛衰記の義盛、ね、千本桜の義経《よしつね》、ね、まあどんな役にしろ、成田屋がすると大きくもなるし役が生きるからね、——師匠は成田屋の芝居に浄瑠璃は付けねえようだな」

「こっちはまだかけだしでね」

「おらあ師匠の浄瑠璃が好きだ、恋の苧環で首ったけ好きになっちまった、酒をもらってもいいかい」男はそう訊いて、冲也の答えも待たずに酒を命じた、「こんなところで冲也師匠にでっくわそうとは思わなかった、ね、ひとつお近づきに今夜はゆっくり飲もう、なあ師匠、いいだろう」

それからどのくらい経《た》ってからか、二人で二軒ほど飲みあるいた。猪吉というその男が殆《ほと》んど独りで飲み、絶えまなしに独りで饒舌った。猪吉は相当な芝居好きで、評判になった狂言は三座のどれをも見ているらしい。特に幸四郎、団十郎、松助の三人は、そのこわいろから仕癖まで覚えてい、上方の役者や狂言を芥《あくた》のようにこきおろした。冲也はいいかげんに相《あい》槌《づち》を打っていた。こういう客が芝居を悪くするんだ、役者のこわいろや仕癖を覚えこみ、それを型に嵌《は》めようとする。どんな役を演じても、団十郎は団十郎でなければ承知しない。こういう見物は芝居を見るのでなく、いつも舞台の上でひいき役者が得意の芸をするのを見にゆくのだ。こういう人間が芝居を堕落させるんだ。

「なんだと」猪吉が突然どなりだした、「やい、もういちど云ってみろ、団十郎がどうしたってんだ」

六の六

冲也は立ちあがった。男がなんで怒りだしたのか、まったくわからなかったし、誰かべつの者に怒っているのかとも思った。しかし、冲也が立ちあがると同時に、猪吉というその男も立ちあがり、冲也の着物の衿《えり》を摑《つか》むと、野郎おもてへ出ろと喚《わめ》き、止めにはいった誰かをはねのけながら、殆んど引きずるようにして、冲也を店の外へ伴《つ》れだした。ざまあみろ、と冲也は心の中で自嘲《じちょう》した。男の拳《こぶし》が頰骨《ほおぼね》に当り、平手が横顔で高い音をたてた。それが幾たびも繰り返されたが、痛みは少しも感じなかった。いいざまだ、いっぱし芸だの誇りだのとえらそうなことを云い、お世辞や追従《ついしょう》や、金の力で得たにんきに酔っていた冲也師匠が、見ず知らずの人足にさえ軽く扱われ、罵《ののし》られ、殴りつけられているじゃないか。人足、こいつのほうがよっぽど人間らしい。この男はその正身《しょうみ》で生きて来、いまでも正身で生きている。自分の力で、自分の汗と膏《あぶら》をながして生きているんだ。こういう人間にぶっつかれば、きさまの値打なんぞ消しとんでしまう、なにが冲也ぶしだ、きさまの芸なんぞにどれほどの価値がある。色も形もない幻、実体のない空想じゃないか。殴られているその拳を有難いと思え、それこそ本当の人間の拳だ、お世辞もへつらいもなく、冲也という名にもこだわらず、一人の人間が一人の人間に対して、じかに怒りを叩きつける拳なんだぞ、と冲也は思った。

それからどういう事があったか、殆んど記憶に残っていない。気がついてみると、額に濡《ぬ》れ手拭《てぬぐい》がのせてあり、すぐ脇《わき》に女が坐っていた。眼をあけると、星のきらめいている高い夜空が見え、まわりでは虫が鳴いていた。そっと軀《からだ》を動かしてみると、脇腹や太腿《ふともも》に痛みを感じた。

「ここはどこだ」と冲也が訊いた。

「深川です」と脇にいる女が答えた、「ここはお不動さまの横の草原《くさはら》です」

草原か、それで星空が見え、まわりで虫が鳴いているんだな、と彼は思った。

「どうしてこんなところにいるんだ」

「覚えていらっしゃらないんですか」

「誰かと飲んでいたな」冲也は女を見ようとして首を曲げたが、痛みを感じて眉《まゆ》をしかめ、また仰向きになった、「――そうだ、猪吉とかいう男だ、その男をなにかのことで怒らせたらしい、なんで怒らせたかわからないが」

「酔っぱらいのようでしたよ」と女が云った、「わけもなにもないんでしょ、酔っぱらうと乱暴をする癖があるんだって、店の人たちが云ってましたわ」

「店っていうと」

「仲町《なかちょう》の小さな居酒屋です」

「おまえさんその店の人か」

女はちょっとまをおいてから、「通りがかりの者です」と答えた。

「あの男は本所横網《ほんじょよこあみ》の、なんとかいう親分の身内なんですって」と女はすぐに話を変えた、「あなたに乱暴をするので、そこにいた男の人が二人、あの男を捉《つか》まえてやっつけたんですよ、するとあの男はなになに親分の身内だ、仕返しに来るから待ってろって、凄《すご》いようなことを云って逃げたんです」

それで、本当に仕返しに来るかもしれない、ここにいては危ないからということで、人の手を借りて冲也をこの草原へ移したのだ、と女は語った。そうか、それでこんな草の上なぞにねかされているんだな、と彼は心の中で頷《うなず》いた。

「ひどいおけがはないようですけれど」と女が云った、「どこかお痛みになりますか」

冲也はそっと頭を振った。雨を含んだような、なまあたたかい風が、頭のまわりの草をそよがせ、その風が送って来るように、絃歌《げんか》の音がかすかに聞えた。どこかで誰かが忍び泣いていた。家の中にすれば一と部屋隔てたくらいのところで、声をころして忍び泣いている、そういうけはいが感じられた。

「もうなん刻《どき》だろう」冲也はお京の啜《すす》り泣きを聞くような気がして、そっと云った、「うちへ帰りたいんだが」

「もう少し辛抱して下さい」と女が云った、「手伝ってもらった人に駕籠《かご》を頼みましたから、もう来るじぶんです」

冲也は安堵《あんど》の溜息《ためいき》をもらした。女の声はあたたかく、しっかりしていて、こちらの不安や惑いを解きほぐし、すべてを任せていいという包容力をもっていた。奇妙なことだが、その女が誰であるかということも、知っている者か見知らぬ人かということさえも考えなかった。もちろん強く酔っていたので、女との対話も、はっきり意識したものではなく、あとで思いだしても断片的な、まとまりのないものであった。

「旦那《だんな》、もし旦那」と誰かに呼び起こされた、「駕籠です、起きて下さい」

冲也が眼をさますと、駕籠屋がぶら提燈《ちょうちん》を持って覗《のぞ》きこんでいた。冲也はゆっくり起きあがった。腰や太腿に痛みが感じられたが、それほどひどくはなかった。ここはどこだ、と訊こうとして、自分が草原に寝ていたことに気づき、初めて夢からさめたように、あたりを見まわした。女はいなかった。ここにいた女はどうした、と訊こうとしたが、それより早く駕籠屋は伴《つ》れを呼びよせ、二人で左右から冲也を抱き起こした。

「遠慮なしに倚《よ》っかかって下さい」と駕籠屋が云った、「大丈夫ですか、痛みませんか」

「大丈夫、あるける」

「そろそろまいりましょう」かれらは冲也を支えながら、静かに駕籠へ乗せた、「話はうかがいました、ひでえ野郎があるもんですね、へえ、どうかこれはお膝《ひざ》へ」

「うちは新石町だ」膝の上へ置かれたなにかで、膝頭を包むようにしながら云った、「道順はわかるかな」

「ようくうかがいました」と駕籠屋が答えた、「しかし木戸や御門がもうだめでしょうから、元柳橋の岡本へお送りするようにと云われたんですが」

「岡本、——誰がそんなことを云った」

「お伴れさんです」

女かと訊くと、そうだと答えた。それでは岡本で知っていた女かと思い、だが岡本へはゆけない、舟で神田川をのぼろうと思った。この辺に知っている船宿はない、柳橋までゆかなければならないがと考えたが、駕籠で揺られているうちにまた深酒の酔いが戻ったのだろう、ついうとうとと眠ってしまった。——はっきり眼がさめたのは明くる朝で、蚊屋《かや》越しに、そこが自分の家の寝間であることを慥《たし》かめたとき、火中から救い出されでもしたように、大きく長い溜息をついた。どこかで舟に乗り替えたようにも思うが、それがどこだったか、駕籠はどうしたか、ぜんぜん覚えがなかった。

「あなた、風呂《ふろ》ができました」というお京の声で、また眼がさめた、「いまかげんをみましたけれど、おはいりになりませんか」

「うん」と冲也はいった。

「ではここへ浴衣《ゆかた》を置きます」

冲也は起きあがった。

風呂場で見ると、右腕と腰骨と、ほかにふたところ、薄く痣《あざ》ができてい、湯でしめすと頬《ほお》もひりひりした。嘔吐《おうと》のように嫌悪《けんお》感がこみあげてき、彼は口をあいて喘《あえ》ぎながら、なんにも思うなと自分に云った。いまはなにも思うな、世間の男が経験することを経験したまでだ、忘れてしまえ、と心の中で自分にどなった。風呂からあがると、髭剃《ひげそ》りの支度ができていた。伸びている不精髭を剃るとき、左の頬骨の上にも痣のあるのをみつけた。お京が髪を結い直してくれて、それから着替えをするあいだ、なにか云われるだろうと、ひどく気が重かったが、お京はそれを察しているように、よけいなことはなにも云わなかった。食事にするかと訊かれたので、酒を飲むと答えたが、それにもさからわず、ではすぐに支度をしますと立っていった。

きれいに片づけて、掃除のできた居間に坐り、ぼんやり狭い庭を眺めていると、お京がたたんだ羽折《はおり》を持って戻って来た。

「これをお返しするんでしょう」とお京が云った、「どちらへお届けしたらいいんですか」

冲也にはわけがわからなかった。あらい棒縞《ぼうじま》の、女物の薄羽折である。冲也が不審そうに黙っていると、お京はやはり女持ちの、小さな紙入を出して見せた。

「これには乗物の駄賃《だちん》がはいっていたんですって」とお京は云った、「駕籠と舟と両方ちゃんと払って、まだ少し残っているようですわ」

「誰が持って来た」

「船宇の伝さんです、ここまであなたを送って来てくれて、駕籠屋から頼まれたって、この二た品を置いていったんです」お京は薄羽折の上へ紙入をのせて、そこへ置いた、「話のようすでは、駕籠屋も初めて会った人らしいんですけれど、お知合いの方じゃないんですか」

「岡本を知っていたようだ」と冲也はふきげんに云った、「おれには誰だかわからない」

「ではどうしましょう」

沖也《ちゅうや》はそっぽを向きながら、あっちへ持ってゆけ、と云うように手を振った。お京はいちど置いたそれを取りあげて、酒の支度はすぐにできるからと云い、足音を忍ぶように出ていった。

「あそこで敷いたんだな」と独りになってから沖也は呟《つぶや》いた、「――草原へねかせるとき、あの薄羽折をおれの躯《からだ》の下へ敷いてくれたんだ」

そしてあの紙入の金。飲んで使いはたしたか、猪吉に殴られていてなくしたか、おれはもう金を持っていなかったんだろう。それで自分の紙入を駕籠屋に与えて、送り先まで頼んでくれたんだ。

「この新石町のうちも知っていたようだ」彼はぐらっと頭を垂れながら、呟いた、「そして岡本も知っていた、そうだ、駕籠屋の口ぶりでは、ここも岡本も知っているようだった、が、――おれには覚えがない、ことに、深川のあんなところで会うような女に知合いがあろうとは思えない」

いったい誰だろう、と考えるあとから、こっちで覚えのないような女に、あんな醜態を見られたかと思うと、自分の躯からどぶ泥《どろ》と膿汁《うみしる》が匂《にお》ってくるような厭悪《えんお》感におそわれ、沖也はぎゅっと眼をつむり、肩をちぢめて身ぶるいをした。

――あなたは誰にも尊敬され、愛される、と云う声が耳の奥で聞えた。人に非難されたこともなく、あたたかい家庭で、美しい妻にかしずかれて、貧乏の味も知らずにくらしている、とその声は云った。これは男を骨抜きにする生活ですよ。

沖也は呻き声をあげた。

「旅へ出よう」と彼は呟いた、「あの居酒屋でみかけた、その日稼ぎの、汗と膏にまみれた人たちの中へはいってゆこう、――自分の経験しないことをうたうな、と大師匠は云った、そうかもしれない、自分は平穏無事な、あたたかい生活をしながら、不幸や絶望や、死に追いやられる人間の気持を語るのは誤りだ、技巧でそれらしく語れても、それは現実を云いくるめているにすぎない、もしおれが本当に、万人の胸に訴える冲也ぶしをものにする気なら、それが本心なら、この生活からぬけ出して、いちどはあの人たちと同じように生きてみることだ、そうではないか」

彼は両手を膝に突き、頭を折れるほど低く垂れた。その勇気があるか、思いきって旅へ出る勇気があるか、と彼は自分に問いかけた。まもなく、お京が膳《ぜん》を持ってあらわれた。

独白

あの方は大阪へいらっしゃるという。浄瑠璃《じょうるり》も芝居も上方《かみがた》が本場だから、大阪へいって冲也ぶしのねうちをためしてみる、と大和屋さんに仰《おっ》しゃったそうだ。本当にそうだろうかと、あたしは疑わしく思う。

あたしの頭からはまだ、五月の箱根の出来事がはなれない。本多さんの嫉妬《しっと》ぶかさは知っていたけれど、あれほどひどいとは想像もつかなかった。あたしにはばかばかしいだけで、笑う気にさえなれなかったが、あの方に悪いので、云いたくもない云いわけを云った。それでも納得しなかったのか、それとも子供っぽいはらいせがしたかったのか、あの方の座敷へ押しかけていって、不義者などと罵《ののし》り、女は呉《く》れてやるだの、芸人ふぜいでは旅費に困るだろうのと云って、金包を投げつけたりしたということだ。ばかばかしいと云うより、きちがい同様なやりかたである。あたしはもちろん暇をもらったし、女を囲うような人間にはありがちなことと諦《あきら》めはついた。けれどもあの方はそうはいかないだろう、あの方は男でありもとはお侍だった。いまでも侍かたぎの残っている性分だから、そういう無礼なめにあわされたら黙ってはいられないだろう。おそらくはたし合でもなさりたいほど怒り、不当な恥をすすぎたいと思われたにちがいない。けれども、あの方はがまんなすった。どんなおもいで辛抱なすったかと思うと、あたしは死んでしまいたくなり、本当に死んでしまおうかと思ったものだ。

考え直したのは、いやこのままでは死ねない、なにかのかたちで、あの方にお詫《わ》びをするまでは死ねない、と気がついたからである。そしてあの方に手紙を書き、その晩のうちに塔ノ沢へおりてしまった。

江戸へ帰ったあたしは、すぐに柳橋の松廼家《まつのや》を訪ね、久吉姐《ねえ》さんに会って事情を話した。本多さんと切れた以上、駒形《こまがた》の家には住めないから、どこかに小さな家をみつけたい。当分くらしには困らないけれども、端唄《はうた》の師匠でもするつもりだと云ったら、久吉姐さんは笑った。駒形の家はあんたのものだ、出る必要は少しもないと云うのである。あたしは本多さんの息のかかった物はなに一ついらない、塵《ちり》も残らず返したいのだと云い張った。そうして、結局は松廼家に暫《しばら》く置いてもらうことになり、駒形の家から自分の物だけ選んで松廼家へ運んだ。浴衣《ゆかた》一枚でも、本多さんに買ってもらった物には手を触れなかった。

蔵前《くらまえ》の木屋清兵衛《きやせいべえ》という人は、久吉姐さんの旦那《だんな》であるが、久吉姐さんから話したのだろう、或《あ》る日「万清楼」へ呼ばれて、家を捜しているそうだが、いっそ建てたらどうだと云われた。母が亡《な》くなったあと、松廼家を売ったりなにかした金を、私が利稼《りかせ》ぎをしてやろうと預かってくれた。それが相当まとまった高になるので、自分の家を建てたうえ、なにかしょうばいをしたらいいだろう、というのである。そのときあたしはあの方のことを思いだし、考えてから返辞をする、お金はもう少し預かっていてもらいたいと答えた。

江戸へ帰って五日めかに、あたしは大和屋さんと会った。あの方がどうしているか知りたかったのであるが、半四郎さんの話はひどいものであった。箱根ではあのいやらしい吉原藤次郎が、塔ノ沢で待伏せていて、あの方にはたし合を迫ったという。それは作者部屋にいる洒竹《しゃちく》という人が現場を見、あの方にはけがはなく、吉原が逆に腕を切られて、これからも跟《つ》け覘《ねら》うと云ったそうである。主人も主人なら家来も家来、正気の沙汰《さた》とは思えないし、規則のやかましい武家でいて、あんな事情でこれからも跟け覘う、などということが許されるとは考えられない。おそらく負け犬の遠吠《とおぼ》えであろう、それは心配する必要のないことだ。けれども、そのような迷惑までかけたあたしの責任が、それで二重にも三重にもなったことは否《いな》めないだろう。半四郎さんはそんなに気負わなくともいい、済んだことだと云ったが、あたしはどんなことをしてでもこの償いはする、と心の中で思いきめた。

ひどいというのはそのあとの話だ。これも作者部屋の洒竹という人が口をすべらしたのだそうだが、去年の「恋の苧環《おだまき》」が芝居になったのも、こんどの芝居が上演されるのも、みな薬研堀《やげんぼり》の岡本さんが金を出すからだと聞き、あの方は岡本さんへ断わりにゆき、中村座の座元へ「こんどは金は出ない」と断わりにいった。すると座元はその場で、あの方の芝居をこの次にまわすと云ったそうである。芝居というものは、出資者がなければ幕があかないと聞いてはいたが、それほど割り切ったこととは思いもよらなかった。

金を出す者があったので芝居も上演され、冲也ぶしの浄瑠璃も評判になった。金が出ないとなると、とたんに芝居の上演はとりやめ、冲也ぶしの浄瑠璃もおくらにされる。——あの方はどんなお気持だったろうか、大和屋さんからそのことを聞いたとき、あたしはそれもまた自分の責任のように思い、躯《からだ》じゅうへ氷の針でも刺されたように、ぞっとそうけ立った。

あたしにはあの方の心の中がよくわかるように思う。初めてあの方の端唄を聞いて以来、いつもあたしはあの方の側《そば》にいるおもいだったし、忘れたと思っても、あのふしぎな緑色の幻や、端唄の三味線の音が聞えてきて、自分をあの方の側へひき戻《もど》すようであった。——箱根の出来事に続いて、すぐ中村座の事が起こった。箱根でおめにかかり、こんどの芝居に付ける浄瑠璃のことで、あの方がどんなに苦心なすったかあたしは知っている。ゆき詰っていたふしができたという、あの晩のよろこびようは、羨《うらや》ましいほど深く大きな感じだった。

あの方はどうにかなってしまう、このまま手を束《つか》ねてはいられない、とあたしは思い、それからずっとあの方のあとを跟《つ》けまわった。人が聞いたら笑うかもしれない、久吉姐さんにも話せなかった。自分で考えても度外れだと思うし、跟けまわることがなんの役に立つという自信もない。けれども、じっとしていることがどうしてもできないのだ。こんな子供だましなようなことはやめようと、精いっぱい自分を抑えようとしても、こうしているうちにあの方がどうにかなってしまいはしないか、という不安で胸が圧《お》し潰《つぶ》されるようになり、やっぱりでかけてゆかずにはいられなくなるのであった。——あの晩、門前仲町であったことを、お役に立ったとは考えていない。あんなところを見たら、ほんの通りすがりの者でもああせずにはいられなかったであろう。幸いあの方は酔っていて、あたしだということには気づかれなかったようだ。薄羽《うすば》折《おり》と紙入だけでは、あたしの身許《みもと》までつきとめることはできないだろう。誰でもああしてあげるだろうけれども、あたしはあたしで、跟けまわっていたことをよかったと思うし、これからもずっと、あの方を見まもっていてあげたいと決心している。

仲町の騒ぎがあってから半月、あの方の飲みあるく癖は止った。おうちで朝から飲んでいるそうだが、外へ出るようすはない。このあいだに二度、大和屋さんが訪ねるのを見かけたので、昨日あたしのほうから大和屋さんを訪ねた。そして、あの方が大阪へゆくという話を聞いたのである。慥《たし》かに、芝居も浄瑠璃も上方から出たものだ。その本場で冲也ぶしのねうちをためしてみたい、というのも嘘《うそ》ではないだろう。しかし、箱根以来のことを考えてみると、それだけの理由で大阪へゆくとはあたしには信じられない。大阪へゆくのは本当かもしれないが、それっきり江戸へは帰らないつもりではないか、という予感がする。どうしてそんな予感がするのかと云われれば、これがこうだと口で云うことはできない。ただあたしにはわかるのだ、と答えるほかはないし、つまらないとりこし苦労であるかもしれない。あたしはむしろ、これがとりこし苦労であるようにと、祈りたい気持である。

木屋へ預けたお金に手を付けなかったのは幸いだった。あたしは当座入用と思われる金を出してもらい、あとは旅先から知らせるたびに、送ってもらえるように話をきめた。あの方についてゆくとは誰《だれ》にも云わない、どう詳しく話したところで、久吉姐さんだってわかってはくれないだろう。そんなばかげたことをと笑われ、よしたほうがいいと止められるにちがいないからだ。

暑い真夏の旅が気になるけれど、あの方についてゆくというだけで、そんな気おくれはなくなってしまう。旅切手はいちおう伊勢参宮ということにした、それに大阪から京をまわると書き添えてもらった。——久吉姐さんやまわりの人たちは、ぽかんとして口を出すこともできず、あたしのすることを呆《あき》れたように眺《なが》めているだけである。もう旅の支度もできた、あとはあの方の出立を待つばかりである。

七の一

「このごろ若旦那のようすがへんじゃございませんか」とお幸が云った、「ごしんぞさんはそうお思いになりませんか」

「そうね」とお京はあっさり答えた、「へんだなんてこともないでしょ」

それは箱根から帰って五六日あと、冲也が酒を飲みだしたころのことだ。それ以来、彼が日の経《た》つにつれて口をきかなくなり、半四郎が訪ねて来たときも、彼は殆《ほと》んど黙ったままで、半四郎だけが話して帰った。

「このごろちっとも口をおききになりませんね」そのときもお幸から先に云いだした、「どうしてあんなに黙ってばかりいらっしゃるんでしょう、なにかお気にいらないことでもあるんでしょうか」

「そんなことはないでしょ」お京はこんどもひとごとのように答えた、「誰にでもきげんの悪いときがあるものよ」

それから少しまをおいて付け加えた、「むかしからときどきあんなふうになることがあったわ」

「そうでしょうかね」とお幸はやや不服そうな口ぶりで云った、「わたしにはそんな覚えはないようですけれど」

お幸は冲也に乳をやって育てた。冲也が三歳のとき暇をもらい、十六年のち、彼が中藤家を出てから、また頼まれて世話をするようになった。したがって十六年という空白期間にあったことは知るすべもないが、新石町でいっしょにくらすようになり、朝晩の生活をじかに見て来たところでは、冲也のそんなようすに気づいたことは一度もなかった。だがお京は妻であるし、お幸がはなれていた期間の彼を知っている。冲也がそんなようすをみせる癖も、その期間にあったのかもしれない、とお幸は思った。

大阪へゆくと云いだしたのは、二度めに半四郎が来たときのことであった。芝居も浄瑠璃も上方で生れ、上方でそだてられたものだ。江戸は出店みたようなものだから、本場へいって冲也ぶしの価値をためし、学ぶことがあったら学んで来る。そういう意味のことを、枯枝でも折るようなぽきぽきした口ぶりで、簡単にというよりはむしろぶあいそに語った。半四郎はそれに反対し、自分の意見を述べた。関東と上方では水が合わない、人間の気質も生活のしかたも違いすぎる。また、芝居や浄瑠璃も発生は上方であろうが、いまでは江戸が本場というかたちになっている。したがって、いまさら大阪へゆく意味はないだろうということを、かなり強い口ぶりで主張した。それに対して冲也は口をつぐみ、半四郎の意見を否定もしないし肯定したようすもなく、なんの感情もあらわさない顔つきで、しまいまで黙って聞いていた。お幸は半四郎が帰るとすぐに、お京を脇《わき》へ呼び「本当ならどうなさる」とせきこんで訊《き》いた。なぜそんなことを訊かれるのか、といったような、おっとりとした眼で、お京はばあやの顔を見返した。

「大阪へいらっしゃるっていうんですよ」とお幸はじれったそうに云った、「もし本当ならどうにかしなければならないでしょう」

「だって、どうしたらいいの」お京の顔は平生どおりおちついていた、「男のすることに女が口を出すものじゃあないでしょう、それに道楽とか遊山《ゆさん》をしにゆくのではなく、仕事のためだと云ってたようじゃないの、それをよして下さいなんて云えると思って」

　お幸は眼をみはった。現実にはみはったのではない、お京が自分の知っているお京ではなく、初めて見る人のように感じられたのにおどろいた、というふうな眼つきであった。

「あなたがそう思っていらっしゃるんなら、わたしに云うことはありませんけれどね」お幸はみれんがましい調子で云った、「こんどの芝居がだめになってから、急にお酒を飲みだしたり、ろくろく口もきかなくなったり、まえの若旦那とはすっかり人が変ったようなので、なにかまちがいがなければいいがと、わたしにはそれが心配でしようがないんですよ」

「男は変ってゆくものよ」お京はなだめるように、微笑しながら云った、「あんたはまだばあやさんの眼で見ているから、変ってゆくのが心配になるんでしょ、女と違って、男は世間とたたかわなければならないし、それにはいつまで同じ自分でいるわけにはいかないでしょ、もしもうちのひとがいつも同じうちのひとだったら、そのほうが却《かえ》って頼りないと思うわ」

　お幸はそれとわからないくらい僅《わず》かに、そっと頭を振った。お京の云うことは正しい、それはそのとおりであろうが、冲也の変りかたにはそうでないものが感じられる。男がさらに男らしく成長するのなら、その変化はもちろんよろこばなければならない。だがそうではないのだ、同じ変りようでもまっすぐにではなく、歪《ゆが》んだり崩れたりするような変りかた、前へゆく道ではなくて、どこかよそへそれた道へ向っている、という感じがするのである。だがお幸はそれを口に出しては云えなかった。まだ乳母の眼で冲也を見ているというお京の言葉に、口を塞《ふさ》がれたような気がしたからであった。

大阪へゆくつもりだと、冲也が云いだしたとき、お京はそうですかと頷《うなず》いただけであった。なんのためにとも、いつ帰るつもりかとも訊かず、ちょっとでかけてくるとでも云われたかのように、持ってゆく衣類や、旅支度の相談をはじめた。お幸は金の都合を頼まれたので、それをしおに思いきって問いかけたが、冲也は答えなかった。おれのことなら大丈夫だ、心配するなと云っただけで、あとはどうせがんでも口をきかなかった。

「ではもう一つだけうかがわせて下さい」お幸は咎《とが》めるような声で云った、「ごしんぞさんは来月が産み月だということを、お忘れではないでしょうね」

「おれがいなくては産めないか」

「そんなことは申しません、御承知かどうかをうかがいたいんです」

「おまえなにが心配なんだ」冲也は訝《いぶか》しげな眼でお幸を見た、「生れるときが来れば子は生れる、おまえだって初めてお産に立会うわけではないだろうし、おれにはおれの仕事があるんだ、それでもなにか心配なことがあるなら云ってくれ、なんだ」

お幸にはそれ以上なにも云うことはなかったし、冲也も追求はしなかった。

支度ができるとすぐに、冲也は大阪へ旅立った。ゆくときは知らせてくれ、と半四郎に念を押されていたが、知らせもしないしどこへも寄らなかった。門口で振返りもせずに、あっさりと出ていってしまった。これは別れではない、仕事のためにでかけるだけだ。これまで半四郎を訪ねて帰ったり、中村座へいって帰ったりしたように、大阪へいってまた帰って来るだけだ。但《ただ》し、こんど帰るときは冲也ぶしをものにしてからだ、と彼は思った。

七月にはいったばかりで、季節は秋になったわけであるが、残暑というのだろう、陽《ひ》ざしは真夏よりきびしいくらいであり、梅雨があけてからずっと晴天続きのため、すべてが乾ききったようで、初めから旅には条件が悪かった。冲也は休まずに歩いた。なにやら自分をいためつけ、苦しいめにあわせようとでもするように。手甲にも脚絆《きゃはん》にも汗がしみだし、両掛を肩にした着物の背中も、絞るように濡《ぬ》れてしまったが、品川の大木戸を過ぎて、御殿山までは一度も休まなかった。御殿山へは二度か三度いったことがある、一度は花見、他の一度は品川へ潮干狩にいったときであった。しかし、彼がいまそこへいってみると、ちょうど祭礼で、町じゅうがばかげてそうぞうしく、茶店にはいる余地もないため、そのまま通りすぎて大森へ向った。

品川宿《じゅく》をぬけて暫《しばら》く、右側に大きな寺の黒い柵《さく》と、黒門のあるところへ来たとき、うしろから声をかけられた。振返ってみると、旅支度をした三十がらみの男で、萱笠《すげがさ》をぬいで右手に持ち、人なつっこい笑い顔でひょいと挨拶《あいさつ》した。もちろん、まったく見覚えのない顔であった。

「芝口からずっといっしょでしたよ、ずいぶん足がお達者ですな」と男が云った、「この海晏寺にはいい茶店があります、ひと休みなさいませんか」

冲也は足を止めて、黒門のほうを見た。海晏寺には楓《かえで》が多くあり、秋には紅葉を見る客で賑《にぎ》わう。そんな話を聞いたことがあった。箱根への往《い》き帰りに、この門前を通ったのだが、それとは気がつかずじまいだった。冲也は男に振返って、頷き、男は持っている萱笠で、ではこちらへというふうに手を振った。

「境内に知っている茶店がありましてね」と男は云った、「嫌《きら》いでなければ、うまい饅頭《まんじゆう》がありますよ」

冲也が返辞をしないので、男は振返って彼を見た。

「甘い物はお嫌いですか」

冲也は口の中で「喰《た》べる」と答え、ふと立停《たちどま》ってうしろを見ようとした。

「いけません」と男が囁《ささや》いた、「うしろを見ないほうがいい、――その中門から左へはいりましょう」

冲也はもの問いたげに、男の眼をじっとみつめた。男は小さく首を振り、いまはなにも云うな、と告げるような眼まぜをした。三十歩ばかりゆくと眺めがひらけ、大きな楓の樹《き》のあいだに、古い墓があった。北条時頼《ほうじようときより》の墓だと男が云い、そこからさらに左へ、小高くなっている丘へ登ると、弁天社を囲んで杉林があり、その脇《わき》に、色の褪《あ》せた暖簾《のれん》を吊《つ》った茶店があった。店の外に床几《しようぎ》が五つ、莫蓙《ござ》を敷きたばこ盆が置いてある。男は樹陰になっている床几に腰をおろし、出て来た中年の女に、茶と饅頭を命じた。

「たいていのところは名を付けるものです」と男は両掛をおろし、腰から莨入《たばこいれ》を抜き取りながら云った、「めおと饅頭だとか、よね饅頭だとかってね、ここのは知恵がないのか正直なのかわかりませんがね、ただの饅頭、あっしはそいつが気にいってましてね」

七の二

「さっきも云ったとおり、あっしは芝口からあなたのあとに付いて来ました」あるきながら男が云った、「それはね、あなたを跟《つ》けている者があったからです、いや、あっしの眼に狂いはない、慥《たし》かにあなたを跟けていた、二十間ばかりまをおいてね、あなたにみつからないように、用心ぶかく跟けてましたよ」

　自分にも経験があるからすぐにわかる、人に跟けられるなんて気持のいいものではないし、事情がどうあろうと、ひそかに人のあとを跟ける、などというやつは憎い。それで自分は邪魔をするために、そいつとあなたとのあいだにはいって、ずっとあとから付いて来たのだ、と男は云った。海曇寺を裏へぬけ、畑の中の道をまわって、大森へ出ようというのである。

沖也は黙って話を聞き、男の云うままに、おとなしく裏道をあるいていった。

「これが荏原《えばら》へゆく道です、こっちへゆきましょう」と岐《わか》れ道で男が云った、「――あなたはお武家さんですね」

　沖也は十歩ばかりあるいてから「芸人だ」と、やはり口の中で呟《つぶや》くように答えた。

「そうは見えないがな、へええ」と男は菅笠の下から横目で彼を見た、「あっしはお侍だとにらんだ、まっすぐな背筋から、腰のすわりぐあいで、お侍だけはかなりはっきりわかるんだが、――なにをやんなさる」

なんに見えます」

「へえ、どうしてもそうは見えねえがな」と男は首をかしげた、「ときに、このあっしは
「浄瑠璃だ」

冲也はなにも云わずに首を振った。

「わかりませんか、でしょうね」男は自慢するようにではなく、羞《はにか》んだように微笑しながら云った、「あっさり白状しますが、ごまのはいですよ」

冲也は前を見たまああるいていた。名は金造、としは三十一。生れは江戸の深川で、妻子はなく、きまった住居もないと云い、「ごまのはい」と呼ばれる理由を説明した。初めは高野山かどこかの僧であると偽り、弘法大師の護摩《ご》《ま》の灰だと、おどし売りをしてまわった者がある。こっちは旅から旅を渡りあるいて、旅人を騙《だま》したり、隙《すき》を覘《ねら》って金品を盗んだりする。それが、護摩の灰の押し売りをしてまわるような、旅稼《たびかせ》ぎの悪人とでもいう意味でか、そんなふうに呼ばれるようになったのだ、と男は云った。

その夜は神奈川、次の日は平塚《ひらつか》で泊った。金造という男とは小田原で別れたが、跟けて来る者の姿はみつからなかった。海曇寺でまくまでは慥かに跟けていたし、それは紛れのない事実である、と金造は主張した。しかしそれからあとは嘘《うそ》のようにみえなくなったという、小田原で別れるときも、あれから姿は見せないが、あとを跟けていることは間違いないから、決してゆだんをしないようにと念を押し、なお、どこまでゆくのかと訊《き》くので、大阪までゆくつもりだと、冲也は答えた。

「おせっかいなようだが」と金造は云った、「そうだとするとおまえさんのあるきぶりは疲れますよ、ここまでは道がはかどったが、箱根にかかるとそれじゃあ続かなくなる、なが旅をするにはこうあるくもんです、よござんすか、足をこう爪先《つまさき》からおろして」

金造はそのあるきかたを丁寧にやってみせたのち、お先へと云って別れを告げた。

おかしな男だ、と沖也は思った。まるで古くからの知己のように、親切に自分を庇《かば》ってくれた。理由はただ一つ、誰かが自分のあとを跟けていたからだという。私は跟けられるのもいやだし、人のあとを跟けるやつは憎いと云った。自分からごまのはいだと名のったが、事実とすれば、人に跟けられるのはいやだろうし、跟けるような人間を憎むのは当然かもしれない。他人が跟けられているのを見ても邪魔をしたくなる、という気持を想像すると、沖也は少し可笑《おか》しくなって微笑した。

「ほかにはない、あのときの吉原なにがしとかいった侍だろう」と沖也は呟《つぶや》いた、「あれは梅雨の中で、右の腕を斬《き》った、骨には当らなかったが筋は切れた筈《はず》だ、それから四十日くらい経《た》つだろう、傷は治っても右腕は使えない筈だ」

そうとは限らない。もう一人、湖畔へあらわれた若侍がいる。おけいと芦ノ湖へいったとき、旦那が着いたから帰れと呼びに来た。疋田《ひきた》とかいう若侍だったが、ことによると吉原の代りに、あの男が跟けて来たかもわからない、と沖也は思った。

「妙な家風だな」と彼はまた呟いた、「主人はやきもちやき、家来は偏執狂のようだ、主人は囲い者に根もない嫉妬《しっと》をし、家来はその主人の恥をすすごうとする、理屈にも合わず筋もとおらない、まるできちがいだ」

そう思うのはこっちのことで、向うはしんけんなんだな。武家道徳に反し、他人からきちがい沙汰《ざた》と云われようとも、かれらがそうせずにいられない気持はしんけんなのだ。ばかなはなしだが、この世では似たようなことが少なくはない。おれが浄瑠璃に命を賭《か》けていることも、他人からみれば一種のきちがい沙汰だろう。少年のころ、四番町の家へ出入りの骨董《こっとう》屋《や》があった。六十歳を出たくらいの、少し腰の曲った、白髪頭の瘦《や》せた老人だった。神経過敏なのだろうか、絶えず首を左へ捻《ひね》る癖があったが、中藤家に伝来の雪舟の絵を、毎月一度は必ず見にあらわれた。初めは売ってくれとせがんだらしいが、伝来物だからだめだと断わられ、では見るだけ見せてもらいたいと頼み、しょうばいの用のあるなしにかかわらず、月に一度はやって来て、自分で書院の床ノ間へ掛け、茶を啜《すす》りながら、気の済むまでじっと見まもっている。絵は水墨山水の大幅で、冲也などにはそれほどいいとは思えなかった。けれどもその老人、——たしか小倉屋といったようだが、小倉屋は絶品だと云い、一生に一度こういう絵を見るだけでも骨董屋の冥利《みょうり》だ、と繰り返していた。しばしば半日くらいも眺めていたし、そんなときは口もきかず、そこが中藤家の書院だということさえ忘れているようであった。多かれ少なかれ、人間はみなそういう本能をもっているようだ。理性や計量の枠《わく》を越え、自分が亡《ほろ》びることさえいとわないほど熱中できるもの。そういうものを求めてさまよい、大多分の者がそれを摑《つか》みそこねたまま終ってしまう。また、それを摑んだにしても、当人にとってどれだけ大きな価値をもつかは、他人には理解されないだろう。軽業師《かるわざし》のにんげんわざとは思えないような、命がけの芸を見るのに、見物人は五文か十文の銭しか払わないのである。

「そうだ、吉原藤次郎という名だった」と沖也は呟いた、「そうでなければ疋田という若侍だろう、どっちにしろ、どうせやるなら早く片づけてもらいたいな」

箱根から三島へくだるとき、雨にあって肌《はだ》まで濡れた。沼津あたりから軀《からだ》がだるく、熱も出たようだった。彼は酒を飲んでごまかし、府中の城下から鞠子《まりこ》までいって倒れた。鞠子ではまだ陽が高かったが、軀のだるさは耐えがたくなり、池田屋という宿を見ると、自分でそうしようとは思わないのに、ふらふらと店の中へよろけ込み、上り框《がまち》へ腰を掛けた。そこからあとの記憶はおぼろげで、女中の用意した洗足盥《すすぎだらい》で足を洗おうと、前踞《まえかが》みになるとたんに倒れたようだ。高熱で弱っていたところへ急に頭をさげたので、軀の重心が狂ったらしい。紙入を宿の者に渡して「頼む」と云ったきりだったと、あとで女中から聞いた。

沖也は五日のあいだ意識を失っていた。七日めに薄い葛湯《くずゆ》を啜り、それが喉《のど》を通るとすぐに、酒を求めて、医者からきびしく叱《しか》られた。そのとき枕許《まくらもと》に誰かいたのだ。夢か現実かわからない。知っている者のようでもあるが、思いだすことはできなかった。それは女で、沖也のため医者にとりなしていた。女はきまじめに、しんけんに沖也の弁護をし、できることなら病人の思うようにしてやってもらいたい、という意味のことを繰り返した。沖也は遠い風景を眺めるような、ぼんやりした気分で聞いていた。そこが新石町の家で、医者は随庵《ずいあん》のようにも思えた。長谷川町の岡島随庵、繁太夫《しげだゆう》の傷の手当をした医者で、とりなしているのはお京かもしれなかった。もちろんそうではないのだ、仮にそれが随庵とお京であるにしても、かれらと冲也とのあいだには冷たくて大きな距離ができていた。冲也の眼も耳も、はるかに遠い景色の中の出来事のように、それを見、それを聞いていたのだ。

だんだんに固粥《かたがゆ》を喰《た》べ、夜具の上に起き直って、髭《ひげ》も剃《そ》れるようになった。その座敷へ出入りする女中は二人で、ときというのが三十一、はるというのが二十三。おときは背が低く、固太りのちんまりした軀で、こまめによく冲也の世話をした。おはるは背丈も肉付きも尋常《じゆく》だし、顔だちもめだつほうで、いつも化粧をしてい、三味線をひくことができた。どこの宿場《ば》にもある例だが、この池田屋にも遊び客の相手に出る女が三人いて、おはるはその中でもいちばん売れっこと定評があり、おときはもう薹《とう》が立って、ときたまとしより客の座敷に出るほかは、たいてい下働きの仕事に追いまわされていた。おときは冲也の身辺の世話をし、おはるは話し相手になって慰めようとした。おときは彼を大事な客として扱い、おはるは友達のような口をきいた。

或《あ》る日、宿の主人が来て、冲也の預けた紙入と、べつに勘定書《がき》を差出し、ちょうど十五日になるから、気分がよかったら勘定をしてもらいたいと云った。旅で病んだ者にこんなことを云いたくはないが、こちらにも帳場の都合があるからということを、遠慮しながらも、消しがたい不安と疑いをこめて付け加えた。冲也は紙入のほうへ手を振り、なにも云わずに顔をそむけた。

「これで勘定をしろと仰《おつ》しゃるんですか」とその主人は反問した、「このお紙入はお預かり中からおたからを出して、その中から勘定を頂いてよろしいのですか、へえ、それでいいと仰しゃるんでございますな、医者の薬礼などもございますが、二人めの医者は府中城下から呼びましたので」

沖也はもういちどだるそうに手を振った。初めの医者は二日めに、自分の手には負えないと云い、府中からお城御用の医者を呼んだ。その医者は門人を供に駕籠《かご》で来て、三日のあいだ泊りがけで手当をした。したがって費用がだいぶ嵩《かさ》んでいる、などと池田屋の主人は説明したが、沖也は黙ったまま聞いてもいないようすなので、まもなく、紙入と勘定書を持って出ていった。——沖也はこみあげてくる咳《せき》をこらえながら、旅籠《はたご》賃、薬礼、女中たち、門人の供といっしょに泊りがけで治療した医者。などということを、とりとめもなく考えていた。咳は高熱がさがったあとで出はじめ、躰力《たいりょく》が恢復《かいふく》するにつれて、特に夕方から夜半ごろ激しくなり、彼はしばしば膏汗《あぶらあせ》の出るほど悩まされた。おかしなことだが、咳の発作のあるうちだけ、沖也は自分がそこに生きていることを実感した。宿料や女中たち、自分の病気や、医者や薬礼。などという、絶えず頭からはなれない雑多なことがらは、すべて自分とは無関係な、縁もゆかりもない問題のようにしか思えなかった。

「おれは違う人間になったようだ」と沖也は独りになったとき呟いた、「見るもの聞くものがまえのようではなく、みんな珍しく新しく感じられる、まるで、——おれ自身の中から、これまで知らなかったもう一人のおれが生れ出たようだ」

病気のせいでこんなことを考えるのか、と沖也は思った。小さいころから病気をした覚えなどはない、深川で乱暴をされたあと幾日か寝たが、病気にはならなかった。からだが単に不調だという記憶さえないのに、いまでは絶えずそれが気になるし、ときを切って起こる咳の苦しさが、いやというほど自分の肉躰《にくたい》的な存在をおもい知らせてくれる。こんなことは生れてから初めての経験であって、そのために、その肉躰的な初めての経験のために、見たり聞いたりするもの、考えかたまでが変ったのに相違ないと、彼は思った。

或る夜、眼がさめると雨が降っていて、その音を聞いているうちに、とつぜん、蚊屋の中に寝ていることが恐ろしくなり、すぐ咳の発作におそわれてはね起きた。誰かにこの咳を聞かれてはならない、こんなざまを見られてはならないと思いながら、掛け夜具を抱き緊め、それに顔を押しつけて咳とたたかった。このあいだにも、どこかの座敷で三味線の音がしてい、この宿では珍しいことではないから、べつに気にとめはしなかったのであるが、咳が少ししずまったとき、三味線につれて女のうたう声が聞えて来た。

「人を待つ　身にはくやしき秋の雨　薄情者の辻占《つじうら》が　かよう千鳥もこぬこぬと　ええおかしゃんせ時の鐘」

冲也は両手で耳を塞《ふさ》いだ。それは「時の鐘」という彼の端唄であった。

「よしてくれ」冲也は眼をつむって呻《うめ》いた、「たのむからおれの唄だけはよしてくれ」

いまたのんで来ました、もう大丈夫です、と誰かが云った。耳の近くで、慥《たし》かにそれは女の声であった。そうだ、誰か側《そば》にいてそう云った。冲也は眼をあいてみた。蚊屋の外に暗くした行燈《あんどん》があり、その古びた八帖《じょう》の座敷はしんとして、人のいるけはいもなかった。彼は坐り直して、枕許にある土瓶を取り、湯呑へ煎じ薬を注いで飲んだ。噎せるとまた咳が始まるので、少量ずつ注意ぶかく、啜るように飲んだ。

「あのとき慥かに誰かがいた」と冲也は口の中で云った、「熱にうかされて、すっかりわけがわからなくなっていたときだ、それでも誰か女が付いていて、――いや、勘ちがいではない、おときでもおはるでもない女だ、おれは夢中でいながら、ほかの座敷でおれの古い端唄をうたっているのを聞き、やめてくれとどなった、おれがどなったことも慥かだ」

彼は土瓶の脇にある鈴を取って振った。それは小さな鈴だが、よく澄んだ高い音をだした。すぐに返辞が聞え、ちょっとまをおいて、前掛で手を拭《ふ》きながらおときが来た。

「お呼びですか」

「はいってくれ」冲也は鈴を持ったままで云った、「ちょっと聞きたいことがあるんだ」

おときは座敷へはいり、うしろの唐紙《からかみ》を閉めてこっちへ来た。ずんぐりした小柄《こがら》な、固太りの軀から酒が匂《にお》った。彼女は行燈の油をみてから、蚊屋の近くへよって坐った。冲也は盆の上へ鈴を戻しながら、問いかけた。おときは否定した。冲也は蚊屋から出て行燈の掩《おお》いをとり、座敷を明るくした。

「いいえ知りませんよ」おときは眩《まぶ》しそうな表情でかぶりを振った、「そんな女の人なんて見たこともありません、きっとあなたがうなされたんでしょう」

冲也は細めた眼でおときの顔をじっとみつめていた。

「だってほんとなんですもの」おときは眼をそらした、「もしかおはるさんからでも聞いたのなら、信用しないほうがよござんすよ、あのひとはふだんから口が軽いし、頭の中には嘘《うそ》と本当のことがごっちゃに詰ってて、自分でもどれが本当か嘘か分別がつかないんですから、ほんとにそうなんですから」

そう云いながら、おときは眼をそらしたままであった。

「どういう女だ」と冲也が訊いた、「このうちの者ではないだろう、いまどこにいる」

「あなたも諄《くど》い方ね、あたしがいま」

「どこにいるんだ」と冲也はおときを遮《さえぎ》ってたたみかけた、「おれはただそれだけ聞けばいいんだ、聞いてどうこうしようというんじゃあない、その女がいまどこにいるのか、それさえわかればいいんだ」

おときは急に立ちあがった。袖《そで》を摑《つか》まれて、摑まれた袖を振り放すような動作であった。

「あなたは病気でうなされたんです」とおときは云った、「あたしの云うことが信用できないんなら、おはるさんのでたらめ話でも聞いたらいいでしょう、あのひとならあなたの思うように、なんでも作り話をしてくれるでしょうからね、嘘でもそれで気が済むんならそうなさるがいいでしょ」

そしておときは出ていった。

蚊が集まって来るのも気づかず、冲也は茫然《ぼうぜん》と坐っていた。これはこれでよし、と彼は思った。そのとき、どういう連想作用だろうか、片方の扉《とびら》がゆっくりと閉り、反対側の扉が静かにあいた。片方の扉が閉ると同時に、そっちから吹いていた風も光りも止り、反対側であいた扉から、新しい光りがさし、新しい風が吹き入って来るように感じられた。それがどういうことを意味するかはわからないが、冲也には極めて現実的に、そういうことが起こったように感じられたのであった。

「明日は立とう」彼はそろそろと天床を見あげながら呟いた、「道があいたようだからな」

　おはるにはなにも訊かなかった。そんなことを詮索《せんさく》したところでなんの役にも立たない、と悟ったからだ。冲也が出立するとき、宿の主人は紙入を返したが、勘定書はみせなかった。宿賃その他すっかり頂戴《ちょうだい》した、と云っただけであった。冲也は残りをしらべてみる気にもならず、手に受取った重みで、まだかなりあるなと思い、そのまま旅嚢《りょのう》の中へしまった。鞠子を立った日は晴れていて、秋八月らしい風が爽《さわ》やかに吹いていた。——おときが宿《しゅく》外れまで送って来て別れを惜しみ、軀に気をつけるようにと繰り返し云った。化粧もせずふだん着のままの彼女は、哀れなほどみすぼらしく、明るい日光の下ではその固太りの軀も、だらしなくたるんだ革袋のようであり、としも四十くらいにみえた。

「峠は駕籠《かご》になさいましよ」とおときは母親が子供をさとすように云った、「床あげしたばかりなんですからね、今日は藤枝でお泊りなすったらいいでしょう。五六日はむりをなさっちゃいけませんよ。よござんすね、むりがいちばんお軀に毒ですよ」

　冲也はおときを見まもっていた。眩しいほど明るい日光の中で、彼女は殆《ほと》んど醜女《しこめ》としか云いようのない、不《ぶ》恰好《かっこう》な姿をしていたが、にもかかわらず彼女が呼吸をしてい、そのしぼんだような軀の中に血が脈搏《う》ってい、冲也のことを心配するような、感情もはたらいている。

つまり現実に生きている、ということを認めて、彼は強いおどろきと感動に浸されたのであった。あの鼻と口を押えて、ちょっとのま呼吸を止めておけば、この女は死んでしまうだろう。おときの話すのを聞きながら、彼はそんなことを考えた。この女は生きている、飲み食いもし、寝起きもし、よろこんだり悲しんだり、怒って叫ぶこともできる。それはいのちがあり、肉躰が生きているからだ。ふしぎだ、と冲也は思った。

「初めてだ、こんなあたりまえなことをこんなになまなましく感じたのは初めてだ」彼はおときと別れてあるきだしながら呟いた、「いったいおれの中でなにがはじまったんだろう」

七の三

掛川へはいる手前のところで、冲也はうしろに、跟《つ》けて来る者のけはいを感じた。鞠子《まりこ》を立ってから二日めの午後であった。往来する人馬や駕籠が多く、振返ってみても、これが跟けて来る相手だと思われる姿は認められなかったが、旅人たちや馬や駕籠のどこかに、自分を覗《ねら》っている者の眼の光りが感じられた。彼は立停《たちどま》ってみたり、掛け茶屋へはいって休んでみたりした。跟けて来る者をやりすごすか、その人間の姿を慥《たし》かめようとしたのだが、相手はそれを見抜くのだろうか、これと思わしい者をみつけることはできなかった。

掛け茶屋で休んだとき、冲也はそこが掛川だということを知った。

「太田さま五万石のお城下でございます」と茶店の小女が答えた、「お客さまはお江戸からいらっしゃいましたか」

富士のお山はいかがでしたか、と小女は口まめに問いかけた。そうか、富士山を見なかったな、と冲也は思った。ここへ来るまで、山にも川にも眼をひかれなかった。山の色、水の色、野や丘の景色を眺めながら、どれをも見てはいなかった。あらゆる風物は彼の眼の前を通りすぎるだけで、彼の中へはいってはこなかったのだ。そう気がついた冲也は、心の中でははあと呟いた。なんの意味でもなく、漠然《ばくぜん》とそう呟いただけであった。

袋井へかかる宿《しゅく》外れで、二人の若侍が冲也を追い越した。うしろから来て、足早に追い越した二人は、笠《かさ》をあげながら振返って冲也を見、すぐに先へいそいでいった。二人が振返ったとき、冲也は足を停《と》め、うしろへ半歩さがった。きたなと思い、脇差《わきざし》の柄《つか》袋へ手をやろうとしたが、二人はそのまま去ってゆき、往来する人たちに紛れて、すぐに見えなくなった。冲也は柄袋のかかっている脇差を見た。顔は無表情で、眼は疲れと退屈の色を帯びていた。「ばかなはなしだ」冲也はあるきだしながら、自分の動悸《どうき》が高くなっていることに気づいて、はらだたしげに云った、「ばかげたことだ」

袋井の宿《やど》で冲也はまた発熱にみまわれた。若松屋というかなり大きな宿で、座敷には花莚《はなむしろ》が敷いてあり、彼を案内した女中は、この土地の名産だと云った。花莚のことを云ったのであるが、彼は気にもとめなかった。軀の芯《しん》がだるく、熱っぽくて、しきりに咳が出、風呂へはいるのもおっくうだし食欲もなかった。彼は汗も拭《ふ》かずに宿の浴衣《ゆかた》と着替え、枕《まくら》を借りて横になった。やがて、ひじょうな胸苦しさに眼がさめると、自分が畳の上にごろ寝をしているのに気がついた。暗くしてある行燈《あんどん》の光りで、蚊屋が釣《つ》ってあり、その中で横になっていることがわかった。夜具はなく、枕許《まくらもと》に水の用意がしてあった。女中がようすをみに来たとき、冲也は咳の発作で苦しんでいた。女中は蚊屋の中へはいって、どうなさいましたと呼びかけながら、背を撫《な》でてみて躰温《たいおん》の高いのに驚いた。これはあとで聞いたことだが、女中はすぐに医者を呼んで来た。医者はざっと診察したあと、自分で調合した薬を二種、粉薬と煎《せん》薬《やく》を作って与えた。それは長崎から江戸へ帰る途中、その宿へ泊り合せた若い医者で、病名のことはなにも云わなかったという。薬礼も取らなかったと、三日めになって女中が冲也に語った。

高熱のために、彼はその三日間のことを殆《ほと》んど覚えていない。けれども、そのときもまた誰かいたのをおぼろげに感じた。女中たちではなく、誰かがひっそりとはいって来て、夜具のぐあいを直したり、濡《ぬ》れ手拭《てぬぐい》を替えたりし、暫く枕許に坐っているが、やがてそっと立っていってしまう。いちどはまざまざとそれを見て、立ってゆくうしろから呼びとめた。するとその者は振返り、それが岩井半四郎だったので、びっくりすると同時に眼がさめた。座敷には人影はなく、あたりはしんと寝しずまっていた。

「いいえ、あたしたちのほかには誰もいやしません」と女中が云った、「あたしはお松、ほかにお常さんとお由さんがお世話をするだけです、夢でもごらんになったのでしょう」

冲也はそれで質問をやめた。

「お客さまはよく寝言を仰《おっ》しゃいますよ」とお松は微笑しながら云った、「お芝居のほうの仕事をなすってるんですか、しょっちゅう口三味線でなにかうたっていらっしゃいますわ」

鞠子《まりこ》の宿《やど》でもそうであった。さめているときにも、知らないうちに三味線の曲をくちずさんでいるし、寝言でもしばしば云うらしい。おときはそれらをすべてうなされると表現したが、その表現の誤りが誤りでなく、——つまり、避けようとしても避けることのできない悪夢の中で悲鳴をあげている、——という状態と、どこかで共通しているようにも思えた。冲也は心の眼を凝らして、自分をみつめた。おれは本当にこの道が望みなのだろうか、自分に才能があると過信し、人におだてられて、うっかり間違った道へ迷いこんだのではないだろうか。彼は初めてそんなことを思った。そんなことは初めてであり、もちろんすぐに打ち消したが、その気持は心のどこかに刻みつけられて、これからもしばしば自分を悩ますだろう、という感じが残った。

熱がさがると咳が出はじめ、冲也は五日めに若松屋を立った。紙入の中をしらべてみて、旅費が少しこころぼそくなったのと、あるいているほうが咳の発作を忘れられると思ったからだ。熱はすっかりさがったのではなく、軀や頭の芯《しん》に残っているようだし、手足もだるかったが、あるいているうちに少しずつ軽くなるように思えた。池田の宿《しゅく》へ着いたのが午後三時ころ、天竜川を越そうかどうしようかと、渡し場のところで迷っていると、二人の侍に呼びとめられた。袋井で追い越していったあの侍たちで、一人は二十五六、他の一人は二十そこそこにみえた。

「中藤冲也だな」と二十五六の若侍が問いかけた。

冲也は黙って相手を見まもった。

「そのほう冲也と申す芸人であろう」と若侍は云った、「それとも違うか」

「そいつが冲也だ」とうしろで声がした。

冲也は動かなかった。うしろから叫んだ男は、冲也の前へまわって立った。箱根で勝負をした吉原藤次郎という侍で、右手をふところへ入れているため、左右の肩のぐあいが不自然にみえた。顔は瘦《や》せたというより肉をそぎ取られたようで、頰骨《ほおぼね》と顎骨《がっこつ》がめだち、肌《はだ》は蒼黒《あおぐろ》く乾いて、燻《いぶ》した皮のように皺《しわ》がよっていた。

「こいつが冲也だ」と吉原はさきの二人に云った、「ここで片づけよう、支度をしろ」

二人の若侍は脇《わき》へとびのいた。

ばかなことだ、きちがい沙汰《ざた》だ、と冲也は思った。二人の若侍は笠をぬぎ捨てると、手早く襷《たすき》を掛け汗止めをし、袴《はかま》の股立《ももだち》をしぼった。渡し場には舟を待つ人たちが六七人い、狭い河原に臨んだ建場や茶店にもかなりな人がいて、こちらのようすに気づいた者があるのだろう、なにか呼び交わしたり指さしをしたりしながら、両方からこっちへ集まって来た。すると吉原が、片手に持った笠を振りあげて、寄るな寄るなと叫んだ。冲也は軀の熱っぽさと、手足のだるさを感じた。二人を相手にして勝ちめがあるか、この手足のだるさでは、軀を躱《かわ》すことも、刀をさばくことも困難だ。しかもおろかな話だが、こんなことをする理由はどこにもないのだ。怒ることができればいいんだが、と冲也は思った。身支度のできた二人の若侍は、冲也の前へ進み出た。

「抜け」と年嵩《としかさ》のほうの若侍が云った、「——勝負だ」

「いやだ」沖也が答えた、「理由がない」

「理由はきさま自身が知っている」と吉原が正面から云った、「きさまはわれらの主人に恥辱を与えた、おれたちはその恥をすすがなければならない、逃げ口上は聞かぬぞ」

「おれは誰に恥辱を与えた覚えもない」と沖也は云った、石からでも出るような、冷たい感情のない声であった、「それは箱根でもちゃんと云ったことだし、ここでもはっきり云う、おれは誰とも勝負などはしない」

「だめだ、そっちに勝負する気がなくとも、おれたちはきさまを斬《き》る」と云って吉原は二人の若侍を見た、「——やれ」

若侍たちは刀を抜いた。沖也は眼をつむった。人間のかなしさ、みじめさというものが、彼の胸を浸した。かれらはしんけんなのだ、しんけんに、心から主人の恥をすすごうとしているのである。それが沖也には救いがたくみじめに思えた。かれらが本心ではなく、虚栄心か衒気《げんき》からそうするのなら、人間のおろかさとして、まだしも納得がゆくであろう。人間には大なり小なりそういう弱点がある、さればこそ人間なのだ、欠陥もなく弱点もないとしたら、それはもう生きた人間ではないといってもいいだろう。ところが、そこにいる三人はまじめに主人の恥をすすごうと考えているのだ。事の起こりがどんなにばかげているかも、恥辱はむしろ主人自身のまねいたものであるということも知りながら、「侍のみち」という、現実には存在しない観念に縛られて、自分の命をも投げだし、人間ひとりを殺そうというのだ。冲也は胸がむかむかしてきた、しかしそれでもなお、怒りは感じられなかった。

「いいだろう」と冲也は眼をつむったままで云った、「おれは勝負はしないし、このとおり眼を閉じている、こうしている人間を斬ることが主人の恥をすすぐことになるなら斬れ」

「卑怯者《ひきょうもの》」と吉原藤次郎が喚《わめ》いた、「その口でごまかす気か、やれ」

やれ、という叫びは逆上したような声であった。二人の若侍は左右へとんだ。そのとき、遠巻きに見ていた群衆の中から、供を伴《つ》れた中年の侍が小走りに「待て」と呼びかけながらこっちへ近よって来た。

「寄るな」と吉原が遮《さえぎ》った、「主人の恥辱をすすぐための決闘だ、邪魔をするな」

「なりません、刀をひいて下さい」

中年の侍はきびしい調子で云いながら、こっちへ来て冲也と若侍のあいだに立った。

「私はこの土地の代官所与力で大谷小十郎という者です」とその中年の侍は云った、「領内取締りの役目として、むやみに私闘は許せません、まず刀をおさめて下さい、理由によっては私が検分役を致します」

大谷と名のった与力は、供の者たちに眼くばせをした。三人の供は六尺棒を持っていたが、おのおのその棒を取り直しながら、抜刀している若侍二人に詰め寄った。

「刀をおさめなさい」と大谷が力のある声で云った、「狼藉《ろうぜき》なまねをすると御法度《ごはっと》に触れますぞ」

二人の若侍は吉原の眼を避けながら、刀にぬぐいをかけて鞘《さや》におさめた。

「ところの御法度がどうあるかは知らないが」と吉原藤次郎が云った、「侍には侍の意地があり、面目の立たぬ場合には公儀の御定法を犯しても侍の道をとおさなければならない、主従の義理は侍にとって至上のものだ」

「ではその理由をうかがいましょう」と大谷は静かに云った、「私もしだいによっては検分役をすると申した、御主人がどういう恥辱を受けられたのか、仔細《しさい》を聞きましょう」

「それは困る」吉原は顔を歪《ゆが》めた、「理由といっても、話せることと話せないことがある、この理由を他言はできない」

大谷という与力は沖也に振向いた。もちろん沖也は町人姿だから、大谷は言葉も態度も改めたが、その表情にはむしろあからさまな好意があらわれていた。

「ではそのほうに訊《き》こう」と大谷は云った、「そのほうは決闘を挑《いど》まれるような覚えがあるか、あるならその仔細を申してみろ」

「そういう覚えはございません、私は誰を辱《はずか》しめたこともなく、したがって決闘するつもりもありません」

この連中は思い違いをしているのです、そう云おうかと思ったが、口には出さなかったし、答えに窮している吉原が哀れになった。誰に訊かれても、理由を語ることはできないだろう。主人が嫉妬《しっと》ぶかく、側女《そばめ》が知らない男と飲食をしたというだけで怒り、無条理に側女と男を辱しめた。恥辱を受けたのはむしろこっちであり、吉原はそれを知っている筈《はず》である。あの老人は芝居がかりで、おけいを辱しめ、ついでおれをも辱しめた、けれども傷ついたのは老人自身なのだ。それを吉原は見た。主人が辱しめた二人は傷つかず、逆に主人の心が傷ついたのを見て、それで吉原はおれを斬ろうと決心したのだ。だから理由は云えはしない、可哀《かわい》そうに、吉原はいま身の置きどころもない気持だろう、と冲也は心の中で呟《つぶや》いた。

「あなた方が理由を語らず、この者はそんな覚えがないと云う、これではここではたし合を許すわけにはいかない」と大谷となのる与力は云った、「まして、町人ひとりに侍三人とあってはなおさらのことだ、迷惑かもしれないが番所まで来ていただこう」

「番所だと」吉原藤次郎は与力を睨《にら》んだ、「それはわれわれのことか」

「あなた方三人だ」

「そんな無法なことがあるか」吉原は蒼《あお》くなった、「われわれは浪人者ではない、この海道の、——さる家中《かちゅう》に仕える藩士で」

「御藩はいずれですか」と大谷はすかさず反問した、「この東海道筋といえば御譜代の諸侯でしょう、どちらです、参州ですか遠州ですか」

「主家の名は申せない」

「では番所へまいろう」と大谷は云った、かさにかかった調子ではなく、却《かえ》ってなだめるような口ぶりであった、「べつに表沙汰で命ずるわけではない、暫《しばら》く休息してもらうだけだ、二度と騒ぎの起こらないようにな」

そして冲也の顔を見、「そのほうは道をいそぐがよい」と云った。

冲也は大谷小十郎というその与力に会釈《えしゃく》をしてあるきだした。吉原たちがどんな顔をしていたかは知らない、冲也は一度もかれらのほうは見なかった。軀の芯の熱っぽさは去らず、手足のだるさはいっそう強くなり、腕は肩の付け根から抜け落ちそうだし、脛《すね》は鉛にでもなったように重たくなった。見物人たちが自分を眺め、囁《ささや》きあったり、指さしてなにか告げあったりしていたが、それらも現実のものではなくて、夢の中のことのようにしか感じられなかった。

「あれが渡し場だな」歩きながら彼は呟いた、「おれは天竜川を渡るんだ」

「もし、あなた」とうしろで呼ぶ声がした、「もし、荷物が落ちましたよ」

冲也は自分の肩へ手をやってみ、振分けの荷がないのを知って振返った。すると眼に見える物すべてがぐらぐらと揺れ、すぐそこに人足ふうの老人が立っているのを認めたが、そのまま倒れて意識を失った。こんな人を担《かつ》ぎこんで来てどうするのさ、と云う女の声が聞えたが、それは倒れるときのことのようでもあり、もっとのちのことのようでもあった。すぐ眼の前にいた人足ふうの老人は、冲也が倒れるときびっくりして走りよった。ああおれは倒れるぞと思いながら、そして、見える物すべてが揺れて空転する中で、走りよって来るその老人の、びっくりした表情がはっきり印象に残った。早くこの川を渡るんだ、さもなければまたあの三人に捉《つか》まってしまう。大谷という与力は道をいそげと云い、三人を番所へ伴《つ》れていった。そしておれにいそげと云ったのだ。二度とこんな騒ぎを起こしたくないからな、慥《たし》かそんなふうなことを云ったと思う。今夜たべるめしも足りやしないんだよ、どうするつもりだい、と女がどこかでどなった。おれはまた人に庇《かば》われた、と冲也は思った。

「おれはあいつらに斬られるところだった」と彼は呟いた、「あのきちがいどもはおれを斬るつもりだった、あいつらから遁《のが》れる手段はなかった、おれは眼をつむって、それでも斬れるならしようがないと思った、するとあの与力があらわれた、だらしがないな」「だらしがないぞ」と彼は自分を罵《ののし》った、「自分のちからで切りぬけたのならいいが、きさまはまた人の助けで窮地を脱した、自分でやったんじゃないぞ」

これらのことを現実に云ったものか、それとも云ったように思っただけのことか、どちらとも彼自身にさえ判別はつかない、にもかかわらず、意識がよみがえったあとでも、自分の力でなく他人に助けられて危地を遁れた、ということが、痛みの止らない傷のように心に残った。殆《ほと》んど意識を失ったままで七日が過ぎた。七日という日数はあとで聞いたのであるが、われに返って初めて眼にはいったのはおけいの顔であった。

「ああ」と冲也はすぐに眼をつむりながら、安心したような声で云った、「あなただったのか」

七の四

その治兵衛《じへえ》という男は、初めから医者とはみえなかったし、日が経《た》ってからも医者らしくはなかった。としは自分で二十七だと云うが、見たところ三十五歳より下とは思えない。五尺あるかなしかの小柄《こがら》な軀は、がっちりと太って逞《たくま》しく、肌は陽にやけて栗《くり》のような色をしていた。眉毛《まゆげ》は薄く、眼と鼻と口は大きい。手指も百姓のように太くごつごつしていて、「この腕は五人力ある」と自分で云っていた。姓は藤原、平安朝のころからこの土地に定住してい、曽祖父《そうそふ》のときから代々医者を家業として来た、と宣言するように云った。

冲也を助けたのは与六という馬子《まご》で、いま寝ているのはその住居である。妻のおとらと子供が三人、貧しいために妻子も働いている。子供は上の二人が女で、池田宿の宿屋へ奉公に出てい、姉のおきちが十五、妹が十二、下の七歳になる正次はうちにいるが、これも宿《しゅく》へ出て使い走りをしたり、旅人の荷持ちをしたりして駄賃《だちん》を稼《かせ》いでいる。与六は馬子ではあるが自分の馬はなく、建場の日雇人足であり、酒飲みで怠け者で、底抜けのお人好しであった。――これらのこともすべて治兵衛医者から聞いたのであるが、その医者は片意地で頑固《がんこ》で、ひどく辛辣《しんらつ》な口をきくから、与六に対する批評もどこまで本当にしていいか疑わしかった。

冲也が意識をとり戻《もど》して以来、おとらという女房はいちどだけ、「このろくでなしが」と亭主《ていしゅ》をどなりつけたことがある。与六が夜半ごろ正気のないほど酔って帰った晩で、彼女は与六を、倒れ込んだままの土間から寝床まで、担いで運び入れなければならなかったのだ。「ああろくでなしだよ」とそのとき与六は云い返した、「ろくでなしで悪いか、いったい誰がおらのことをろくでなしにしたんだ、え、誰だ」

おとらはなにも云わなかった。

与六は天竜川の向うにある、植松村の庄屋《しょうや》の息子だった、と医者の治兵衛が語った。家は十数代も続いた旧家で、土地と山林を広く持ち、植松という姓と帯刀を許され、浜松城への出入りも御免になっていたほどだが、与六がきれいに潰《つぶ》してしまった。彼は一人っ子で、親があまやかしたため、そんなことになったのだ、と世間では云っていたが、親のためでも環境のためでもなく、どんなふうに育てても与六はそうなったに違いない、と治兵衛は云った。与六は十五六のころから酒と女の味を覚えた。庄屋の一人息子であり、資産も余るほどあったのに、決して派手な遊びはしなかった。人足といっしょに安酒を飲み、宿場《しゅくば》の下級な飯盛《めしも》り女しか相手にしなかった。博奕《ばくち》には手を出さなかったが、けちくさい道楽にだらしなく溺《おぼ》れこみ、それだけで巨額な資産を使いはたした。信じられないことだが、一度に一両という金を使ったためしがない、緡《さし》にとおした銭の幾束か、せいぜい小粒銀しか持たず、それで植松家の資産を残らず使いはたしたのである。おとらと夫婦になったのは三十二のときで、住む家もなく、一文の銭もなく、一枚の着替えもなかった。

「どういう気持で夫婦になったかわからないが、おとらがいなかったら、与六のやつはのたれ死にをしただろうな」と治兵衛は云った、「世帯《しょたい》を持ったそもそもから、おとらが独りで稼いだ、与六のやつは馬子に出たが、貰《もら》う駄賃はみな飲んでしまう、駄賃の貰えなかった日は、おとらに泣いて酒代をねだるんだな、人間の屑《くず》だ」

「どうしておまえさんを助けたかって」と治兵衛はまた云った、「みんな金のためさ、おまえさんのみなりを見て、金を持っていると見当をつけたんだろう、実際そのとおりだったがね、おまえさんが預けたという紙入と、胴巻の中にあった金は、私が立会いのうえであけてみたよ、私も唯《ただ》で病人を治療するほど裕福ではないからな」

病人のないときは百姓をするという。五人力と自慢する腕や、小柄ではあるが固太りの逞しい軀や、熟れた栗のような色に陽やけしているところは、紛れもなく、病人を治療するより百姓をしているほうが多いことを証明しているようにみえた。

おかしな人たちだ、と幾たびか冲也は思った。与六とおとらもおかしな夫婦だし、治兵衛という医者もおかしな人間だ。彼は訊かれもしないのに、与六夫妻のことをはじめ、この付近の出来事や、冲也とは無縁な男女のことをいくらでも語る。それも褒《ほ》めるとか感心するようなことは一度もなく、片っ端から軽蔑《けいべつ》し、罵《ば》倒《とう》し、けなしつける。面白いことに、彼は自分をも含めて世の中にはまともな人間は一人もいず、まともな事はなに一つ行われていない、と云うのであった。

或《あ》る日、冲也はおけいのことを思いだした。それは初めて固粥《かたがゆ》を喰《た》べてよいと云われた日のことで、与六と正次は街道へ出てゆき、おとらがぼろの繕いをしていた。――その家は六帖《じょう》と四帖半の二た間で、鉤《かぎ》の手に土間があり、勝手はなく、土間の一部に釜戸《かまど》があった。洗い物やなにかはみな裏へ出てするが、そっちに井戸でもあるようすだった。――冲也は寝ている四帖半から、六帖にいるおとらに問いかけた。喉《のど》がすっかりしゃがれていて、自分でも自分の声のようには思えなかった。

「女の人ですって」おとらは手を止めて振返った、「――おら知らねえが、どの女の人ですかえ、お伴《つ》れがあんなさったですかえ」

冲也はおとらの表情を読もうとした。鞠子の宿と同じことだ、おとらの白っちゃけた、むくんだような顔には、なんの表情もあらわれず、すぐにまた針を動かしはじめた。鞠子の池田屋でも同じだった、と冲也は思った。だがこんどはあのときとは違う、池田屋では誰か女の人が看護してくれた、とぼんやり記憶に残っただけであるが、こんどはおけいだと認めたのだ。高熱の苦痛が去り、いっときわれにかえったとき、眼の前におけいがいるのを見たのだ。あなただったのか、と自分が云ったのも覚えているし、そこにおけいのいることが、少しも不自然に感じられなかったことも覚えているのだ。

そうだ、と冲也は心の中で呟いた。おれにはおけいのいることが不審ではなかった、そこにおけいがいるのを見て、当然そうあるべきだと思い、ほっと安心したものだ。あれは高熱のあとの幻覚ではない、慥かにこの眼で見たのだ。――しかし、彼は自分の記憶を裏返してみるように、心をしずめて考え直した。しかしそんなことがあり得るだろうか、おけいとは箱根で別れたきりだ、江戸へ帰ったのだろうが、あれ以来いちども会っていない。それがこんな旅の途中で、しかも病気の看護にあらわれる。ばかな、冲也は首を振った。仮にそんな偶然があったとしても、ではどうして姿を隠すのか、現実のことならおけいはここにいる筈ではないか。そうだ、いかにもこれは理屈に合わない。おそらく病気のために頭がどうかしたのだろう、おれの眼があらぬものを見たのだ。そう思い返しながら、それでもなお、自分が慥かにおけいを見た、ということを否定しきれないのであった。「おけい」と彼は口の中で呟いた、「――これは本当に夢なのか、それとも……」

七の五

「どうしたのさ、どうしたんだよう」おとらが喚《わめ》いた、「もう半年以上もだよ」

その声で冲也は眼をさまされた。なん刻《どき》ごろかわからない、家の中はまっ暗で、子供は熟睡しているのか、おとらの声のほかにはなんの音も聞えなかった。

「ろくな稼《かせ》ぎもしないし、たまに駄賃でも貰えばみんな飲んじまうし」とおとらは続けた、「それでよく亭主づらができたもんだ、あたしが内職をするのはまだいいよ、女の子が女中奉公に出るのもいいさ、だけども七つになったばかりの正次まで、街道で物乞《ものご》い同然な稼ぎをしているじゃないか、それでも親かい、え、それでも五躰《ごたい》満足な男親だと云えるのかい」

「わかったよ、そんな大きな声を出すなよ」と与六が喉声で囁《ささや》いた、「――奥の旦那に聞えるじゃねえか、旦那が眼をさましちまうじゃねえか」

「聞えたらどうだってのさ、夫婦の仲のことを聞かれちゃあ悪いってのかい、ここはあたしんちだよ、自分のうちで自分たち夫婦の仲のことを話すのに、誰に遠慮することがあるんだい、へ、ろくな礼もしねえで旦那が聞いて呆《あき》れるよ」おとらが急に叫んだ、「なにょうすんだい、畜生、ぶちゃあがったな」

冲也は両手で耳をふさいだ。

夫婦はどたばたと暴れた。正次は声も出さない、その騒ぎで眠っていられるわけはないが、起きては悪いとでも思っているのだろうか。暗闇《くらやみ》の中で身を固くし、おそろしさにふるえながら、じっと息をひそめている子供の姿が、冲也には見えるように感じられた。夫婦の殴りあいはまもなく終ったが、おとらの喚き声はなお続いた。

いったい自分たちはなんのために生きているのか、とおとらは云った。ねんがら年中ぼろを着て、腹いっぱい喰べたこともなく、旅芝居ひとつ、軽業ひとつ見るわけでもない。朝から晩まで休みなしに稼いで、風邪をひいても寝ることさえできない。子供たちにはこれからというものがある、どんなまぐれで出世をするか、大きな金儲《かねもう》けをするかもわからない。けれどもあたしはもう三十七だ、どんなにながが生きをしたって五十年とは生きられやしない、せえぜえ十年かそこいらだろう。それだのになんでこんな苦労をするんだい、嘘《うそ》にも亭主というものがあり、たまには夫婦らしいたのしみがあるからこそじゃないか。わかったよわかったよ、おれだってそれは忘れてるわけじゃねえんだ。なにょう云やあがる、なにがわかってるってんだ、あたしだってね、こうみえても生ま身の人間だよ、いいかい、死《し》びとでもなきゃあ病人でもない、なんの因果か一家のくらしを立てるだけは稼げる丈夫な軀《からだ》を持ってるんだ、それをおめえは知っていて、五日や十日ならがまんもするが、半年以上も手も触らねえっていう法があるかい、口をあけば草臥《くたび》れたの酔いすぎたのって、おまえが草臥《く》れるほど稼いだことがあるかい、酔いすぎたからだめだってえのなら、これからは酒代を呉れなんてせびらねえがいい、あたしゃもう鐚《びた》一文出しゃあしねえから。あやまる、悪かった、おれが悪かったよ、おれだって済まねえとは思ってるんだ、ほんとだ、本当に済まねえとは思ってるが、こいつばかりは自分でもどうにもならねえ、どうにかしてとあせればあせるほど肝心のやつがそっぽを向いちまやあがる、おらあ自分でも自分にはらが立ってならねえんだ。ふん、肝心のやつに罪を着せればいいと思ってるんだろう、あたしゃあね、おめえが外でなにようしてえるか、残らず聞いて知ってるんだよ。冗談じゃあねえ、そんなおめえ、外でおれがなにをするわけもねえことは。へん、松葉屋のお米さんとかいうあまはなんだい。松葉屋のお米だって、冗談じゃあねえ、あれはおれがまだ植松にいて、ばか遊びをしていたじぶんの。だから酒手をねだったり乳くりあったりするのかい、あんなめし盛り女がむかし馴染《なじみ》だったくらいで、酒手を貢《みつ》いだりするってえのかい。あやまる、あやまるからもう勘弁してくれ。畜生、ああくやしい、あたしゃ死んじまいたいよう。

両手で耳をふさいでいても、かれらの会話はあらまし聞えて来た。おとらは泣きだし、与六が張りのない口ぶりでなだめた。

——かなしいな、と冲也は心の中で呟いた。あたしはもう三十七だとおとらは云った、長女のおきちが十五だとすると、十五六年ものあいだ、はたらきのない亭主に添い、三人の子を育てて来たのだろう、夫婦になったとき与六は三十二だったとすれば、いま男としては働き盛りな筈だ、四十七八は男盛りで、精神的にも肉躰的にも、もっとも充実したときではないか、それが妻や子供たちに稼がせ、自分は酒浸りになっている、暢気《のんき》でいい心持だろうか、酔うよりほかに、自分の無能力さをごまかすことができないのではないか。

——おとらがぐちをこぼしたのはこれが初めてだ、と冲也はなお呟いた。ここで世話になり始めてから、もう二十余日にもなるだろうが、そのあいだ文句を云ったこともなかった、いつだったか与六が酔って、いったい誰がおれをろくでなしにしたと、くってかかったことがある、しかしおとらはなにも云い返さなかった、なにかそこに仔細があるんだな、彼を堕落させたのはおとらだったかもしれない、そう考えたが、事実はそうでなく、単に酔っぱらいのくだで、おとらが相手にならなかっただけのようだ、医者の治兵衛によれば、与六はおとらに救われたようなもので、おとらがいなかったらのたれ死にをしたろう、ということだったから。

――おとらはどんな気持で与六と夫婦になったのだろうか、夫婦の仲のことは他人にはわからないと云う、おとらにはおとらでどうしようもない気持があったのだろう、しかしいまは辛抱が切れた、あたしだって生ま身の人間だよ、おとらはそう叫ばずにはいられなくなったのだ。

生きることの苦労や、悲しさ辛《つら》さを耐えてゆけるのも、夫婦のたのしみ一つがあるからだという。冲也はその言葉に、人間のもっとも原始的な、深いかなしみが表現されているように感じられた。それは一人の女の叫びではなく、女ぜんたいの嘆きとかなしみと訴えがこもっているように。――彼は妻のお京を思った、お京が初めて陶酔を知ったとき、彼はよろこびよりもかなしさを感じた。お京が自分でも制御できない陶酔に浸されるのを見ながら、つまり、夫婦としてもっとも緊密に一躰《いったい》となったとき、却《かえ》ってお互いがはなればなれであること、お京も自分も孤独で、二人が一心同躰になることなどは決してできない、というかなしさを心の底から感じたものだ。――おとらはそのよろこびを与えて呉れないことで、与六に怒りと怨《うら》みを投げつけた。けれども、それはよろこびを与えて呉れるか呉れないかではなく、夫婦として生きる実感を得たいからであろう。いくら稼いでも貧乏からぬけることができない、としも三十七になってしまったのだ、生きるための苦労がどうしようもないことなら、せめて夫婦二人が心と軀でぴったりとより添い、支えあってくらしたい、そういうことを訴えたのだと思う。

「これが現実の人間の姿だ」冲也は掛け夜具で顔を掩《おお》いながら、殆んど声には出さずに呟いた、「――みえも外聞もなく、このように叫びださずにはいられなくなる生活がここにある、これが現実だ、こういう叫びを聞かず、こういう生活を知らずに、本当の曲が作れるものではない、おれは聞き、おれは見た」

数日して、冲也は治兵衛という医者の家へ移った。まだ旅をするにはむりだし、与六の住居は不潔すぎると、治兵衛が叱《しか》りつけるように云い、自分で駕籠《かご》を呼んで来た。冲也はもう少し与六たちの生活を見ていたかったのだが、夫婦で争った夜、おとらが「ろくな礼もしないで」と云ったことを思いだしたので、治兵衛のすすめにしたがった。――金は治兵衛が預かっていて、与六夫婦への謝礼や、いろいろな入費はみな治兵衛が払っていた。むろんもう大阪へゆくだけ残ってはいないだろう、移転をするとすぐに、冲也は江戸の自宅へ手紙を出した。

このまえと同じように、熱がさがると咳に悩まされた。夕方から夜にかけて激しくなるのも同じだった。

「なに風邪をこじらせただけよ」と治兵衛ははら立たしげに云った、「初めてなが旅をすれば、故障の起こるのが当りまえだ、おまけに雨に濡《ぬ》れてあるいたりしたんだからな、鬼だって咳ぐらいにはとっつかれるさ」

その家には医者の住居らしい物はなにもなかった。構えだけは頑丈《がんじょう》で大きいが、医者の住居に備えられるような道具は一つもなく、どう見ても古びた百姓家としか思えなかった。家族は夫婦と女の子が一人、ほかに十八歳になる弟がいて、これは江戸へ医学の修業にいっているが、どうせろくな医者にはなれまい、と治兵衛はせせら笑いをしていた。女の子は六歳、母親に似て軀も顔も小さく、しなびたように痩《や》せてい、治兵衛に対して二人とも絶えず怯《おび》えているようであった。家の中をあるくのも足音を忍ばせるようだし、話もひそひそ声で囁きあい、治兵衛がなにか云うたびに、どちらもとびあがりそうになった。

「血は争えないな」と治兵衛は妻と子を白い眼で見ながら嘲笑《ちょうしょう》する、「――水呑《みずの》み百姓の子は水呑み百姓、平安時代から伝わる藤原家では息もつけまい、そら柱にぶっつかるぞ、それは親柱だ、その柱にきずでもつけてみろ、生かしてはおかんから」

治兵衛は三反の田と、二反歩の畑を作っていた。医者の仕事などは年に幾たびと数えるほどしかないし、たまに患者があっても、薬礼は米か麦、野菜などでしか払ってもらえない。しぜん百姓でもするよりしかたがない、ということであった。

「あなたからは薬礼が貰えそうだが」と治兵衛は云った、「金で薬礼を貰うのは、正直なところこれで三度か四たびめぐらいですな」

独白

あの方が治兵衛《じへえ》という医者の家へ引取られてから、今日でもう七日めになり、一昨日《おととい》から雨が降り続いている。

あたしが吉原藤次郎《よしはらとうじろう》をみかけたのは幸いであった。大井川を渡ったところで、あの方の来るのをひそかに見張っていたら、吉原と二人の侍がおちあい、河原をあがった松の木陰でなにか相談を始めた。あたしの休んでいた茶店からは十四五間もはなれたところで、なにを話しているかはむろん聞えはしないが、二人の侍のうち一人が疋田京之助《ひきたきょうのすけ》だとわかったとき、かれらがあの方を覘《ねら》っているのだ、と合点《がてん》がいった。――それからあたしは三人のあとを跟《つ》けはじめた。かれらはまったく気づかなかったろう、旅装束だし笠《かさ》をかぶっているし、老人の供を伴《つ》れた女の一人旅だから、ずいぶん側《そば》へ寄っても、あたしがなに者か見分けがつかないのは当然だと思う。こうして、三人があの方を天竜川の渡し場で討つつもりだ、という打合せを聞きとめた。

あたしは箱根から、宿継ぎの供を雇った。宿場から宿場まで、一日ぎりの供で、小さな包だが荷物も持ってくれるし、馬や駕籠《かご》の交渉から、宿屋の世話までしてくれる。中食《ちゆうじき》をこちらで払って、日雇賃が五十文、これは元の宿場へ帰る分もはいっているそうで、あたしがその倍だけ先払いにすると、みなよろこんでしんせつにしてくれた。三度めに油井で雇ったのが徳平という老人で、性が合うというのだろうか、大阪までいってもらえないかと訊《き》くと、迷うようすもなく、建場で家族への伝言を頼み、それからずっと供に付いてくれた。――三人が天竜川であの方を斬《き》るつもりだと知ったとき、あたしは徳平に相談した。あまり詳しいことは話さなかったが、徳平は番所の力を借りるのが安全だと云い、そこから乗り継ぎの駕籠でいそがせ、その日のうちに見付の宿へ着いた。明くる日、――女一人のほうがいいと徳平に云われ、番所へいってみると、これも運がよく、大谷小十郎という人がいあわせて、あたしの頼みを疑いもせずに聞き、手配をしようと引受けてくれた。

あなたはその者とどういう関係があるのか、と訊《き》かれたとき、すすんでなにもかも話してしまった。こちらの頼みをすぐにきいてくれたからというだけではなく、なにを話しても大丈夫だという感じがしたからであった。それは羨《うらや》ましい話だな、と大谷さまは微笑され、いつまで身を隠してもいられまい、この辺でいっしょになるほうがよくはないか、と注意してくれた。あたしも隠れてついてゆくのはむずかしいし、どこではぐれるかしれないという不安に、絶えずつきまとわれているので、機会さえあればそうしたいのだが、この辺ではまだ追い帰されそうな気がして、そうする決心がつかないのである。

鞠子《まりこ》の池田屋でも、いっそ自分がついて来たことをうちあけ、ゆっくり看病しようかと思ったが、あの方の気性を知っているし、箱根でのいやな騒ぎが、まだお心に傷を残しているのではないかとも按《あん》じられるので、とうとう名のって出る気になれなかった。もちろん、当人のあなたがいちばん事情に詳しいのだから、むりにすすめるつもりはない。それに、ゆく先が大阪の芝居とわかっているなら、はぐれることもないだろう、大谷さまは力づけるように云ってくれた。

天竜川のことは見ていなかった。恐ろしくて見る気にならず、終るまで隠れていた。事のなりゆきは大谷さまから聞き、供の者を一人ひそかに付けてやったと云われ、ほっと安心したとき、その供の人が駆け戻《もど》って来て、あの方が渡し場で倒れたと、知らせてくれたのであった。

与六さんの家へ運ばれたことがわかり、あたしは徳平に医者を捜してもらって、自分は与六さんの住居を訪ね、ざっとわけを話したうえ、お金を預けて世話を頼んだ。医者は治兵衛という人で、藤原という姓をもち、三代まえから医者をしているそうだが、たいそう皮肉な性分らしく、自分のことを自分でへぼ医者だとけなしつけ、こんな田舎にくすぶっているくらいだから、ろくな治療ができるわけがない。本人の軀《からだ》に生きるちからがあれば治るだろうし、そのちからがなければだめだろう、などと乱暴なことも云った。——はじめの七日ほど、あの方は高熱のため意識不明で、あたしは宿へも帰らず、付きっきりで看病した。宿は池田宿の「中井屋」にとり、徳平はそこに泊っていて、与六さんの家まで毎日かよって来ては用を足してくれた。医者も一日に一度は診に来たが、脈をみたり眼を覗《のぞ》いたりするくらいで、薬をのませようともしなかった。いま薬をのませても効果はないし、効果のあるような薬も持ってはいない。頭を絶えず冷やし続けること、重湯《おもゆ》へ卵を入れたのを、少量ずつ欠かさず与えること。それ以外にすることはない、と云うばかりであった。

六日めか七日めの夜、額の濡《ぬ》れ手拭《てぬぐい》を替えていると、あの方がふいと眼をあいてあたしを見た。べつに驚いたようすもなく、ああ、あなただったのか、と呟《つぶや》いたまま、安心したようにまた眼をつむった。医者も危険なところは越したと云っていたから、あたしは初めて宿へ帰って寝た。眼がさめたのは明くる日の夜で、まる一昼夜ちかくも眠ったことになる。食事を知らせに来たが、呼んでも眼をさまさず、徳平も「疲れているのだから」と云ったため、そっとしておいたのだ、と女中が云った。

あの方は高熱のため意識不明のときでも、口三味線で浄瑠璃のふしを作っていらっしゃった。うわ言もみなふし付けか芝居のことばかりで、鞠子の池田屋のときも、袋井の若松屋のときもそうであったが、聞いていると、執念に憑《つ》かれているといったような、異常なものさえ感じられて、ぞっと肌《はだ》が粟立《あわだ》ったのを覚えている。――むろん異常でなどあるわけはない、あの方にとって浄瑠璃はいのちなのだ。黄金にも山ほどの宝にも替えがたい、いのちそのものなのだ。そのことに紛れはないのだが、うわ言を云っているときのあの方を見まもっていると、いのちである浄瑠璃が、あの方を逆に責めさいなんでいるようにさえ思えてくるし、大阪へいってからのことがだんだん気がかりになるばかりである。

旅が続けられるまでに、かなり暇があるらしいので、江戸へ急飛脚をやり、お金を取寄せた。与六さんの家は貧しくて、七つになる子供までが働いているありさまだから、あの方の世話をしてもらうには、どうしても礼をよけいにしなければならない。また、これから先のことを考えると、金を取寄せるような暇があるかどうかもわからないので、少し多いめに送ってもらった。

あの方は医者の家へ移ったし、病気はすっかりおちついたという。さし当って心配はなくなったようなものの、降り続いている雨を眺めていると、これからどうなることかと、こころぼそさが身にしみるようだ。中井屋というこの宿《やど》は、裏がいちめんの草原と田で、丘の起伏している平地のかなたに、深い森と山が見える。もう九月中旬だから、まもなく暦《こよみ》では冬になるのだが、この辺は暖かい土地なのだろうか、苅田《かりた》の畦《あぜ》や草原にはまだ青いものが多いし、落葉した木もあまり眼につかない。けれども、いま雨にけぶっている景色はやはり季節を感じさせるし、雨雲の垂れた空の下に、どこへゆくともわからない野道が、通る人の姿もなく冷たそうに濡れて、丘のほうへ延びているのを見ると、あの方や自分のゆくすえを絵にされたようで、泣きたいほどの淋《さび》しさにおそわれた。

江戸から金といっしょに、久吉姐《ねえ》さんの手紙が届いた。都座で「源氏十帖」が大当り、利久の女房しがらみの役をしている半四郎が好評であること。住吉町の大師匠がとうとう亡《な》くなり、伊佐太夫が兼太夫を継ぎ、河原崎座の舞台で出語りをしているが、これもかなり評判のいいこと。中村座の作者部屋にいる洒竹《しゃちく》という若い作者が、酒のうえの喧嘩《けんか》で人足を三人傷つけ、一人は死んだため御用になったこと。そのほか柳橋であたしの知っている人たちの消息の中には、小菊という妓《こ》が客と心中したと書いてあった。――こういう手紙を読んでいても、ふしぎなくらいなんの感動もおぼえなかった。小菊さんとは十四五のころからつきあっていて、ひところは毎日のように往《ゆ》き来《き》をしたものだ。唄や三味線はだめだったが踊りは群を抜いてうまく、陽気な性分で笑いむすびという仇名《あだな》があった。顔がおむすびに似ているところからそう云われるようになったのだ。およそ心中などとは縁のない人だったのに、どうしてそんなことになったのか、人の身のさだめほどたのみがたいものはない。けれどもこれらのことが、いまのあたしには遠い無縁な世界の出来事のようにしか思えないのである。物語を読むほどの実感さえなく、つい百日ほどまえに自分がそこから旅立って来た、ということも嘘《うそ》のようである。

医者の治兵衛さんが来ての話で、あの方はもう七日もすれば旅に出られるだろう、ということだ。あの方は冬の支度を持ってはいらっしゃらないようだから、徳平を浜松まで使いにやり、自分の物といっしょに反物を取寄せて、二人の支度をいそぐことにした。あの方の物は治兵衛さんに頼んで、治兵衛さんの着料を用立てる、ということにする手筈《てはず》である。――吉原藤次郎たち三人がどうしたか、諦《あきら》めてくれればよいけれども、大阪までの道中が無事であるようにと、祈るほかはない。

八の一

廊下をこっちへ来る人の足音がし、お客さまがみえました、と呼びかけながら、女中が障子をあけた。

った。


「よう」と云って生田半二郎がはいって来た、「あんまり驚かないでくれよ」

冲也《ちゅうや》は振向いて見たが、べつに驚いたようすもなく、持っている盃《さかずき》の酒を、黙って飲んだ。生田は女中に頷《うなず》いてみせ、冲也の向うに据《す》えてある膳《ぜん》の前に坐《すわ》った。女中は障子を閉めて去った。

「中の芝居の楽屋にいたんだ」と生田は云った、「並木万吉と一杯やってたのさ、ひな助の楽屋でね」

冲也はなにも云わずに、一本の燗《かん》徳利を盆にのせて、生田のほうへ押しやった。生田は自分の膳の上を眺《なが》め、盃を取って、手酌《てじゃく》で一つ飲み、すぐに二つめを注《つ》いだ。

「すると中藤が来たという知らせさ」生田は二杯めに口をつけてから云った、「中藤とは聞いたような名だが、誰だと思ったら中藤冲也だということだ、弁慶と富樫《とがし》が箱根の関所で会ったようなもんだからな、――久しぶりで一ついこうか」

「並木万吉を待ってるんだ」

「膳がはなれていちゃあ話が遠いや、そっちへくっつけてもいいだろう」

生田半二郎は膳を押して、冲也のと並べ、徳利を持って冲也に酌をしようとした。冲也は自分の徳利を取り、このほうが勝手だ、と手酌で飲んだ。

「どうしたんだ」生田は不審そうな眼で冲也を見まもった、「ひどく浮かない顔をしているが、おれが来ちゃあ悪かったのか」

冲也は右手を静かに返して掌《てのひら》を見せた。どうぞそのまま、とか、気にするな、とでも云うような動作だったが、口はきかなかった。

「あの岡本の娘」と生田はわざと明るい口ぶりで話を変えた、「――じゃあなかった、いまでは中藤の御内室だな、お京さんはどうした、いっしょにこっちへ来ているのか」

冲也はそっと首を振った。

「おれが手紙をやったら、ばあやのお幸さんから返事があった」と生田が云った、「仮名書きでよくわからなかったが、ごしんぞさんは近くおめでたで、若旦那は旅へ出ているという、みごもった大事な軀《からだ》で、いっしょに旅立ったようにも読めるし、じつはそう読んだわけなんだが、ほんの江戸近辺の遊山《ゆさん》旅だろうと思っていたよ、――するとお京さんは江戸で、もうおめでたがあったんだろう」

「だろうな」と冲也は答えた。

「だろうなって、――」だが生田は、そこで急に口をつぐんだ、冲也の無表情な顔を見て、あとは云ってもむだだと思ったらしい、手酌で一つ飲み、また明るい調子で続けた、「ところで、おれのことを訊《き》かないのか、名古屋にいる筈《はず》のおれがこんなところにいることをさ」

冲也は首を振った。

「興味なし、か」と生田は云った、「やっぱりおれの来たのが気にいらないようだな」

「並木万吉が来るんだ」

「おれはいままで彼と飲んでた、そして、中藤が来たと聞いたんでここへやって来た、おれ一人でだぜ」と生田が云った、「これで察しがつかないのか」

「約束があるんだ」と冲也が云った、「まえから約束した話があるんだ」

冲也の顔は仮面のように無表情であり、非人間的にさえみえた。頬《ほお》がこけ、両のこめかみに窪《くぼ》みができ、皮膚は乾いて、昔のようないきいきと充実した感じがなく、声も少ししゃがれていた。変ったなと、生田は思った。ずいぶん変った、人が違ったようじゃないか、と生田は心の中で呟《つぶや》いた。

「並木は来ないよ」と生田はなんでもないことのように云った、「次の幕から舞台をみなければならなくなったそうだ、ここはもう出ようじゃないか」

　冲也は黙って、持っている盃をみつめた。

「立慶町《りゅうけいまち》にちょっとした店があるんだ」と生田は立ちあがりながら促した、「およそこの角佐という芝居茶屋ほど、酒も肴《さかな》もまずい店はないんだ、さあ、立ってくれ」

　冲也はふところへ手を入れた。

「勘定なんかいいよ」生田は手を振った、「並木がなんとかするさ、いいんだったら」

「借りはしたくない」と云って、冲也は手を叩《たた》き、ふところから紙入を出した。

借りはしたくない。それは昔からきちんと守っていた習慣だ。麹町《こうじまち》の実家が裕福だし、元柳橋の岡本が付いていて、金に不自由がなかったというだけでなく、生れつきそういう性質だった、というほうが当っているだろう。だが、いま「借りはしたくない」という言葉は単純ではない。これまでの習慣とはべつに、借りを作ってはまずい、という意味があるのだ。

——生田は中の芝居の楽屋で、作者の並木万吉からざっと事情を聞いた。冲也は十月はじめに大阪へ来てから、角の芝居（角座）と中の芝居（中座）へ、自分の浄瑠璃《じょうるり》の付いた芝居を売り込もうとして、けんめいになっている。そのために市川団蔵を訪ね、中村歌右衛門《なかむらうたえもん》を訪ね、また藤川八蔵、市川団三郎、三桝松五郎《みますまつごろう》など、座元や芝居興行におしのきく人たちを追いまわし、茶屋へ招いて馳走《ちそう》したり、自分で三味線を持って、浄瑠璃を聞かせたりする。江戸で当りを取ったという「恋の苧環《おだまき》」なども聞かせたそうであるが、江戸芝居はこの土地では受けないので、役者たちがてんで興味をもたないうえに、こっちの作者がみな反感をいだいている。――かれらは冲也を笑い者にしていた。招かれればいい気になって飲み食いをし、いまにも芝居が上演されそうなことを云う。招かれなければ冲也の宿へ押しかけて、自分のほうから好きな註文《ちゅうもん》を出し、腹いっぱい飲んだり食ったりする。そして陰では「江戸の人間はあほやな」と舌を出しているのであった。

――どうしてそれがわからないだろう、と生田は思った。あれほど勘のいい、神経のこまかい男だったのにな。

冲也がいま勘定を払うのは、並木万吉に気がねをしているからである。むろん金も持っているだろうが、芝居関係の者にいやな印象を与えたくない、という気持のほうが強いに違いない。中藤冲也ともある男がな、と生田は心の中で溜息《ためいき》をついた。――角佐というその芝居茶屋を出ると、明るい冬の日光が眩《まぶ》しいのか、冲也は眼の上へ手を庇《ひさし》にし、眉《まゆ》をしかめながら振返って、中の芝居のほうを見やった。午後三時ころの吉左衛門町は往来の人が多く、それらの人たちの頭越しに、中座の表に立ててある幟《のぼり》の列が見えた。

「こっちだ」と生田が云った、「はぐれないように頼むぜ」

その店は立慶町の北側にあり、「たちばな」と仮名で書いた軒行燈《のきあんどん》が出ていた。土間の左手につけ台と腰掛があり、右手には小座敷が三つ並んでいたが、生田は土間を通りぬけた。やはり「たちばな」と染め抜いた花色ののれんをくぐると、あぶら竹を配した石だたみの路地になってい、その先に離れ造りで茶室ふうの座敷があった。市《いち》の中の閑居といったところさ、と生田半二郎が云い、先に立って狭い玄関からあがった。

冲也にはこれらのものが殆《ほと》んど眼にはいらなかった。狭い路地のあぶら竹も、石だたみも、その離れが茶室ふうな造りであることも、――ちょうど東海道をあるいて来ながら、途中の風景はもとより、富士の山さえ見なかったと同じように、なに一つ眼にとめたものはなかった。若いのと中年増《ちゅうどしま》と、二人の女中が酒と肴《さかな》を持って来、生田が話しだした。彼は女中たちを去らせて、冲也に酌をし、自分は手酌で飲みながら、陽気に休みなく話した。いっしょに江戸から逃げたおつねと、名古屋へおちつくまでのこと。初めのうちは自分が常磐津《ときわず》を教えていたが、唄そのものが土地に合わないのと、稽古《けいこ》をきびしくしすぎたのとで、おちついて修業しようという弟子もなく、食うにも困るようになり、ついには夜の街へながしに出るようにさえなったこと。そのあいだには京や大阪へも出てみたが、妙なきっかけでおつねの踊りに弟子が付いた。おつねもくらしの足しにと、料理茶屋へかよい女中にいったり、宴会の手伝いをしたりしていたが、そんなときたまに踊ったのを、土地の河内屋という大きな料亭《りょうてい》の主人が見て、踊りの師匠をやってみないかとすすめた。その気があれば稽古所も心配しようし、弟子たちを集めてもやろうという。こうして橘《たちばな》町というところに新しい家を借り、大胆不敵にも「あづま流家元」なる看板を出して稽古を始めた。

「子供のころから踊りは好きで、町の師匠から手ほどきを受けていたそうだ」と生田は続けた、「浜屋へ嫁にいったのも、小さいながら芝居茶屋で、好きなときに芝居が見られるからだったというが、踊りを見たらまるっきり大和屋さ、姿花秋七草《はですがたあきのななくさ》の手習子なんぞは、半四郎をそのまま持って来たようなんだ」

おつねの稽古所はしだいに繁昌《はんじよう》し、そのほうだけでらくに生活ができるようになった。なんのことはない、こっちは女髪結の亭主さ、と生田半二郎は自嘲《じちよう》した。飲んで食ってぶらぶら遊んでいればいい、そういう身分なら百年の辛抱もできる。と思っていたがとんでもない、半年と経《た》たないうちに飽きがきて、なんとか身の振りかたをきめようと思いだした。

「さいしょはおつねが男をつくればいいと思った」と生田は云った、「あいつはもともと浮気性《うわきしよう》で、おれのまえにも幾人か男があった、橘町で師匠を始めてからも、あいつをおめあてにかよって来る若い男が、三人や五人じゃあなかったし、まず稽古所の面倒をみてくれた河内屋の主人というのが、おつねをものにしようとして涎《よだれ》を垂らさないばかりのありさまさ、亭主のおれは頼みにならない、きっかけさえあれば必ず落ちるだろう、どっちへ落ちても得こそすれ、これっぽっちの損もないんだから、おれはそれを待っていた」

おつねに男ができれば、いくらなんでもいっしょにはいられない、それをはずみに自分もなんとかやり直してみよう、そう考えたのであるが、おつねは誰にも眼をくれようとしなかった。どんなにいいきっかけがあり、妨げになるような邪魔がなに一つないときでも、おつねは決して男のさそいにのらないのだ。そればかりでなく、そういうことがあるたびに、ますます生田にへばりつき、自分からはなすまいと熱をあげるのであった。

「のろけじゃあない、のろけで云ってるなんて思わないでくれ」と生田はちょっとてれたように断わりを入れた、「人間の気持の変りようが、あんまりふしぎなんで話すんだ、――いまだから云うが、おれたちが江戸でできたとき約束をした、お互いに浮気者同志、好きなあいだはいっしょにいるが、飽きたらさっぱり別れよう、どっちが飽きてどっちにみれんがあっても、そのときは文句なし、きれいに笑ってさよならだとね」

冲也は口の中で、どこかへゆかなければならない、と呟いていた。しかし、生田半二郎にはまったく聞えなかった。

八の二

酒と肴を持って、中年増の女中が幾たびか出入りをした。彼女ははいって来るたびに、生田半二郎の側《そば》へ坐って酌をし、自分も一つ二つ飲んで、ひそかに生田の軀へ触ったり、嬌《なま》めかしく横目でみつめたりしたが、生田はまったく知らない顔で、すぐに女中を追いやり、熱心に自分の話を続けた。

おつねはすっかり変った。生田のほかに男は一人もないようなのぼせようで、自分が稼《かせ》ぐからおまえさんは遊んでいていい、飲み食いに不自由はさせないし、浮気がしたくなったらしてもいい、遊びの金ぐらいどうにでもするが、ただ自分を捨てないでもらいたい。おまえさんに捨てられたら死んでしまう、などと繰り返して云うのであった。

「こうなったらしようがない、こっちでぶち毀《こわ》してやろう」と生田は云った、「そう思ってとびだし、京へいって浮気をした、まえにいったとき、南の芝居（南座）の囃方《はやしかた》と知りあいになったことがある、十三郎という年寄りだが、そこへころげ込んで二十日ばかりぶらぶらしたかな、女もすぐにできた、ところがだめだ、ちっとも面白くないし気持がおちつかない、磁石に引かれる鉄といったあんばいで、ふらふらとおつねのところへ帰ってしまった」

こんな筈はない、女が性に合わなかったんだろうと思い、次には大阪へとびだした。大阪でも角の芝居に知人があった。そこでは囃方にはいって笛を吹いたことがあるので、お囃子部屋へもぐり込み、この「たちばな」へ飲みにかよった。

「そして、できたのがいまの」と云って生田は障子のほうへ顎《あご》をしゃくった、「――あの中年増の女中さ、おはるっていう名で、としはもう二十七か八だろう、向うではすっかりのぼせあがってるんだが、これも半月そこそこだったかな、またおちつかなくなって、名古屋へ帰ってしまった」

名古屋の家が橘町にあって、この店が「たちばな」、貝合せみたような話でお笑いぐさだ。われながらだらしのない話であるが、どうしてもおつねと縁が切れないらしい。こんどもとびだして来て十日あまりになる、こんどこそふん切りをつけようと思ったが、どうやらそろそろ危なくなってきた。これでまたあいつのところへ戻ってゆくようなら、もう諦《あきら》めておつねとくらしてゆくつもりである。――こう語るあいだにも、おはるという中年増の女中は、酒と肴を替えに来ては生田にからんだ。沖也の眼がなにも見ていないことに気づくと、生田の肩を抱いて、すばやく口を吸ったり、今夜は早くあがるから待っていてくれ、などと囁《ささや》いたりした。

「うるせえな」生田はじゃけんにおはるを押しやった、「久しぶりの友達と話してるんだ、あっちへいっててくれ」

沖也は手酌で飲んでいた。もうかなり酔っているのだろう、顔に赤みがさし、仮面のように生気のなかった眼に、なにかを捜し求めるような光りがあらわれた。

「どこかへゆかなければならない」と沖也は呟いた、「こうしてはいられない、おれはどこかへゆかなければならないんだ」

こんどは生田半二郎の耳にも聞えた。

「どこかへゆくって」と不審そうに生田は訊《き》き返した、「――どこへゆくんだ」

沖也はゆっくりと生田を見た。どこへゆくんだと問い返されて、初めて、そこに生田半二郎のいることを認めた、というような眼つきであった。それから沖也はにっと微笑し、もの憂《う》げに首を左右へ振った。

「おれがなにも聞いていなかった、と思うんだろう、――おれは聞いていたよ」と沖也はきみの悪いほどゆっくりと云った、「生田半二郎、生田半二郎、おまえは、おまえの頭は女のことでいっぱいだな、昔からそうだった、おまえはいつも女のことしか考えない、惚《ほ》れたとか惚れられたとか、寝たとか別れたとか、口をきけば女のことばかりだ、それでよく飽きないもんだな」

「えらそうなことを云うなよ、自分はいったいどうなんだ」と生田が指で冲也の胸をさした、彼が心配したほど冲也のようすがおかしくないのでほっとしたらしい、生田は片手の指を冲也に突きつけたまま、片手に盃を持って酒を啜《すす》った、「——中藤の宿には女がいる、それがお京さんでないとしたら誰だ」

「おれの宿に女だって」冲也はどきっとしたような眼で生田を見、やがてその眼をつむって静かに云った、「どうして生田はそれを知っているんだ」

「おれのほうで訊いているんだぜ」

「名はおけいっていうんだ」

「しろうとじゃないらしいって話だな」

「誰から聞いた」冲也は眼をあいて生田を見た。

「それは返辞にはならない」

冲也は口をつぐみ、暫《しばら》くのあいだじっと考えこんだ。訊かれたことについて考えているのか、答える言葉を考えているのか、その表情ではどっちとも判断がつかなかった。

「舞坂から荒井へ渡る舟の中でみつけた」と冲也はぼんやりと云った、「おれの眼から隠れよう隠れようとしていたので、却《かえ》って眼についたんだ」

「なんの話だ」

「おけいさ、いろ恋じゃあない、おれについてどこまでもゆくつもりらしい」

「そういう話しかたではわけがわからない、その女はいったいなに者なんだ」

「初めは箱根で会った、いや、――そのまえに大和屋の楽屋口で会ったんだ、そのときはそのまま忘れてしまったが、箱根で会ったのはおけいが、おれのふし付けに助力してくれたのがきっかけなんだ」

　冲也はそのときの事情をざっと話し、それからあと、大阪へ来るまでのことも話した。生田半二郎にもあらましのことはわかったが、おけいが女の身一つで、そのように冲也のあとを跟《つ》けて来、現に同じ宿で泊っているし、どこまでもいっしょについてゆくというのに、いろ恋ではない、という点がまったく理解できなかった。

「その人は中藤に惚《ほ》れているよ」と生田は云った、「そうでなくって、女がこんなところまで男を追って来るわけがないじゃないか」

「生田はおけいを知らないからだ」

「女に変りはないさ」生田はやや皮肉な口ぶりで云い返した、「中藤が女というものを知らないんだ、およそ中藤ぐらい女について無知な男もないからな」

「おけいはおれに妻のあることを知っている」

「芸妓《げいぎ》をし人の囲い者になるような女は、そんなことを気にしゃあしないさ」

「おけいは旅のあいだも、この大阪へ来てからも」と冲也が云った、「――欠かさずお京のために陰膳《かげぜん》を据《す》えている」

「陰膳だって」

「食事のたびごとに、自分の膳ははなれて据え、おれの膳と並べてお京のために、欠かさず陰膳を据えるんだ」

「手がこんでるな」生田は右手で頭を搔《か》き、考えぶかそうな眼つきをした、「そいつはだいぶ手がこんでるぞ、ああ、じつのあるところをみせるのか、というのはやきもちはやかないという意味だが、それとも、中藤にもうよせと云わせるためか」

「おけいはよく、あなたの側にはいつもおかみさんのおもいが付いている、あなたもまたおかみさんのことがいっときも心からはなれはしないだろう、と云っているんだ」

「さぐりを入れてるんだな」

「生田はおけいという女を知らないんだ」

「じゃあ訊くが」と生田はひらき直るように反問した、「では訊くがね、いったいその女の目的はなんなんだ、江戸から大阪へ、これから先もどこまでもついてゆくという、なんの目的もなしにそんなことをするわけがないじゃないか、そうだろう」

「箱根でおれを辱《はずか》しめた老人の家来は、おれを斬《き》ろうとして跟《しっ》け狙《ねら》った」と静かに冲也は云った、「さっき話したとおり、老人の怒りは無根拠な嫉妬だし、辱しめられたのはおれのほうだ、おれが斬られる理由はなにもないのに、その家来たちはおれを斬ろうとしたし、いまでもひそかに狙っているかもしれない、——世の中にはこういう無根拠な、理屈に合わない目的を持つ人間だっているよ」

「つまり、そのおけいさんの目的にも根拠がない、なんの理由もないというわけか」

「内容はまるで違うがね、しかしよくはわからない」冲也は遠くのなにかを見るように、眼を細めて云った、「いっしょに付いていてお世話をしたい、と云うのを聞いただけだし、おれもただそうかと思っただけだ、なにかわけがあるかどうかなんて、考えたこともなかったからな」

生田半二郎は徳利を持ち、身をのりだして冲也に酌をした。

「そのおけいという人も、中藤も、まったくじれったい性分だな」と生田は云った、「もし中藤の云うことが本当ならばだ、――遠くはなれていても、中藤はお京さんのことを忘れないし、お京さんはいつも中藤の側に付いている、とか、欠かさず陰膳を据える、とかさ、――うんざりするね、そういう青っ臭い話は」

そこで急に生田半二郎は眼をみはり、冲也の酒の飲みかたをふしぎそうに眺めた。

「おどろいたな」と生田は云った、「――酒が飲めるようになったじゃないか」

八の三

冲也はよく眠っていた。

「ひどく痩《や》せたな」生田は溜息《ためいき》をついて、おけいのほうへ振向いた、「病気でもしたんですか」

「ええ、道中で三度」おけいは煎薬《せんやく》を土瓶《どびん》に入れて火鉢《ひばち》にかけながら、囁《ささや》くような声で答えた、「雨に濡《ぬ》れたまままあるいたのが病みつきだそうですけれど、三度めに天竜川の東の、池田という宿《しゅく》で倒れたときは、治るまでに四十日ちかくもかかりました」

「さっきの咳《せき》はひどかったが、いつもあんなですか」

「酔っていないときはもっと苦しむんです、今夜は酔っていましたから、いつもより軽いほうでしたわ」

「ここじゃあありませんか」生田は自分の胸を押えてみせた。

「お医者はそうではないと云っていました、悪くすると喘息《ぜんそく》になるかもしれないが、胸のほうは大丈夫ですって、――でも」

おけいは口ごもった。

「なんです」と生田が訊いた。

「二度ばかり血を吐いたことがあるんです、痰《たん》に混ってですけれど」

「激しい咳をすればよくあることです、そっちの病気なら喀血《かっけつ》するんでしょう」と生田は云った、「私の叔父に二十四か五で死んだ者がありましてね、癆痎《ろうがい》だったが、鬢盥《びんだらい》に半分くらいの喀血はしょっちゅうでしたよ、尤《もっと》も喀血の量は多くみえるそうですがね」

おけいは黙って頷《うなず》き、火鉢の中の銅壺《どうこ》の蓋《ふた》を取って湯のぐあいをみ、お茶を替えましょうかと云った。

「いや水で結構」生田は持っている湯呑《ゆのみ》をちょっとあげてみせた、「これで結構ですよ」

生田半二郎は改めてまわりを見まわした。九郎右衛門町の箸屋《はしや》の二階にあるその六帖間は、天床が低く、二方が壁で、隣りにも人がいるらしい、表に面した窓は閉っているが、障子と雨戸の向うは竪繁格子《たてしげごうし》になっているのだろう。廊下へ出るほうは唐紙だが、すっかり古びて、地紙の上に幾ところも切り貼《ば》りがしてあった。江戸とは形の違う、広いふちを付けた長火鉢と、脚の歪《ゆが》んだがたがたの小机、屑籠《くずかご》と炭取、そして角の欠けた古い小さな茶簞笥《ちゃだんす》。それが道具らしい物の全部であった。

「十月の初めに来たそうですね」と生田が訊いた、「初めからここですか」

「来たときは天満《てんま》のほうの宿屋にいたんですけれど、長くなりそうですし、この家に部屋を貸すという札が出ていましたので」とおけいは答えた、「――あの方が移ろうと云うものですから移りましたの、でも一日じゅう陽《ひ》はさしませんし、うす暗くて陰気で、あの方の軀にもよくないと思うんです」

「彼は江戸へ帰る気にならないでしょうか、つまりこっちで自分の芝居が上演されない、ということを感づいてはいませんか」

「と仰《おっ》しゃると」

「私はこの土地の芝居関係のことをかなり知っているんです、どうして知っているかという事情は話すまでもないでしょう、中藤のことは詳しく聞きましたし、彼の浄瑠璃の付いた芝居が上演されないことは慥《たし》かです」

「中座の作者部屋に並木万吉という人がいるのを御存じですか」

「中藤のことはその並木から聞いたんです」

「あの人は望みがあるようなことを云ってましたわ、それから角座の作者の」

「鶴来《つるき》徳三《とくぞう》でしょう」と生田が云った、「やつらはみんな同じ穴のむじなです、さも上演されるようなことを云って、たかれるだけ中藤にたかろうとしているんです」

生田半二郎はかれらが陰で舌を出して、関東の人間はあほや、と笑っていることまで話した。むろんできるだけ声をひそめ、囁くようにして話したのであるが、おけいは冲也のほうを見ながら、気づかわしそうに幾たびも手をあげて、声を低くするようにと合図をした。

「どうしたらいいでしょう」とおけいが救いを求めるように生田を見た、「あの方は芝居が上演されるものと、信じきっていらっしゃいます、そのために毎日、浄瑠璃のふしに手を入れていらっしゃるんです、ふしまわしのこまかいところを、直しては付け、付けては直し、――このほうが大阪の土地に合うだろう、ここはあっさりうたいながすほうがいいだろうかって、――まるでもう幕のあがる日がきまりでもしたように、すっかり思いつめていらっしゃるんです」

生田半二郎は残りの水を飲んで、湯呑を膝《ひざ》の脇《わき》の盆へ置いた。右側の壁を隔てた隣りの部屋で、男と女の低い話し声が聞えた。それは生田が冲也を送って来たときから、なが雨に樋《とい》で水の音がするような、途切れることのない単調さで、聞えていたものであった。急に生田が顔をあげた。なにか思いついたという感じだったが、そっと首を振り、力なくうなだれた。

それから五拍子ばかりして、またひょいと顔をあげておけいを見た。

「いまの話は彼には云わないで下さい」と生田は囁いた、「ちょっと私に考えがある、二三日したらまた来ますから」

おけいは祈るような表情で生田をみつめ、なにも云わずに頷いた。

「それから」と生田は立ちあがろうとして云った、「私のことは中藤に聞いて下さい、彼にはずいぶん厄介《やっかい》をかけてるんです」

「あなたのことはうかがっています」とおけいは微笑した、「あの方からではありません、大和屋さんからですけれど」

「半四郎からね、やれやれ」生田は頭を掻《か》いた、「それじゃあ浜屋の女房《にょうぼう》とのいきさつも知ってるんですね」

「いまでもごいっしょですか」

「いま名古屋にいます、私もからだがあきしだい帰るつもりですが、この話は勘弁して下さい」生田はさも閉口したように苦笑して云った、「二三日したら来ます」

その翌日、――沖也が起きたのは午前九時ころであったが、起きるとすぐ、顔も洗わないうちに酒を命じ、おけいが肴《さかな》を作るのも待たずに飲みはじめた。肴といっても、味噌《みそ》を火にかけ卵の黄身で練ったのが好きで、いっしょに旅をするようになってからずっと、酒を飲むときにはそれだけしか摘《つま》まないのであった。――借りたその六帖間には勝手は付いていない、炊事はみな階下でするのだが、おけいはまだこの土地になじまないので、煮炊《にた》きはすべて長火鉢でし、洗い物だけ階下の勝手に人のいないときを覘《ねら》って、手早く済ませるのであった。沖也がうにもどきと云っているその練り味噌が出来たとき、彼は冷《ひや》のままで、もう徳利に二本の酒をあけていた。

「ごはんを少しめしあがったら」とおけいは酌をしながら云った、「――ゆうべもなんにもあがらなかったんでしょう」

沖也はなにも云わなかった。蒼白《あおじろ》い顔の、頬がげっそりとこけ、こめかみのところまでが、刃物でそいだように窪《くぼ》んでみえた。仮面のように無表情で、なにを思っているかはまったくわからない。殆《ほと》んど口もきかないが、それでもおけいには、彼の心の襞《ひだ》の一つ一つまでが理解できるように感じられた。

「なにかしなければならない」と沖也が口の中で呟いた、「こうしているわけにはいかない、なにかしなければ、――」

彼は三白眼になった眼で、宙の一点をじっとみつめた。そこにおけいのいることも忘れているような、ぞっとするほど孤独な呟きであった。おけいは練り味噌の小皿《こざら》を押しやった。その長火鉢の周囲には、徳利や皿小鉢を置くだけの広いふちが付いている。江戸で猫板《ねこいた》と呼ばれる部分を、火鉢の周囲まで延ばしたような形で、酒のときには、べつに膳立《ぜんだ》てをする必要はなく、そこだけで充分に用が足りた。

「今朝は黄身を二つにしました」とおけいは練り味噌の小皿へ箸《はし》を添えて置きながら云った、「これだけでも摘んで下さいな」

冲也は黙って箸を取ったが、小皿を見るでもなく、それから突然、うしろから「わっ」と驚かされでもしたように眼をひらき、箸を投げだして、片膝立《かたひざ》ちになった。その動作があまりに急であったため、思わずおけいは身を反《そ》らせた。やがて冲也はゆっくりと首を振り、立てた片膝をおろして、盃を持った。おけいは酌をしようとして、徳利がもうからになっていることに気づき、角樽《つのだる》から片口へ酒を移したが、残りが少ないのを知って冲也を見た。

「もっとあがりますか」とおけいが訊いた、「めしあがるなら買ってまいりますけれど」

冲也はけげんそうな眼でおけいを見た。

「まだめしあがりますか」とおけいはまた云った、「あがるなら買って来ます」

冲也は黙って首を振り、盃を置いて立ちあがると、細帯を解きはじめた。着替えだと思い、おけいも立って、手早く常着《つねぎ》に着替えさせた。

「あれを出してくれ」と冲也は帯をしめながら云った、「あれだ、おれの脇差《わきざし》だ」

おけいはとまどったような眼をした。

「どうなさるんです」

「脇差を出してくれと云ってるんだ」

「でも、どうなさるんですか」

冲也は口をつぐみ、突刺《くじ》すような眼でおけいを見た。敵意と憎悪《ぞうお》をこめたような眼つきで、おけいはさからう気も挫け、やむなく戸納《とだな》から脇差を出して来た。冲也はそれを腰に差し、そのまま部屋から出ようとした。

「ちょっと待って下さい」おけいはいそいで、懐紙と紙入を出して冲也に渡した、「――どちらへいらっしゃるんですか」

冲也はそれらの物をふところへ入れ、おけいの問いには答えずに、廊下へ出ていった。おけいは不安になり、付いてゆこうと思ったが、着替えをしていないし、髪に櫛《くし》を入れなければならないので、とうていまにあわないと悟り、崩れるようにそこへ坐った。

「どうかなんでもありませんように」とおけいはふるえながら呟《つぶや》いた、「――どうぞあの方に、なにごともありませんように」

八の四

一刻《とき》ほどのち、冲也は芝居茶屋の「角佐」へあらわれ、座敷へとおると酒を命じながら、中座の並木万吉を呼びにやった。時刻は早かったが、芝居茶屋のことで、どの座敷もきれいに片づいていたし、酒の支度もすぐにできた。膳をはこんで来た女中がなれなれしく話しかけ、酌をしようとしたが、冲也は自分でやるからいいという手まねをした。女中は意味のよくわからない冗談を云い、独りで笑いながら去った。

「あの笑いだな」と冲也はぼんやり独り言を呟いた、「――江戸の人間はあほうか」

宿を出てからこの角佐へ来るまで、彼は道頓堀《どうとんぼり》のあたりを当てもなくあるきまわった。どこをどうあるいたかわからない、竪繁格子の嵌《はま》った、出入り口の狭い、陰気な家並が続き、それらがいちように暗く、陰気で、長い年月のむなしい生活や、そこに生きそこで死んだ人たちの嘆きや、絶望のおもいがしみついているように思えて、幾たびか胸ぐるしさにおそわれた。江戸とは形の違う細長い荷車に、おどろくほど多量な荷を積んで、まだ十二三歳としかみえない小僧が、一歩一歩と這《は》うように、苦しそうな掛け声をあげてゆくのも見たし、商家の手代らしい若者たちが、尻端折《しりばしより》の下からたるんだ股引《ももひき》を覗《のぞ》かせ、よくまわる舌の早口で、声高になにか話しているのも見た。上方《かみがた》弁はなめらかでやさしいと云われるが、男たちの多くの話しぶりはとげとげしく、露骨な悪口やあけすけな追従《ついしょう》を、にこやかに笑いながら平気で並べたてる。冲也はしばしば「なんぞぼろいことないか」という挨拶《あいさつ》を聞いた。江戸ならやあお早うと云うくらいの意味らしい。道で出会うとお互いがそう呼びかける、「うん、ぼろいことないなあ」と相手も答えるのだ。冲也は聞くたびに自分の軀から力が脱落するような、敵しがたいやりきれなさを感じた。人生に「ぼろい」ことなどがあるわけはない、と思う反面、日常そのように「ぼろい儲《もう》け」を追求しなければ、この激しい世の中に生きてゆくことはできない、という現実のすさまじいきびしさを感じさせられたのである。

――かれらの罪ではない、そういう土地がらであり、生活がきびしいからなのだ。

冲也はそういうふうに自分をなだめた。けれども、この土地の人情や風物は、陰惨な暗さと、あくどい貪欲《どんよく》と狡猾《こうかつ》さとで、冲也の気持をみじめにうち砕いた。江戸にも貪欲や狡猾は眼にあまるほどある。暗くて陰惨な、救いのない生活もこちらより少ないとは云えない。しかし、江戸ではこんなふうではなかった。たとえ表面だけにしても、どこかにもっと割り切った明るさがあり、無計算かもしれないが、明日《あした》は明日の風が吹く、という陽気な生命力があった。

——この土地にはそれがない、すべてが老い、病み、疲れ、そしてほろびかかっているようだ。

美しい物は美しさを、古い物はその古さを保つことで精いっぱいだし、新しい物、創造される物はかえりみられず、型にはまった伝統だけが動かない価値をもつ。しかもその価値はつねに金銭を対象としたものであり、その対象から外れるものは捨てられるのだ。冲也は上方芝居に大きな期待をいだいて来たが、彼の求めていたような芝居はここにもなかった。殆んどすべてが江戸芝居の影響を受けているし、近松門左衛門の浄瑠璃までが改作され、変形され、演劇というよりも役者の芸を見せるものになってしまっていた。

——わてらかて食わななりまへんよってになあ。

冲也は落胆はしなかった。門左衛門を生んだ土地でさえ、「こんにち食うために」大切なものを失っている。門左衛門のとらえた人間の人間らしい悲劇は、いまや誇張されたそらぞらしい狂言綺語《きご》となり、非現実的な戯作《げさく》と化してしまった。十年さき、百年さきのことより、「こんにち食う」ことだけ、「現に儲かるか否《いな》か」だけで取捨選択がきめられるのだ。しかしこれがゆき止りではないだろう、このまま停頓《ていとん》しているわけはない。人間は生きているし、生きている以上よりよい方向へ伸びようとする本能がない筈はない。——彼はそう信じた。誰かが口火を切るときだ、自分の浄瑠璃にそれだけの価値があるとは思えないが、それでも一点の鐘の音ぐらいにはなるかもしれない。いずれにせよ、ここには芝居浄瑠璃を生んだ土と水があるのだから。こう自分に云い聞かせながら、恥ずかしさを忍び、屈辱をさえ耐え忍んで、三十日あまり奔走し続けて来た。そうして昨夜、泥酔《でいすい》して寝たまま、半二郎とおけいの話を聞いたのであった。

冲也が三本めの徳利を、飲み終ろうとするところへ、並木万吉が八十平《やそへい》といっしょにあらわれた。八十平は藤川座の番頭ということで、としは万吉と同じ三十二三、平べったくむくんだような顔の小男で、黄色いような反っ歯を、絶えまなしに爪楊枝《つまようじ》でせせっては、やかましく舌を鳴らす癖があった。

「ただいまはお使いをいただきまして」と並木はあいそ笑いをしながら云った、「もう芝居もすっかりでけましてな、軀《からだ》があくもんですさかい、今日あたりお師匠はんからお迎えがこんかいなあと、こない思うとりましたところですねん、へえ、——こちら藤川座の八十平、ご存じでんな」

「そこに膳がある」と冲也が云った、「いいところへ坐って勝手にやって下さい、角の芝居の鶴来《つるき》さんと春川さんも来る筈です」

「徳はんと重はんも、へえ、それはまた賑《にぎ》やかなことでんな、いただきます」並木は八十平に眼くばせをして、それぞれの膳の前に坐り、膳の上の燗《かん》徳利に触ってみたうえ、手酌《てじゃく》で一つ飲んだ、「——いつ飲んでも朝酒ははらわたへびーんとしみとおりまんな」

「わてはまだ朝めしまえでんね」と八十平が云った、「朝めしまえに飲みだすと、わてえは一日じゅう飲まなおさまらん性分ですねん」

「ええやないか、ちょうだいしよ」と並木万吉がまた眼くばせをした、「今日はお師匠はんのなんか心祝いでもあんのんでっしゃろ、なあ冲也師匠はん、そないなと違いまっか」

冲也はなにも云わなかった。二人の女中が酒や肴を運んで来て、並木と八十平の脇に坐って、酌をしたり、すすめられるままに自分たちも飲んだ。彼女たちはふつうの女中ではない、着物も化粧もほかの女中たちとは違うし、ときには三味線もひくし唄《うた》もうたう。客の相手で飲み食いもし、いっしょによそへ遊びに出ることもあった。はじめ冲也は芸妓《げいぎ》かと思ったが、芸妓は芸妓でべつにいることがわかった。

「あなたお一つ」すみと呼ばれる女の一人が冲也に酌をしようとした、「いつもお静かですのねお師匠さんは、少し陽気になすったらいかがですか」

江戸の言葉を上方の訛《なま》りで云われ、冲也はその女から眼をそむけた。いつか中村座の座元が、江戸の舌で上方弁を使ったが、そのときと同じような不快さを感じたのだ。そうだそうだ、と八十平が云った。せっかく高い金を払って飲むのだから、陽気に酔わなければ損だ。それならいっそげいこたちでも呼ぼうか、と並木万吉が云い、二人の女がやかましい声でやり返した。——やがて鶴来徳三が来、ちょっとおくれて春川重次が来た。鶴来は二十八九歳、春川は二十二三歳。もちろん並木や八十平とは馴染《なじみ》だから、座敷は賑《にぎ》やかにわき立った。かれらはまず冲也の浄瑠璃を褒《ほ》めた。それは洒竹《しゃちく》の書いた由香利《ゆかり》の雨ではなく、冲也が自分で書下ろした新作であった。題材は天竜川で倒れたとき世話になった、馬子《まご》の与六一家の話であるが、豪家の息子が女を救うために家財を投げだし、ついに街道の馬子になって女と添いとげる。という筋を骨子に、芝居らしくまとめた三幕物であるが、冲也には台本を書く自信はないから、それはしかるべき作者に頼むつもりで、あらましの筋と、浄瑠璃の勘どころだけを書きとめたにすぎなかった。

「弥六《やろく》という馬子は嵐雛助《あらしひなすけ》やな」と春川重次が云った、「女房おとらは仙之助《せんのすけ》か粂太郎《くめたろう》、まず浅尾仙之助の役どこでっしゃろ、なあ冲也師匠、そうやおまへんか」

「小屋は中《なか》がええ、中の芝居や」と並木が云った、「これは当りまっせ、この芝居なら当りまっせ、ほんまに」

だがそれで追従《ついしょう》は終った。四半刻《しはんとき》ぐらいは続いたろうか、冲也の浄瑠璃について、どこがどうという具体的な点には決して触れず、ただもう「うれしがらせ」とはっきりわかる言葉であり、「うれしがらせ」だということを隠そうとするほどの神経もなく、褒めあげるだけ褒めあげると、話を変えた。それはまるで夜明けを待ちかねていた者が、朝になっていそいそと雨戸をあけたような感じだった。かれら四人は膝《ひざ》を崩し、もっと女を呼べと叫び、投げ盃で飲みだした。

「河岸《かし》を変えよう」とやがて冲也が呼びかけた、「いつも同じような酒ではつまらない、今日は趣向を変えて箕面《みのお》へゆこう」

「箕面でっか、へえ」と八十平がおどけてとびあがった、「どや、みんな、冲也師匠が箕面へゆこと仰《おっ》しゃる、お供しようやないか」

「霜月の箕面か」と並木が云った、「紅葉のころならええが、ちっと月おくれやなあ」

「女が待たせてあるんだ」と冲也が云った、「曽根崎《そねざき》の芸妓を七人、――滝の下の茶屋で待つように支度させてある、いやな者はすすめないが、ゆきたい者があったら数だけ駕籠《かご》を呼んでくれ」

それだけ云うと、冲也は眼をつむった。生れて初めて、人を騙《だま》す、という経験をするのだ。考えるな、なにも考えるな、と冲也は心の中で自分に云った。これはよく思案したうえのことだ、人間が屈辱を忍ぶにも限度がある、おれはその限度を味わった。いまは決算するときだ、そのほかのことはこれが終ってからだ、と冲也は自分に云いきかせた。

八の五

かれらが箕面へ着いたのは午後二時まえであった。途中で雪が降りだしたが、山へかかると晴れて、陽がさしはじめていた。「みのを」という茶屋で駕籠をおり、そのとき冲也は駄《だ》賃《ちん》を与えながら、駕籠を一つだけ残して、あとの四挺《ちょう》を返すように命じた。四人は茶屋の女房に芸妓が来ているかと訊《き》いていたが、冲也は「それは滝の茶屋」だと云い、ここでもう少し酒を飲んでからゆくのだと説明した。季節外れでなにも肴《さかな》がない、と茶屋の女房は気の毒そうに断わりながら、それでも漬菜《つけな》と焼いた干物、甘煮などを並べ、座敷は掃除がしてないそうで、炉端へ酒の支度をした。焚木《たきぎ》の煙が邪魔だったが、むろん火の側《そば》のほうがいいから、五人はそこで飲むことにした。

「この茶屋の名のみのをというのんが、箕面の古名ですねん」といちばん若い春川重次が云った、「古くは水尾《みのお》と書いたらしい、西行法師《さいぎょう》の歌にも、雨しのぐみのをの里の柴垣《しばがき》に、いうのんが残ってますし」

「そんなんやめとき」鶴来徳三が手を振って遮《さえぎ》った、「こんなときにむつかしいこと云いだすもんやない、おまえの悪い癖や、もの知りぶらんと早う飲んで酔わんかいな、茶碗《ちゃわん》でいこう」

「冲也師匠、げいこのほうは大丈夫でっしゃろな」と八十平が念を押した、「なんならわてえがいってみて来てもよろしおまっせ」

「趣向があると云ったろう」冲也の答えはそっけなかった、「みんなを驚かせるような支度があるんだ、まあおちついて飲んでいろよ」

「冲也はんには珍しい、またえらいそそりようやなあ」と並木が云った、「江戸っ子は凝った遊びが上手や云うさかい、わてらのようなもんは煙に巻かれるのと違いまっか」

冲也は黙って酒を啜《すす》った。

「煙に巻かれるような趣向ならあってみたいな」と八十平が道化た声をあげた、「さあ、おもろなってきたでえ、せえだいやってこまそやないか」

かれらの飲みぐあいを見はからって、冲也は立ちあがり、ようすをみてくると云って、炉端を去った。そして、茶屋の女房に金包を渡し、あとの手筈をよく頼んでから、外へ出た。

それほど高い土地とも思えないが、山道へかかると空気が冷たくなり、林の中には雪が見えた。滝安寺《ろうあんじ》から約十町、道の勾配《こうばい》は急になり緩くなりして、登ってゆく上のほうから、やがて滝の音が聞えて来た。——気温が低くなったためだろうか、途中で激しい咳の発作がおこり、冲也は三度も休まなければならなかった。焚木《たきぎ》を背負った百姓夫妻とすれちがったほかは、人の姿も見えず、枯れた雑木林や、杉林の中で鳴く鳥の声が、するどく反響して、あたりの静かさを際立《きわだ》てるように感じられた。

滝は十六丈の高さだと、立札に書いてあった。滝の上には底知れぬ深い淵《ふち》があって竜穴と呼び、昔、役小角《えんのおづぬ》が竜王に会ったという伝説も記してあった。水の少ない季節だろうのに、滝はみごとな飛沫《しぶき》を散らしながら、滝壺《たきつぼ》を打って轟《とどろ》き、そのため崖《がけ》に生えた小松や枯草や、こちらの台地の木々まで、飛沫に濡《ぬ》れながらふるえているのが認められた。——冲也は足場をしらべた。滝に面した台地に、茶店が三軒あった。板屋根に板壁、みんな雨戸が閉めてあり、まわりには斑《まだら》に雪が積っているし、色も形もさまざまな落葉が散り敷いているため、土の色は殆んど見えなかった。冲也は羽折《はおり》の下からうしろ腰へ手をやり、脇差を鞘《さや》ごと抜いて取った。かれらに不審がられては悪いので、そこへ隠して差して来たのだ。冲也はそれを左腰へ差し直し、両足をひらいて立つと、柄《つか》へ手を掛けて呼吸をしずめ、ゆっくりと抜いた。——細身であまり反《そり》のない刃が、片明りの空を映して青く光った。それは祖父の勘也《かんや》から貰《もら》ったもので、なかごをしらべたことはないが、関兼元の作だと聞いた。細身になったのは研《と》ぎ減りであり、反の小さいのは古刀のすがたである。これは切れるぞ、と祖父が自慢したものであった。冲也は刃のおもてをみつめながら、軀がひき緊ってくるのを感じた。そんなふうに白刃をみつめるのはずいぶん久方ぶりのことだし、いまのような気持で見るのは初めてであった。

――侍気質《さむらいかたぎ》、と岩井半四郎に云われたことがあった。

自分ではそうは思わない。これからしようとすることは、侍気質などとはまったく無関係だ。けれども、刀をみつめていて感じるこの静かな昂奮《こうふん》。心の底からわきあがるような爽《さわ》やかな緊張感。これは自分の軀にながれている血の中の、伝統がよみがえってきたのではないだろうか、と沖也は心の中で呟《つぶや》いた。やがて、彼は脇差を鞘へおさめ、身構えを直してから、こんどはなめらかに颯《さつ》と抜いた。落葉がにわかに舞い散り、それから風が吹きはじめた。滝の音がひと際高く轟き、霧のように飛沫がながれて来た。沖也は繰り返し脇差を抜きこころみてから、よくぬぐいをかけて鞘へおさめた。

滝安寺の鐘が八つ半を告げたとき、沖也は閉めてある茶店の一軒の、裏へいって軀《からだ》を休めた。そして四半刻《とき》ほど経《た》つと、下のほうから話したり笑ったりする声が、滝の音にまじって聞えて来た。頼んだとおりだと思いながら、沖也は杉林の奥に、ひとところ広く積っている雪を見まもったまま、じっと動かずにいた。かれらはまもなく、滝見台へと登って来た。

「お師匠はん」と八十平がどなった、「沖也師匠、どこでんね」

「気いつけや」と並木万吉が云った、「なんぞ趣向があるそうなよってにな、みなゆだんしたらあかんで」

「人っけなしや」と春川重次が云った、「みてみい、茶店はみな閉っとるし、人のけはいもしやしまへんがな」

「お師匠はん」と八十平がまた叫んだ、「どこにいやはりまんね、わてらここへ来てまんがな、いきなりおどしたりしたらあきまへんで」

冲也は静かにそっちへ出ていった。

散りかかる落葉をあびながら、ひっそりと出て来た冲也を見ると、四人は急に口をつぐんだ。冲也の静かなあるきぶりと、白っぽい無表情な顔を見ただけで、なにか異様なものを感じたらしい。八十平は道化た笑い顔をつくろうとしたが、いたずらに目鼻が歪《ゆが》んだだけであった。

「おまえたちに訊くことがある」と冲也は云った、「おれの浄瑠璃が舞台にのるというのは本当のことか」

かれらはすぐには口がきけなかった。かれらはいま見知らない人間と相対していることに気づいた。それはかれらの知っていた冲也ではない、まったくべつの人間、いや、いま初めて会う人間のように感じられたらしい。八十平が頓狂《とんきょう》な声をあげて、これは冲也師匠のご趣向ですよ、と云った。けんめいな調子で、その場の張り詰めた空気を冗談にしようとしたのだが、他の三人がそれに応ずるまえに、冲也のするどい声がそれを制止した。

「黙れ、むだ口をきくな」と冲也はきめつけた、「さあ返辞をしろ」

並木万吉がなにか云おうとし、とたんに冲也は右手をあげ、食指を伸ばして並木の顔へつきつけた。

「よし、云え」と沖也は云った、「但し今日はごまかすな、いいか、おれの聞きたいのは事実だ、云ってみろ」

並木万吉は口をあいたが、言葉は出てこなかった。

「きさまたちはおれを騙《だま》してきた」と沖也は昂奮を抑えた声で云った、「芝居の仕組はむずかしい、来月上演ときまったものも、まぎわになってつき替えになることも珍しくない、初日の幕があいてみなければ、その芝居が上演されるかどうかはわからないものだ、そのくらいのことはおれも知っている、だから、おれの浄瑠璃が舞台へのらないからといってきさまたちを責めるんじゃない、堪忍《かんにん》ならないのはきさまたちがおれを騙し、陰で笑いものにし嘲《ちょう》弄《ろう》していたことだ」

「そんな、沖也はんそれは違いまっせ」と並木万吉がしゃがれた声で云い返した、「わてえらがなんであんさんを騙さななりまへんね、あの浄瑠璃は立派な作やし、もしお望みならわてえが本書かしてもろてもええと」

「きさま生田半二郎を知っているか」

「へえ、生田はん」並木は眼をまるくした。

「生田はおれの友達だ」と沖也は云った、「同じ旗本の出で、子供のころからの親しい友達だ、その生田からなにもかも聞いたんだ、それでもなおごまかせると思うのか」

並木万吉は黙った。

「おい鶴来、春川」冲也はそっちを見た、「きさまたちも同類だ、ぬけぬけとおれの作が上演されるようなことを云って、さんざんおれを食いものにし、陰では江戸の人間はあほうだと笑っていた、そうだろう」

「そりゃあ師匠、にんげん誰しも、人の陰口はきくもんやし、それに」と鶴来徳三がおずおずと云った、「わてえらは初めから冲也師匠に惚《ほ》れこんどったんやさかい」

「よせ」冲也はひそめた声で遮った、「もうその口には騙されない、みんな覚悟をしろ」

冲也は脇差の柄に手をかけた。

「しよっ、しよう」春川重次がかなきり声で、吃《ども》りながら云った、「わてえら金なら返しまっせ、あんさんに使わせた金なら、よう勘定したうえで」

「黙んなはれ春川はん」と八十平がひらき直ったように云った、「なんでわてらが金返さんならんのや、冲也はんは自分の浄瑠璃を芝居にしたい一心で、わてえらの力を借りるために金使うたんやないか、わてえらは奢《おご》られただけのことはした、太夫《たゆう》衆や座主にも話し、どうか芝居になるようにと奔走もした、な、そうやろがなみんな」

八の六

八十平はいかにも芝居者《もの》らしい巧みな口ぶりと、ねばりつくような隙《すき》のない言葉で、自分たちに負いめのないことを証言した。芝居はみずもので、どんなに作がよくっても、それだけで上演されるとはきまっていない。座主や役者たちの都合もあり、世間の好み、ほかの芝居との釣合《つりあい》などもみあわせなければならない。自分たちがどんなに努力したところで、これらの条件ぜんぶを纏《まと》めることはできないだろう。冲也がいまになって、その責任を自分たちだけに押しつけるのは見当外れでもあり、乱暴すぎる話だ、と八十平は云った。

「それでもはらがおさまらん云うのやったら、ようおま」八十平は片方の腕を捲《まく》った、「冲也はんは旗本の出やそうな、斬《き》るなと突くなと好きなようにしとくなはれ、わてらも男のはしくれや、刀なんぞひねくられて驚くようなんと違いまっせ、さあ、やってみなはれ」

冲也の軀がすっと低くなり、右手が動くと、白刃が八十平の肩へするどい弧を描いて閃《ひらめ》いた。八十平の左の腕の上部でぶきみな音がし、八十平は悲鳴をあげながら、力なくよろめいて、左へ倒れた。

「ああ」と八十平は叫んだ、「ああ、斬られてもうた、わては斬られた、誰ぞ止めて、誰ぞ助けてえな」

他の三人は蒼《あお》くなり、逃げみちを捜すように、互いにすばやくあたりを見まわした。風が吹きあげて来、かれらの上へ落葉が散りかかった。

「動くな」冲也は白刃を三人に向け、坂のおり口を塞《ふさ》ぐように位置を変えながら、感情のない冷たい調子で云った、「――おれは金のことなど云っているのではない、また、芝居が上演されないことを怒っているのでもない、堪忍ならないのはぺてんだ、きさまたちがおれを引き廻《まわ》し、うまくまるめておだてながら、陰であほうと呼び笑い者にしたことだ、おれはそのつぐないをさせる、人を騙して笑い者にするとどんなことになるか、それをきさまたちに悟らせるのだ、いいか、逃げようなどと思うなよ、殺しはしないが腕か足、どれか一本ずつはこの手で」

「かんにんやかんにんや」と春川重次が泣き声をあげて、いきなりぺたっと坐りこみ、両手と額を地面へすりつけた、「堪忍しとくなはれ、わてえらが悪うおましてん、このとおりあやまっさかいどうぞ、どうぞ堪忍しておくれやっしゃ」

並木万吉も鶴来徳三も、春川の動作にさそわれたようにそこへ坐り、平べったく両手を突き、額を地面にすりつけた。そこには雪が少し残っていて、泥《どろ》と混りあっているため、三人の顔はすぐ泥まみれになった。かれらは代る代る詫《わ》びた。けんめいに赦《ゆる》しを乞《こ》い、自分たちの悪かったことを認め、どうか助けてくれるように、自分たちのようなつまらない人間を斬っても、刀のけがれになるばかりだろうから、というふうに。顔や両手を泥まみれにし、みえも外聞もなく言葉をつくしてあやまった。脇のほうでは八十平が悲鳴をあげていた。右手で押えた左の腕の付根のところが、絞るほど血に染まってい、顔は蒼ざめて硬《こわ》ばり、涙でみぐるしく濡れていた。

「よう考えとくんなはれ師匠」と並木万吉がなお云った、「わてらのようなもんを斬ったかて、あんさんの浄瑠璃に花が咲くわけやなし、冲也師匠の名があがるわけでもございますまい、八十平のことはわてらが表沙汰《おもてざた》にならんよう、あんじょうしまっさかい、どうかここは勘弁しとくんなはれ、このとおりお願いしますお願い申します」

沖也は懐紙を出し、入念にぬぐいをかけて脇差を鞘におさめると、黙って坂のほうへあるきだした。

吹きあげて来る風は冷たかった。風がそんなに冷たいことに、沖也は初めて気がつき、のぼせていたのだなと思った。結局はかれらが勝った、恥も外聞もなく土下座をし、雪と泥へ額をすりつけて赦しを乞うた。生命への執着だ、ねばり強い、しんそこからの執着だ。恥辱はその場かぎりだが、いのちは五十年使える。あんなにまでしても生命を守ろうとするのは、あっぱれと云わなければならない。かれらに比べればおれなどは子供のようなものだ。かれらが泥まみれになって平つくばったとき、おれはいい気持だったか、自分に対して吐きけをもよおすような嫌悪《けんお》を感じなかったか。おれはまだまだ未熟者だ、こんな性根でいい浄瑠璃ができるものか、と沖也は心の中で自分を罵《ののし》った。

「ええっ」と沖也は声に出して云った、「だがこの肚《はら》はおさまらない、おれのこの気持をどうすればいいんだ」

滝安寺の門前を通りすぎ、「みのを」の茶屋へ着くまで、沖也は胸の中で石のように固まっている怒りと、力かぎりにたたかっていた。茶屋へ戻った彼は、女房に預けた金で勘定をし、待たせておいた駕籠に乗ろうとした。そこへ春川重次が走って来て、その駕籠へ乗っていってしまうのかと問いかけた。

「八十平をどうしまひょう」と春川は哀れな声で云った、「あれは肥えてまっさかい、背負ってゆくのんは難儀ですねん、わてえらも駕籠がのうては大阪まであるいてゆかななりまへんがな」

冲也は駕籠に乗った。

「わてらどないしたらいいのんでっか」春川重次はすがりつくように云った、「ここでは駕籠もよう呼べしめへんがな、わてらはあるいてゆくのんでっか」

駕籠は坂をくだってゆき、冲也はなにも云わなかった。春川は辛抱づよく、哀訴しながら五十歩ほど追って来たが、諦《あきら》めたのだろう、やがて声が聞えなくなった。

「これで大阪にはいられなくなった」と冲也は駕籠の中で呟いた、「これからどうしたらいいか、――江戸へ帰ろうか、こんなことになって江戸へ帰れるだろうか」

彼はたとえようもなく気持がふさいだ。並木たち四人への怒りが、胸のどこかでくすぶる火のように焦《こ》げついている。八十平の左の腕は助からないだろう、こんなことになるなら、いっそ他《ほか》の三人にも怒りを叩《たた》きつけてやればよかった。どうせ大阪にいられないとなるなら、――だがそうはできなかった。あの三人が泥まみれになってあやまる姿を見たとき、おれは自分に激しい嫌悪を感じた。あれにはとうていかなわない。かれらが江戸の人間をあほうと笑い、食いものにしながら嘲弄する神経は、裏返しにするとあのように恥も外聞もなく、泥の中に額をすりつけて助けを求めることができる。たとえ仇《あだ》がたきでも、ああされたら手は出せないだろう。そしていま、かれらはまたしてやったとばかり、おれを笑い者にしていることは確実だ。

「ああ」と冲也は低く呻《うめ》いた、「――やりきれない、どうしてくれよう」

道はいつか坂をおりきって、平坦《へいたん》なところへかかっていた。それからどのくらい経《た》ってからか、駕籠の動きが停《とま》り、人の呼びかける声がした。中藤という名が聞えたので、冲也は初めてわれに返り、誰だと云った。

「お忘れかもしれません、金造という者です」とその声は答えた、「品川でおめにかかって、小田原までいっしょにお供をしました」

冲也は垂《たれ》をあげた。紬縞《つむぎじま》の対《つい》に塵除《ちりよ》け合羽《がっぱ》をはおり、左手に笠《かさ》を持った男が、こっちを見て笑いかけた。前のひらいた合羽のあいだから、腰に差した道中差と莨入《たばこいれ》と、燧袋《ひうちぶくろ》が見えた。

「ああ、わかった」冲也はすぐに相手を思いだした、「あのときは世話になった、しかしどうしてまたここで」

「ちょっと話があるんですが」

「出よう」と冲也が云った。

履物を取り、脇差を持って駕籠を出ると、冲也は人足に「あとから来い」と云い、男と並んであるきだした。金造とは品川で会った。会ったというより、金造に呼びかけられ、跟《つ》けている者がある、と注意された。自分からごまのはいだと名のり、自分が人に跟けられるのもまっぴらだし、人が跟けられているのも見てはいられない、そう云って尾行者をまいてくれた。そのとき冲也には、跟けて来る者は見えなかったが、跟けていた事実は、天竜川の近くで証明された。

「あなたはまた跟けられてますぜ」と金造が云った、「こいつは因縁めいていて、自分でもちょっと変な気持なんですがね、こんどは三人です」

「そうか、諦《あきら》めてはいなかったんだな」

「てえと、ご存じだったんですか」

「いや知らなかった」冲也はあるきながら、脇差を腰に差した、「大阪へ来て三十余日になるが、かれらの姿はみかけなかった、覘《ねら》っていれば機会はいくらもあった筈だが、一度も姿をみかけないので、諦めたのかと思っていた、じつは天竜川の近くで」

冲也はそのときのことをざっと語った。

「そうですか、それは運がよかった」と金造は聞き終ってから云った、「街道筋の役人などは、そんなことには眼をつぶってるもんです、たいてえ斬りあいの片がついてから、のこのこ出て来るものなんですがね、そいつはよっぽど情《じょう》のある役人だったんでしょうな」

「それで、――いま私を跟けているというのは」

「品川のときと同じようなまわり合せでしてね」と金造は云った、「ちょうど五日まえのことですが、千日前のひとごみの中で、あなたの姿をみかけたんです」

冲也をみつけるまえに、一人の侍が誰かのあとを跟けていることに気づき、誰を跟けているのかと、その侍の覘っている先を見たら冲也がいた、というのであった。そこで跟けている侍のあとを追い、かれの宿所をつきとめたところ、そこにはもう二人侍がいた。金造はすぐ宿替えをし、かれらの宿へ移ってその動静を見張った。そうしてかれらのあとを跟けて、冲也の宿先もみつけたのだ、と語った。

八の七

三人は今日、沖也が角佐へはいるときから見張ってい、駕籠が五梃《ちょう》来るとゆき先を訊《き》いた。金造はまた三人からはなれず、箕面《みのお》へ向うあとからついて来、服部《はつとり》という村で追い越したという。だからここで道を変え、猪名《いな》川へ出て大阪へ戻ろう、と金造はすすめた。

「あなたはふしぎな人だ」と沖也が云った、「いや、まわり合せもふしぎだが、どうしてまた私のためにそんな心配をしてくれるんです、あなたにだって仕事があるんでしょう」

「そいつを云われては閉口です」金造は首をすくめた、「なにしろおてんとうさまの下では口に出せない稼《かせ》ぎですからね」

「そうか、これは悪いことを云った」

「師匠には初めっからうちあけてあるんで、べつに気にしゃあしませんがね」と金造はにが笑いをして云った、「――どうして心配をするかと云われても、こいつも返辞に困りますな、まあこじつけてみれば、同じようなことに二度も出会ったので、黙って見すごすのが惜しくなったんですかな、ところでいったい、あの侍たちはなに者ですか」

沖也は箱根での出来事を簡単に話しだしたが、まもなく右へ別れる道があり、金造はそっちへ曲るのだと云った。

「いやこのままゆこう」と沖也は云った、「もうきりをつけるほうがいい、今日はこっちもやりたいんだ」
「相手は三人ですぜ」
「一人は片輪だ」冲也は話を続け、吉原藤次郎の右腕を斬ったことを告げた、「――だから勝負をする相手は二人だし、天竜川で会ったときようすを見たが、どっちも腰のきまらない、とぼけたような若者だったよ」
「それじゃあむりにお止めはしませんが、――へえ、世の中にはむてえな人間がいるもんですね」と金造は首をかしげた、「その老いぼれがやきもちをやくのは、まあ性分だからやむを得ないとして、家来がそれを親分の恥だと云って、人を斬ろうとはきちげえ沙汰《ざた》じゃあありませんか、それともお武家の世界じゃあそんな理屈もとおるんですかね」
「どうだかな」と冲也は苦笑した、「侍の中にも刃物を持った狂人がいるから、そういうやつは片づけてやるのが世間のためだろう」
「今日はお人柄《ひとがら》が違うようにみえますね、箕面でなにかあったんですか」
「あった、が、その話はよそう」冲也は左手で脇差をぐっと押えた、「泥でも飲んだようないやな気持で、なにかひと暴れしてやりたいと思っていたところだ」
「相手には悪ですな」金造はにっと笑った、「拝見させて下さるでしょうね」
「手出しさえしなければな」
「駕籠をどうしますか」
「証人に使えるだろう」

金造は訝《いぶか》しげに冲也の顔を見た。

「こっちからはかからない」と冲也はその眼に答えて云った、「三人のほうで仕掛けて来たこと、こっちは一人で、やむを得ず抜き合せたということをね」

「これはもう師匠の勝だ、なるほどねえ」と金造はまた首を振った、「育ちが違うと頭のはたらきも違う、おそれいりましたよ」

「金さんは私の素姓《すじょう》を知ってるのか」

「あの三人といっしょに、五日間も跟けまわしたんですぜ、品川で会ったときにもお侍だろうとにらんだが、こんど初めて、旗本そだちで中藤冲也さんとさぐりだしました、あたしは武州無宿の金造、どうかこれからはさん抜きで金造と呼んで下さいまし」

「私にとっては恩人だ、金造なんて呼べるものか」と云って冲也は足をゆるめた、「――いるようだ、あいつらだろう」

金造は向うを見た。片側が松林、片側が刈田《かりた》になっている道の、松林の中に人の姿が見えた。村と村とのあいだで、近くに人家らしいものはなく、往来の者も見えなかった。

「らしいですね」と金造が云った、「あたしはちょっとお先に」

そしていそぎ足になり、呼び止める暇もなく先へいってしまった。冲也は立停り、駕籠屋が追いつくのを待って、これから起こる事の証人になるようにと云った。駕籠屋はしりごみをしたが、はなれたところにいて危なかったら逃げろと云い、駄賃とはべつになにがしかを包んでやると、こんどはよろこんで承知した。――冲也があるきだしながら見ると、金造は松林をとおりぬけて、二丁あまり先へいっていた。こっちが近づくのを待っていたのだろう、松林の中に身をひそめた三人が、やがて道の上へあらわれた。間合《まあい》は約二十間、吉原藤次郎はまだ右手をふところに入れたままで、他の二人の侍を左右に置き、冲也の歩み寄る姿をするどい眼で睨《にら》んでいた。冲也はまっすぐにあるいていった。吉原は二人に眼をやり、二人の若侍は慌《あわ》てて袴《はかま》の股立《ももだち》をしぼり、刀の柄《つか》へ手をかけた。二人とも下駄《げた》で、襷《たすき》や汗止めをするようすもなかった。冲也は三十尺ばかり距離を詰めて、立停った。

「中藤冲也だな」と吉原が呼びかけた、「今日はのがさんぞ」

冲也は黙っていた。

「益村千之助《ますむらせんのすけ》」と叫んで吉原の右にいる若侍が刀を抜いた。続いて反対側にいる若侍が「疋田京之助《ひきたきょうのすけ》」と名のって刀を抜いた。

こいつは知っている、箱根でみかけたあの若者だな、と冲也は思った。

「おれはきさまたちになんの恨みもない」と冲也は云った、「しかしこれではきりがないから、こんどは相手になろう、断わっておくが、今日は容赦しないぞ」

「待った待った」と叫ぶ声がした、かれら三人のうしろへ、金造が戻って来ていたのだ、「やいこいつら、三人に一人とは卑怯《ひきよう》だぞ」

冲也にも意外だったが三人はよほど吃驚《びつくり》したらしい、冲也を警戒しながら振返った。金造は道中差の柄に手をかけていた。

「おれはとおりがかりの者だ」と金造はなお叫んだ、「事情は知らないが侍と町人、一人と一人ならまだいいが、町人ひとりを侍が三人でかかるのは見ちゃあいられねえ、さあ、一人ずつでやるか、さもなければおれが助太刀《すけだち》するぜ」

「よし、そいつは引受けた」と云って吉原は二人にめくばせをした、「こっちは構わん、冲也をやれ」

疋田と益村は、冲也に対して構え直した。吉原は金造に向って踏み出し、金造はすばやく松林の中へはいった。

「きさまてんぼうだな」と金造が吉原を嘲笑《ちょうしょう》した、「おれは無宿者で、数えきれねえほど血を浴びて来た人間だぜ、なめてかかるともう一方の腕が危ねえだけじゃあねえ、二度とおてんとさまがおがめなくなるぜ」

危険な世渡りをしている者は用心ぶかい、金造は吉原にゆだんしなかった。なんといっても侍は侍、右手が使えなければ左手でたたかうくふうぐらいするだろう、左手から眼をはなすな、と思った。

冲也は左手で脇差の鍔《つば》下をつかみ、右手はゆるやかに垂れて、一歩、二歩と前へ出た。疋田のほうがあせっている、初めに仕掛けるのは疋田であろう。そう認めたので、冲也は益村千之助のほうへ、ゆっくりとあゆみ寄った。間合が十五尺ばかりに縮まったとき、機会をとらえたと信じたのだろう、疋田が地を蹴《け》って斬りかかった。その叫び声は、軀をうしろへひいた冲也の寸前をかすめ、冲也の腰からぎらっと白刃が斜めにはしった。益村は自分が仕掛けられると思い、十尺ばかりうしろへ跳びしさって、そして疋田が道の端に倒れているのを見ると、顔色を変えてもう一と跳びうしろへさがった。——疋田は道の端の、枯草の上に俯《う》伏《ぶ》せに倒れ、左手で脇腹を押えながら両足をちぢめた。片方の下駄ははなれたところに転げてい、頭の脇に刀が投げだされていた。

「どうするんだ」と冲也は益村に云った、「これでよすのか、それともやる気か」

「益村、どうした」と吉原の叫ぶのが聞えた。

吉原は左手に脇差を抜いて持っていた。それだけのことらしい、金造は松林の中を動きまわりながら、吉原がべつに奇手を持っているわけではない、ということを慥《たし》かめた。

「どうやら一人は片づいたようだ」と金造は吉原に云った、「もう一人片づくまで、おれはおめえを押えておくぜ」

「益村」と吉原はまた叫んだ、「おくれたか」

冲也は大きく前へ一歩出た。益村千之助の顔は赤黒く怒張し、その眼はつりあがっていた。切迫した呼吸のために肩が波をうち、正眼につけた刀の先が、こまかくふるえていた。冲也はさらに一歩すすんだ。

「いけねえ」と金造が叫んだ、「師匠うしろだ」

吉原藤次郎がとつぜん身をひるがえし、冲也のうしろへ襲いかかったのだ。冲也は躱《かわ》そうとはしなかった。横へもとばず向き直ると、突っ込んで来た吉原の前で軀を沈め、するどい掛け声とともに、力いっぱい刀を横にはらった。向き直るのもさして早くはみえなかったし、刀を横にはらう動作も、力はこもっていたがすばやくはなかった。にもかかわらず、それらは極めて的確でちから強く、一つの典型のように美しく見えた。吉原は腰のところを充分に斬り放され、がくんと膝《ひざ》を折ると、右側を下にして倒れ、二の太刀を防ぐつもりか、倒れたままで、左手に持った刀をあげたが、それは反射的なものだったとみえ、その手もまたすぐ地面に落ちて伸びた。冲也が振向くと、益村千之助は逃げだしていた。

「やりましたね」と金造がどなりながら松林の中から出て来た、「おどろいた、あたしはまだこんなみごとな斬り合は見たことがありません、たいしたお腕前ですね師匠」

「こいつらをどうしよう」冲也は懐紙で入念に刃をぬぐいながら訊いた。

「うっちゃっとけばいいでしょう」と金造は云った、「途中の服部で、村役人に届ければ届けるんですが、そんな必要もないと思います、さあ、まいりましょうかね」

金造は手をあげて駕籠屋を呼んだ、冲也は倒れている二人の姿を、冷たい眼つきで見やった。二人とも低く呻《うめ》き声をもらしてはいるが、軀は少しも動かなかった。――冲也は胸の中が、少しもさっぱりしていないことに気づいた。

独　白

あたしはまたあのふしぎな緑色の幻をみるようになった。舞坂から荒井へ渡る舟の中であの方にみつけられ、初めは伊勢まいりだと云うつもりだったが、口から出た言葉は反対になってしまい、あなたのお供をするつもりだと、大胆に云いきった。

あの方はそうかと云った。あたしも自分の気持をすらすらと話せたし、あの方にもすなおに受けとれたようだ。ちょうど箱根で、あの方のゆき詰っていた浄瑠璃《じょうるり》のふしが、あたしの口三味線でしぜんに動きだしたように。はたからみればずいぶん異様なことのように思えるだろうが、あの方とあたしのあいだでは異様でもなんでもなく、まえからきまっていたことが、そのとおりになったという感じでしかなかった。

　あの緑色の幻があらわれるようになったのは、あの方といっしょに旅をし始めてからのことだ。たいていは眠ってからあと、特にあるき疲れたときに多いが、ひと眠りしたじぶんに、ふっと小さな点のようなものがあらわれる。ああまたあれかと思うと、その小さな点が大きくひろがって、きらきらと眩《まぶ》しい緑色に輝きながら、生き物のように揺れうごめくのである。すると軀《からだ》が浮きあがり、どんなにりきんでも抑えきれず、腰から下半身に痙攣《けいれん》が起こって、背筋が反り、両手両足の先まで痺《しび》れるような陶酔にひたされてしまう。それは軽くすぎ去ることもあるし、長く続くことも、また一度すぎ去ってから、まをおいて二度も三度も繰り返しおそわれることもあった。ときには呻《うめ》き声が出るのだろう、あの方に呼び起こされて、すぐにはその陶酔からぬけだすことができず、返辞をするにも舌が動かないのに困ったことさえあった。

　考えるまでもなく、それはあのことの代償なのだ。本多五郎兵衛という人のとき、初めて知ったからだのよろこびが、満たされないままにいると、ひとりでに生きて動きだすのだろう。自分ではそんなことは考えもしないし望みもしない。あの方の側《そば》にいると、嬌《なま》めいた気分など起こりようもないのだが、からだの中ではあれは生きているのだろう。五日めとか十日めとかきまった間隔はなく、半月も静かでいるかと思うと、三晩も続けて起こることがある。そしてそのあとでは、頭もすっきりするし、身も心も爽《さわ》やかになって、つい鼻唄《はなうた》でもうたいたいような気持になるのであった。

あの方は変ってゆくばかりだ。ふし付けに熱中しているときは、顔つきにもこわいほど気力がこもってみえる。強く張りすぎた三の糸のように、神経がぴりぴりして、側にいるあたしまでが息苦しくなるくらいである。けれども、いちど仕事からはなれると、休みなしに酒を飲み、酔いつぶれるまではやめようとしない。大阪へ来てからは、それがいっそうひどくなり、金が続くかどうかわからないので、天満の宿屋をひきはらい、九郎右衛門町にあるこの、箸屋《はしや》の二階へ部屋借りをした。初めにあの方から預かったお金はべつに取っておき、あたしが江戸から送ってもらうものでまかなって来たのだが、たった二人でも遊んでくらすということがどんなにお金をくうものか、こんど初めてわかった。この箸屋の二階へ移るまえ、江戸から取りよせた金に添えて、あたしの預けた分はこれで全部、あとは江戸へ帰る旅費だけしか残っていない、という手紙があるのを見てそう思ったのだ。もちろんおどろきもしなかったし心ぼそさなど感じなかった。いざとなれば門付《かどづ》けをしてでもやってゆくつもりだから。——

生田半二郎さんと出会ったことは、たとえようのないほどうれしくこころ強かった。大和屋さんに聞いて、まえから生田さんのことはほぼ知っていたし、常磐津《ときわず》をうたうところも見たことがある。いまに兼太夫の名を継ぐ人だと聞いた覚えもあるようだが、こんな遠い他国で会おうとは思いもかけなかった。生田さんはあの方の幼な友達であるだけではなく、しんからあの方の才能を信じ、あの方のことを案じていらっしゃる。上方では江戸の浄瑠璃や芝居はうけない、まったく水が合わないのだと云いながら、竹本座の人形浄瑠璃なら、若手の人たちでどうにか上演できるかもしれないと、熱心にくどきまわってくれたらしい。そうして、ほぼ相談が纏《まと》まったとき、箕面《みのお》の事でだめになってしまった。

あの日、あの方が脇差《わきざし》を出せと仰《おっ》しゃったとき、不安になってどうなさるのかと訊《き》いた。二人で旅をするようになってから、そんなためしは一度もなかったし、あの方が武家育ちなので、どんなことが始まるのか見当もつかなかった。どうぞなにごともありませんようにと祈るばかりであったが、――あの方は中座と角座と、藤川座の人たち、合わせて四人を箕面へ伴《つ》れ出した。初めは四人とも斬《き》ってしまうおつもりだったようだ。――あのまえの晩、あの方は酔いつぶれて眠っているものと思ったが、じつは生田さんの話を聞き、陰で笑い者にされていたことが、どうにも堪忍《かんにん》ならなくなったということらしい。あの方はなにも仰しゃらなかったけれど、生田さんの話によると、藤川座の八十平という人の腕を斬った、その腕は大阪へ帰ってからすぐ、外科のお医者に切り取られたが、命に別条はなかったそうである。ほかの三人はなにもされずに済んだが、みな芝居の作者部屋の人たちであったため、竹本座で上演するという相談も、とうとうたち消えになってしまったのである。

生田さんは昨日、京都へゆかれた。南の芝居の囃方《はやしかた》に知っている人があるから、そっちで当ってみる、ということであった。――そのすぐあと、箕面道の服部というところで、人が二人斬られ、一人のいのちは助かったが一人は死んだ。その死んだ一人は持っていた名札で吉原藤次郎、どこかの藩士らしいが、藩の名は不明だと、瓦版《かわらばん》で読んであたしはぞっとした。

吉原というのは本多さんのご家来で、いつかあたしにみだらなことをしかけた人だ。そのときは主人のために操《みさお》がかたいかどうかためしたのだ、と苦しい云い訳をしていたが、本心はあたしに気があったのだろうと感じた。本多さんの嫉妬《しっと》心も尋常ではない、半分は本多さんに云い含められたのかもしれないが、それをいい口実に自分の望みをはたそうとしたのだと思う。――箱根であんなことになったとき、吉原は自分の勝手な恨みで、あの方を覘《ねら》う気になったのに違いない。たぶん、自分のおもい者を取られた、という気持なのだろう、それでなければこんな遠いところまで跟《つ》けて来る筈はないし、吉原を斬ったとすれば、あの方のほかにはないであろう、その日あの方は箕面へいらしったのだから。

二人を斬った人が誰であるかは、瓦版には出ていなかった。駕籠《かご》屋が証人になって、服部というところの村役人に訴え、証人があったので、斬った人はお構いなしということになったそうである。あの方はなにも仰しゃらないけれども、これまでのいきさつと、その日の事情を考えれば、斬ったのはやはりあの方だというほかはない。あの方は芝居の作者を斬るつもりでいらしって、吉原たちに出会い、吉原ともう一人、――おそらく疋田京之助ではないかと思うが、――をお斬りになった。天竜川のときから、いつかこんなことになるのではないかと心配していたが、これでいやな事が一つ片づいたわけであり、おかしなことだが、あたしは心からほっとした。

あの方はゆうべ出ていったまま、もう今日の日も昏《く》れようというのに、まだ帰っていらっしゃらない。珍しいことではないけれど、だんだんに変ってゆくあの方のようすをみていると、これからどうなってゆくのか、恐ろしいほどの不安におそわれる。あの方を支えているのは浄瑠璃だけだ。浄瑠璃のふし付けをしているときのあの方は、本当に生き生きとして力づよく、充実したいのちが炎をあげているようにみえる。——もし浄瑠璃が上演されれば、あの方も本望だろうし、それを機会にもとどおりのくらしに返れると思う。

生田さまの京のはなしが、うまくゆくようにと、いまではそればかりが頼みの綱である。

表記について

新潮文庫の文字表記については、原文を尊重するという見地に立ち、次のように方針を定めました。

一、旧仮名づかいで書かれた口語文の作品は、新仮名づかいに改める。

二、文語文の作品は旧仮名づかいのままとする。

三、旧字体で書かれているものは、原則として新字体に改める。

四、難読と思われる語には振仮名をつける。

なお本作品中、今日の観点からみると差別的ととられかねない表現が散見しますが、作品自体のもつ文学性ならびに芸術性、また著者がすでに故人であるという事情に鑑み、原文どおりとしました。

（新潮文庫編集部）

山本周五郎著

栄花物語

非難と悪罵を浴びながら、頑なまでに意志を貫いて政治改革に取り組んだ老中田沼意次父子を、時代の先覚者として描いた歴史長編。

山本周五郎著

天地静大

変革の激浪の中に生き、死んでいった小藩の若者たち――幕末を背景に、人間の弱さ、空しさ、学問の厳しさなどを追求する雄大な長編。

山本周五郎著

山彦乙女

徳川の天下に武田家再興を図るみどう一族と武田家の遺産の謎にとりつかれた江戸の若侍。著者の郷里が舞台の、怪奇幻想の大ロマン。

山本周五郎著

彦左衛門外記

身分違いを理由に大名の姫から絶縁された旗本が、失意の内に市井に隠棲した大伯父を天下の御意見番に仕立て上げる奇想天外の物語。

山本周五郎著

楽天旅日記

お家騒動の渦中に投げ込まれた世間知らずの若殿の眼を通し、現実政治に振りまわされる人間たちの愚かさとはかなさを諷刺した長編。

山本周五郎著

風流太平記

江戸後期、ひそかにイスパニアから武器を密輸して幕府転覆をはかる紀州徳川家。この大陰謀に立ち向かう花田三兄弟の剣と恋の物語。

山本周五郎著

火の杯

財閥解体の生贄として生命までも奪われかかった男が、苛酷な運命に立ち向うようになるまで。周五郎が戦後の現実に挑んだ意欲作。

山本周五郎著

新潮記

幕末の動乱期に、心の屈折から時流を冷やかに眺めるだけであった青年が、生死の間をくぐりぬけることで己れのなすべき事を悟る。

山本周五郎著

風雲海南記

西条藩主の家系でありながら双子の弟に生まれたため幼くして寺に預けられた英三郎が、御家騒動を陰で操る巨悪と戦う。幻の大作。

山本周五郎著

小説日本婦道記

厳しい武家の定めの中で、夫や子のために生き抜いた日本の女たち——その強靭さ、凜とした美しさや哀しみが溢れる感動的な作品集。

山本周五郎著

青べか物語

うらぶれた漁師町浦粕に住みついた〝私〟の眼を通して、独特の狡猾さ、愉快さ、質朴さをもつ住人たちの生活ぶりを巧みな筆で捉える。

山本周五郎著

季節のない街

〝風の吹溜りに塵芥が集まるように出来た〟庶民の街——貧しいが故に、虚飾の心を捨て去った人間のほんとうの生き方を描き出す。

山本周五郎著

柳橋物語・むかしも今も

幼い一途な恋を信じたおせんを襲う悲しい運命の「柳橋物語」。愚直なる男が愚直を貫き通したがゆえに幸福をつかむ「むかしも今も」。

山本周五郎著

大《おお》炊《いの》介《すけ》始末

自分の出生の秘密を知った大炊介が、狂態を装って父に憎まれようとする姿を描く「大炊介始末」のほか、「よじょう」等、全10編を収録。

山本周五郎著

日日平安

橋本左内の最期を描いた「城中の霜」、武士のまごころを描く「水戸梅譜」、お家騒動をユーモラスにとらえた「日日平安」など、全11編。

山本周五郎著

おさん

純真な心を持ちながら男から男へわたらずにはいられないおさん——可愛いおんなであるがゆえの宿命の哀しさを描く表題作など10編。

山本周五郎著

おごそかな渇き

〝現代の聖書〟として世に問うべき構想を練った絶筆「おごそかな渇き」など、人生の真実を求めてさすらう庶民の哀歓を謳った10編。

山本周五郎著

つゆのひぬま

娼家に働く女の一途なまごころに、虐げられた不信の心が打負かされる姿を感動的に描いた人間讃歌「つゆのひぬま」等9編を収める。

山本周五郎著

ひとごろし

藩一番の臆病者といわれた若侍が、奇想天外な方法で果した上意討ち！　他に〝無償の奉仕〟を描く「裏の木戸はあいている」等9編。

山本周五郎著

松風の門

幼い頃、剣術の仕合で誤って幼君の右眼を失明させてしまった家臣の峻烈な生きざまを描いた「松風の門」。ほかに「釣忍」など12編。

山本周五郎著

深川安楽亭

抜け荷の拠点、深川安楽亭に屯する無頼者たちが、恋人の身請金を盗み出した奉公人に示す命がけの善意——表題作など12編を収録。

山本周五郎著

ちいさこべ

江戸の大火ですべてを失いながら、みなしご達の面倒まで引き受けて再建に奮闘する大工の若棟梁の心意気を描いた表題作など4編。

山本周五郎著

あとのない仮名

江戸で五指に入る植木職でありながら、妻とのささいな感情の行き違いから、遊蕩にふける男の内面を描いた表題作など全8編収録。

山本周五郎著

四日のあやめ

武家の法度である喧嘩の助太刀のたのみを、夫にとりつがなかった妻の行為をめぐり、夫婦の絆とは何かを問いかける表題作など9編。

新潮文庫最新刊

池宮彰一郎著
島津奔る（上・下）
柴田錬三郎賞受賞
現代のリーダーに必要なのは、この武将の知略だ！ 関ヶ原の戦いを軸に、細心にして大胆な薩摩の太守・島津義弘の奮闘ぶりを描く。

深田祐介著
蘇る怪鳥艇（上・下）
上陸強襲艇の存在をめぐって諜報戦に巻き込まれた北朝鮮女性将校と日本人商社マン。二人の壮絶な脱出行を描く大冒険ラブロマンス。

遠藤周作著
狐狸庵閑話
風流な世捨人か、それとも好奇心旺盛な欲深爺さんか。世のため人のためには何ひとつなさずグータラに徹する狐狸庵山人の正体は？

高杉良著
あざやかな退任
ワンマン社長が急死し、後継人事に社内外が揺れる。そこで副社長宮本がとった行動とは？ リーダーのあるべき姿を問う傑作長編。

池澤夏樹著
明るい旅情
ナイル川上流の湿地帯、ドミニカ沖のクジラ、イスタンブールの喧騒など、読む者を見知らぬ場所へと誘う、紀行エッセイの逸品。

車谷長吉著
業《ごう》柱《ばしら》抱《だ》き
虚言癖が禍いして私小説書きになった。深い自己矛盾の底にひそむ生霊をあばき出す、業さらしな「言葉」の痛苦、怖れ、愉楽……。

新潮文庫最新刊

森浩一著
語っておきたい古代史
―倭人・クマソ・天皇をめぐって―
幅広い学問知識を手がかりに、今も古代史で論議の的となる問題を、考古学の泰斗が5つの講演で易しくスリリングに解き明かす。

杉浦日向子著
大江戸美味草紙《むまそうし》
初鰹のイキな食し方、「どじょう」と「どぜう」のちがいなどなど、お江戸のいろはと江戸っ子の食生活がよくわかる読んでオイシイ本。

向笠千恵子著
日本の朝ごはん 食材紀行
おいしい朝ごはんは元気の素！『日本の朝ごはん』の著者が自信をもって薦める、日本全国で出会った、朝ごはんに欠かせない食材71。

西川恵著
エリゼ宮の食卓
―その饗宴と美食外交―
サントリー学芸賞受賞
フランス大統領官邸の晩餐会で出されたワインと料理のメニューで、その政治家や要人の格がわかる！知的グルメ必読の一冊。

太田和彦著
ニッポン居酒屋放浪記
疾風篇
浮世のしがらみを抜け出して、見知らぬ町へ旅に出よう。古い居酒屋を訪ねて、酔いに身を任せよう。全国居酒屋探訪記、第2弾。

柳美里著
ゴールドラッシュ
なぜ人を殺してはいけないのか？どうしたら人を信じられるのか？心に闇をもつ14歳の少年をリアルに描く、現代文学の最高峰！

虚《こ》空《くう》遍《へん》歴《れき》（上）

新潮文庫　や-2-11

昭和四十一年九月十五日　発行
平成　四年七月二十日　三十九刷改版
平成十三年五月二十五日　四十七刷

著者　山《やま》本《もと》周《しゅう》五《ご》郎《ろう》

発行者　佐藤隆信

発行所　株式会社　新潮社

郵便番号　一六二―八七一一
東京都新宿区矢来町七一
電話　編集部（〇三）三二六六―五四四〇
　　　読者係（〇三）三二六六―五一一一

価格はカバーに表示してあります。

乱丁・落丁本は、ご面倒ですが小社読者係宛ご送付ください。送料小社負担にてお取替えいたします。

印刷・錦明印刷株式会社　製本・錦明印刷株式会社

ISBN4-10-113411-1 C0193